Sunwing

Kenneth Oppel

Sunwing

Texte français
Luc Rigoureau

Les éditions Scholastic

Pour Nathaniel

Illustration de couverture : Carole Gourrat

Titre original : Sunwing.

ISBN 0-439-97461-1

Édition publiée par Les éditions Scholastic, 175, Hillmount Road, Markham (Ontario) Canada L6C 1Z7.

4 3 2 1 Imprimé en France 02 03 04

Première partie

Au cœur de l'hiver

Ailes affûtées, Ombre faisait son petit chauve-souris de chemin à travers la forêt. Les ormes, les érables et les chênes à la ramure nue hérissée de glaçons scintillaient sous la lune. Des troncs gisaient à terre, telles les carcasses de bêtes géantes. Les gémissements du bois soumis au gel emplissaient l'air. Ombre perçut au loin le craquement violent d'une branche qui tombait, cassée net.

Il frissonna. Des heures de vol ne l'avaient pas réchauffé, et le vent transperçait sa fourrure lisse et noire. Il pensa avec regret aux Ailes d'Argent restées bien confortablement à Hibernaculum. Même si, à l'heure actuelle, leurs corps devaient luire de givre, ses congénères étaient plongés dans la tiédeur du sommeil qui les mènerait jusqu'au printemps. Ils n'avaient pas voulu l'accompagner dans son périple – trop froid, trop dangereux. Le but du voyage leur indifférait trop pour qu'ils prennent le risque de l'accompagner. « Eh bien, qu'ils dorment ! » songea Ombre en plissant les yeux sous l'assaut soudain d'une bourrasque. Ils n'avaient ni curiosité ni esprit d'aventure.

Lui allait retrouver son père.

Et puis, il n'était pas seul. Plus d'une dizaine des siens volaient à ses côtés. Parmi eux Chinook, qui s'amusait à frôler des branches de sapin pour en faire dégringoler la neige. En tête du cortège, Ariel, sa mère, discutait doucement avec Frieda, le chef des Aînés de la colonie. À l'avant-garde se trouvait également Icare, leur guide. Après tout ce qu'il venait d'endurer, Ombre était content qu'un autre que lui ait pris leur sort entre ses griffes. Pourvu qu'Icare sache où il allait !

– Tu as froid ? lui demanda son amie Marina.

Ombre secoua la tête, mais dut faire des efforts pour ne pas claquer des dents.

– Et toi ?

Elle plissa son joli nez pointu comme si l'idée même était risible :

— Non, par contre, je suis certaine de t'avoir vu frissonner !

— Ça m'étonnerait ! rétorqua-t-il en lui jetant un regard méfiant. Évidemment, tu es plus poilue. Regarde-moi ça, un vrai manteau !

— C'est parce que je suis plus âgée que toi.

Ombre se renfrogna. Voilà bien une chose qu'elle ne manquait jamais de lui rappeler !

— Les Ailes de Lumière ont une meilleure fourrure que les Ailes d'Argent, lança-t-elle d'un ton neutre. C'est comme ça.

— De quoi ? s'étrangla Ombre, furibond. J'aurai tout entendu ! Ce n'est pas parce qu'elle est un peu plus épaisse qu'elle est mieux !

— En tout cas, elle tient plus chaud.

Marina lui fit un grand sourire, qu'il ne put s'empêcher de lui retourner. De tous ses compagnons de voyage, elle était la seule à ne pas être une Aile d'Argent. Son pelage, plus fourni et plus brillant que celui d'Ombre, irradiait sous la lune. Ses ailes étaient moins larges, ses oreilles élégamment ourlées. Il l'avait rencontrée à l'automne, quand il s'était perdu au cours de sa toute première migration. Elle l'avait aidé à rejoindre sa colonie à Hibernaculum. C'était une exaspérante mademoiselle-je-sais-tout, mais il n'avait pas oublié qu'elle lui avait sauvé la vie une fois ou deux.

Soudain, un gros paquet de neige le heurta de plein fouet, et Chinook, béat, descendit vers eux :

– Désolé ! Je t'ai touché ?

– Quel humour ! maugréa Ombre. Vraiment très drôle !

Il se secoua avant d'être complètement trempé. Au Berceau des Sylves, quand ils étaient encore chauves-souriceaux – il n'y avait pas si longtemps de cela –, Chinook l'avait traité avec à peu près autant d'égards qu'une vieille feuille mâchouillée. C'est que Chinook, un vrai caïd, était considéré comme le plus prometteur des petits, habile au vol et à la chasse, tandis qu'Ombre n'était que l'avorton de service. Cependant, depuis qu'il avait connu ses multiples aventures, son rival daignait lui adresser la parole.

– Voyons, Chinook ! s'exclama Marina, les yeux brillants de malice. Ce n'est pas une façon de traiter un héros !

Ombre renifla, dubitatif. Un héros ? Il n'avait pas du tout le sentiment d'en être un. Juste après qu'il fut parvenu à Hibernaculum, lorsque tout le monde avait écouté ses histoires, peut-être. Mais depuis, les choses étaient en quelque sorte revenues à la normale. Il mangeait, buvait, dormait... et se sentait exactement comme avant. Franchement, il avait espéré mieux. Que fallait-il donc qu'il fît, pour obtenir un minimum de respect ? Il avait échappé aux pigeons et aux rats, aux chouettes et à deux chauves-souris cannibales ; il avait crapahuté sous terre et affronté des tempêtes d'orage haut dans le ciel ; il avait même volé dans l'éblouissante lumière du jour !

Et voilà qu'on lui lançait des boules de neige !

Personne ne lançait de boules de neige aux héros.

L'œil torve, il regarda Chinook piquer vers Marina. Visiblement, le caïd appréciait l'Aile de Lumière. Ces dernières nuits, il avait souvent volé en sa compagnie et, le jour, dormi à son côté. Marina semblait ne rien avoir contre, ce qui stupéfiait Ombre. Exaspéré, il comprit que Chinook l'avait probablement bombardé de neige pour épater Marina. Le pire, c'est que ça avait l'air d'avoir marché ! De loin en loin, Ombre entendait son amie rire à une remarque quelconque de Chinook. D'un rire cristallin entièrement nouveau. En tout cas, avec lui, elle n'avait jamais ri ainsi. Ça le rendait dingue. Qu'est-ce que le caïd pouvait bien raconter de si drôle ? Il n'était quand même pas assez futé pour faire de l'esprit. Est-ce qu'ils se moquaient de lui ?

– J'ai repensé à ces deux cannibales, dit Chinook, Goth et Throbb.

– Ah ouais, grommela Ombre.

– Et je me suis dit que j'aurais pu les battre.

– Des queues ! protesta Ombre, indigné. Ils t'auraient bouffé tout cru !

Combien de fois devrait-il le répéter ? Chinook s'entêtait à affirmer que lui serait parvenu à vaincre les monstres.

– Ils étaient énormes, ajouta Ombre.

– Énormes comment ? demanda l'autre avec une moue supérieure.

– Comme ça ! répondit Ombre méchamment.

Sur ce, il envoya une onde sonore droit dans les oreilles de son rival, dessinant mentalement un Goth en train de plonger : gueule ouverte dévoilant une double rangée de dents acérées et sanguinolentes, ailes déployées sur toute leur envergure – presque un mètre –, luisantes de sueur et ondulant de façon menaçante. L'image ne flamboya qu'une fraction de seconde dans l'esprit de Chinook, mais elle fut si percutante, si redoutable, qu'il poussa un hurlement et flancha, heurtant au passage un conifère, qui le saupoudra de givre.

– Était-ce bien nécessaire ? demanda Marina à Ombre.

– À mon avis, oui.

– Bien joué ! marmonna Chinook en s'ébrouant.

– Tu crois toujours que tu aurais gagné ? lui jeta Ombre.

– Eh bien, en nous y mettant tous... Nous étions des milliers, à Hibernaculum.

– Non, répondit Marina. Ils comptaient attendre que vous soyez endormis pour vous manger un par un. Et ils t'auraient boulotté le premier, Chinook. Tu es bien dodu.

– Que du muscle, pas un poil de graisse ! fanfaronna ce dernier avant de se renfrogner à l'idée de terminer dans l'estomac d'un cannibale.

– Enfin, persista-t-il, je continue de penser que j'aurais...

– De toute façon, ils sont morts, l'interrompit Ombre, agacé. On n'en saura jamais rien.

– Throbb, c'est sûr, précisa l'Aile de Lumière. Il a été réduit en cendres sous nos yeux. Mais pour

Goth, il n'y a aucune certitude. On a juste vu la foudre le frapper.

– Il n'a pas survécu, affirma Ombre. C'est impossible !

Lui-même fut surpris par l'urgence de sa voix. Il aurait tant voulu avoir raison ! Il revoyait nettement le corps carbonisé de Goth tournoyer dans la tornade. Il savait qu'il n'oublierait pas de sitôt les deux monstres, qui hantaient encore ses rêves : Goth le clouait au sol, pesant de tout son poids sur sa poitrine, l'inondant de son haleine fétide ; il lui chuchotait à l'oreille des paroles terrifiantes, qu'Ombre n'arrivait jamais à se rappeler quand il se réveillait, au crépuscule. Ce qui valait sans doute mieux.

– Il ne peut qu'être mort, bougonna-t-il.

– J'espère que tu as raison, dit Marina en examinant la cicatrice que les mâchoires de Goth avaient laissée sur son avant-bras.

Ombre lui aussi avait été blessé, une aile tailladée en deux endroits. Les déchirures avaient guéri, mais elles le brûlaient d'une douleur glacée quand il volait. Et il se surprenait souvent à regarder par-dessus son épaule, s'attendant presque à voir soudain surgir la monstrueuse silhouette de Goth.

– On n'est plus très loin.

C'était Icare, qui volait devant eux.

– Nous devrions bientôt atteindre une prairie. Après, il n'y en a plus que pour une heure de vol. C'est ce que disait Cassiel.

À ce nom, Ombre dressa les oreilles. Au printemps dernier, avant même que lui-même ne soit né, son père Cassiel était parti à la recherche d'un étrange édifice appartenant aux Humains, guère éloigné d'Hibernaculum. Il n'en était jamais revenu, tué par les chouettes, d'après toute la colonie. Mais cet automne, en route vers le sud avec Marina, Ombre avait rencontré Zéphyr, un albinos capable d'écouter le passé, le présent et le futur. Et Zéphyr lui avait révélé que Cassiel était vivant ! Ombre ne savait pas grand-chose de son père ; seulement qu'il avait été bagué par les Humains et qu'il avait désespérément cherché ce que ça signifiait. Il avait dû penser qu'il trouverait la réponse à sa question dans ce bâtiment. Ombre était persuadé que là-bas il retrouverait enfin ce père inconnu.

Soudain, à l'avant, Frieda déploya son aile gauche en signe d'avertissement. Ombre obliqua aussitôt vers l'arbre le plus proche, suivi de Marina. Plantant ses éperons dans l'écorce glacée d'une branche, il se suspendit tête en bas, replia étroitement ses ailes et fit de son mieux pour ressembler à une stalactite. Ses compagnons se nichèrent prestement dans les rameaux inférieurs, et le silence s'installa.

– Tu vois quelque chose ? demanda Ombre en chuchotant à son amie.

Celle-ci secoua la tête. Prudemment, il balaya les arbres de son sonar, examinant les échos qui lui revenaient à l'esprit.

Là !

Grâce à ses plumes blanches, la chouette était si bien camouflée dans la ramure enneigée qu'Ombre ne l'aurait pas détectée avec ses seuls yeux. Dans son sonar, elle brillait pourtant comme du vif-argent. C'était une géante, au moins quatre fois plus grosse que lui. Une montagne de plumes, de muscles et de serres aux instincts meurtriers. Ses énormes yeux pareils à la lune étaient ouverts. Cinquante battements d'ailes de plus, et Ombre lui serait rentré droit dedans. Il aurait dû être plus attentif.

Tout chez l'oiseau le répugnait. Depuis des millions d'années, au crépuscule comme à l'aurore, les chouettes patrouillaient dans le ciel, veillant à ce que les chauves-souris ne voient jamais le soleil. Selon la loi, si l'une de celles-ci était prise en flagrant délit, elle encourait la mort. C'était exactement ce qui avait failli arriver à Ombre, cet automne. Il n'avait rien oublié de ce matin où, bien caché, il avait attendu que le soleil se lève. Il fallait qu'il le voie ! Et il l'avait vu, mince éclat étincelant d'une lumière glorieuse qui resplendissait encore dans sa mémoire. Ce qui avait suivi avait été, hélas, moins glorieux. Par vengeance, les rapaces avaient incendié le Berceau des Sylves, pouponnière ancestrale des Ailes d'Argent. Le souvenir des ruines tordues de son foyer se consumant le fit tressaillir. Tel était le prix que, par sa faute, toute la colonie avait payé. Parce qu'il avait osé regarder le soleil.

Il fixa âprement son ennemie. Désormais, les nuits aussi étaient incertaines. Quelques mois plus tôt, les chouettes avaient déclaré la guerre aux chauves-souris, persuadées qu'elles assassinaient des oiseaux. C'étaient Goth et Throbb les meurtriers. Mais les rapaces n'y avaient pas cru.

– Qu'est-ce qu'elle fabrique ici ? murmura Marina.

Après tout, on était au beau milieu de l'hiver. L'oiseau aurait dû dormir. « Comme nous, d'ailleurs », songea Ombre avec une pointe de culpabilité. C'était lui qui avait eu l'idée de partir chercher Cassiel au plus fort de la morte saison. Il n'avait pas imaginé à quel point il serait pénible de lutter contre le sommeil, ni combien il ferait froid. Frieda était cependant convenue que le ciel, au moins, serait vierge d'ennemis. Or voici qu'ils venaient de tomber sur l'un d'eux, qui leur barrait la route.

«Fiche le camp! pensa Ombre, furieux. Dégage!»

Mais le rapace restait figé. En plus, il n'était pas seul. Un ululement lugubre résonna au profond de la forêt, glaçant le cœur d'Ombre. L'oiseau blanc renvoya l'appel et fit lentement pivoter sa grosse tête. Une chouette, ç'aurait pu être la faute à pas de chance; deux, c'était franchement suspect.

– Des sentinelles? hasarda Ombre.

– À cette saison? s'étonna Marina.

– Peut-être que nous sommes tout près d'une garnison? Ou d'un lieu d'hibernation?

– D'ordinaire, elles ne postent pas de gardes à cette époque. Et si elles étaient simplement à nos trousses? On n'interrompt pas le sommeil d'hiver sans bonnes raisons.

Marina poussa un soupir angoissé et Ombre frissonna. Si ces deux-là veillaient, il y en avait forcément d'autres! Et combien? Quels étaient leurs plans?

– On n'a qu'à voler plus haut, suggéra-t-il. À la cime des arbres.

– Non. Lève les yeux.

Obtempérant, il aperçut à travers les branches nues, se découpant contre la lune, la silhouette d'un rapace patrouillant dans le ciel.

– Alors, faisons le tour, grommela-t-il. Elles ne peuvent pas contrôler toute la forêt !

Ses pieds plantés dans la croûte gelée commençaient à s'engourdir. Il agita délicatement ses griffes et vit, horrifié, un réseau de fissures irrégulières se dessiner le long de l'écorce glacée. Puis une longue plaque de givre se détacha, entraînant avec elle une dizaine de stalactites. Le tout se fracassa dans la ramure. Ombre raffermit péniblement sa prise et regarda en direction de la chouette.

Celle-ci avait brutalement tourné le cou.

– Ne t'avise même pas de cligner des paupières ! siffla Marina, furieuse.

Ombre sentit les ondes inquisitrices de l'oiseau le frapper et rebondir alentour, et il se statufia. D'être ainsi scanné par le rapace, de percevoir presque ses coups de sonde contondants contre sa fourrure était atroce. Il attendit, priant pour que la chouette néglige le bruit, qu'elle croie à une simple chute de glace. Il se traita d'idiot. Ne pouvait-il donc pas rester cinq minutes tranquille ? Non ! Il avait fallu qu'il s'agite et déclenche une avalanche !

En deux battements de ses ailes vigoureuses, l'oiseau vint se poser sur le rameau où se tenaient les amis, enfonçant ses puissantes pattes griffues à quelques centimètres seulement de la queue d'Ombre. L'instinct de ce dernier lui commandait de déguerpir; mais il savait qu'en agissant ainsi il finirait dans le bec crochu de son ennemie en moins d'une seconde. Il planta son regard dans celui de Marina. Tous deux se fixèrent longuement, s'obligeant à rester immobiles. Les autres Ailes d'Argent étaient éparpillées dans l'arbre, en dessous. Ombre espérait qu'elles auraient le bon sens de ne pas bouger.

Tout à coup, la chouette sauta sur une branche inférieure. Elle atterrit lourdement, provoquant une pluie de givre meurtrière. «Elle sait que nous sommes là», se dit Ombre. Épouvanté, il comprit ses intentions: les forcer à se découvrir, ou les embrocher sur place avec des glaçons pointus. Le rapace fit une pause, tête inclinée, puis bondit sur une ramille plus basse, déclenchant une nouvelle giboulée, avant de se pencher pour carrément regarder sous elle. Elle allait les débusquer; ce n'était qu'une question de temps.

C'est alors qu'Ombre remarqua la stalactite pendant à la branche sur laquelle il était niché. Proche du tronc, elle était nourrie par un grand nombre de brindilles et bien plus grosse que les autres. Elle surplombait directement la chouette. Il procéda à quelques calculs rapides.

Saisissant le regard de Marina posé sur lui, il indiqua du menton l'aiguille de glace.

– La détacher, fit-il avec ses lèvres.

Son amie fronça les sourcils d'un air interrogateur. Mais il n'avait pas le temps de s'expliquer. Il choisit une fréquence que le rapace ne saurait détecter et concentra toute son attention sur la base de sa cible. Depuis quelques nuits, il avait compris que son sonar lui permettait non seulement de voir les choses et de les raconter, mais aussi de les faire bouger. Le jour, il s'était entraîné sur des feuilles. Ses performances restaient modestes. Il arrivait juste à déplacer de petits objets sur de courtes distances. Un glaçon, ça allait être une autre histoire !

Le corps tendu, les yeux fermés, Ombre cribla sa cible d'ondes sonores. La sueur picotait sa fourrure. Mentalement, il vit la base du morceau de glace osciller. Haletant, il vérifia la progression de la chouette. Elle était encore descendue d'un étage. Sur la branche juste en dessous se trouvaient Ariel, Frieda et Chinook. Ombre n'avait plus beaucoup de temps. Mobilisant toute son énergie, il envoya une onde brutale en direction de la stalactite, qui vacilla. Il y eut un léger bruit, mais elle tint bon. Il essaya de reprendre son souffle. Allez, plus qu'une fois !

Soudain, avant qu'il ait pu l'en empêcher, Marina fonça le long de la branche. L'écorce craqua sous ses griffes, et l'oiseau leva la tête en vrillant sur eux un regard rageur. Il déploya ses ailes et ulula au moment même où Marina se jetait sur l'aiguille glacée. Celle-ci dégringola à la verticale, pivota et s'abattit comme un gourdin sur le crâne de la chouette. Sonnée, la géante chancela un instant avant de plonger, inconsciente, empêtrée dans ses ailes.

– Filez ! hurla Frieda.

D'un seul élan, toutes les Ailes d'Argent décollèrent. Ombre battait l'air comme un dératé, virevoltait entre les arbres dans un vaporeux sillage blanc, giflé par les rameaux qu'il effleurait. Les autres chouettes n'allaient pas tarder à rappliquer. Brusquement, la forêt laissa place à une vaste prairie. Ombre prit peur. Ils étaient vulnérables ici, avec ce ciel immense qui pesait sur eux. Instinctivement, il se laissa tomber, frôlant les hautes herbes desséchées. Il se risqua à regarder derrière lui. Très haut tournoyaient une demi-douzaine d'oiseaux dont les cris se perdaient au loin. Peut-être ne les avaient-ils pas repérés ?

Longtemps, les fuyards continuèrent à voler en silence, préoccupés uniquement de mettre un maximum de distance entre eux et leurs ennemis. Finalement, Ombre jeta un coup d'œil à Marina :

– Merci.

– De rien.

– Tu sais, ajouta-t-il au bout d'un instant, j'aurais pu me débrouiller seul.

– J'en suis certaine, répondit Marina, avec cette expression gentiment moqueuse qu'elle prenait quand elle avait décidé de le tourmenter.

– J'y étais presque !

– Le temps pressait, Ombre.

Elle avait raison, mais il s'en voulait d'avoir échoué.

– J'aimerais t'y voir, toi, maugréa-t-il. Faire tomber un glaçon avec ton seul sonar !

Il savait qu'elle en était incapable, et c'était bien pourquoi il l'avait dit. Au début, il avait cru que toutes les chauves-souris pouvaient déplacer des objets grâce au son. Frieda lui avait révélé que non, qu'il s'agissait d'un talent rare, un don. Elle-même parvenait à peine à faire voleter un brin d'herbe, et encore, pas très loin. Pourtant, la dernière tentative d'Ombre n'avait pas été très convaincante. Il avait failli tourner de l'œil en s'attaquant à ce stupide morceau de glace.

— Écoute, lui lança Marina en agitant les oreilles d'un air dédaigneux. Tu as tes trucs sonores sophistiqués, et moi, je me charge du boulot ennuyeux, comme de m'assurer que la stalactite casse et assomme la chouette.

— Et qui a repéré le glaçon ?

— Et qui a bougé et nous a fichus dans le pétrin ?

Ombre respira un bon coup. Il cherchait péniblement une réponse quand Frieda s'approcha d'eux.

— Félicitations ! leur lança-t-elle. Vous avez réagi vite et bien.

— Je n'aurais pas réussi sans Marina, dit Ombre galamment.

— Mais c'était son idée, gazouilla Marina. Je me suis contentée de donner un coup de griffe.

L'Aînée esquissa un sourire :

— Vous voilà bien modestes, tous les deux. C'est très touchant !

Sur ce, elle rejoignit l'avant-garde. Ombre sentit une aile le bousculer : c'était Chinook, qui se glissa entre lui et Marina. En soupirant, il se poussa pour faire de la place au caïd.

– Eh bien, quelle aventure ! s'exclama Chinook. Mais, vous savez, j'aurais pu battre cette chouette.

– Tu nous embêtes, toi ! râla Ombre.

Il s'éloigna, à la fois pour se débarrasser de son rival – et s'épargner le rire cristallin de Marina par la même occasion – et écouter de quoi discutaient Frieda, Icare et sa mère. S'il acceptait qu'un autre se charge de les guider, il n'était pas question qu'on l'écarte d'une discussion importante.

Dépassant Platon et Isis, il les salua d'un hochement de tête. Il enviait Chinook d'avoir encore ses deux parents. Certains jours, il se surprenait à les regarder, blottis les uns contre les autres, en pleine conversation. Il était reconnaissant à sa propre mère de ne pas lui demander constamment s'il avait froid ou faim ou si son aile lui faisait mal, mais il était forcé d'admettre, en secret, qu'il aimait qu'elle fût là, toujours, à quelques battements d'ailes seulement devant lui. Restant un peu en retrait, il tendit les oreilles :

– ... que les chouettes rompent la trêve hivernale m'inquiète, disait Frieda.

– Elles sont vraiment tout près d'Hibernaculum, répondit Ariel doucement. Crois-tu que...

Elle se tut, comme incapable d'aller au bout de sa pensée. « Quoi ? se demanda anxieusement

Ombre. Pense-t-elle que les rapaces oseraient attaquer leur dortoir ? Mais c'est un lieu tenu secret, non ? Même les chouettes ne peuvent se permettre d'agresser une colonie de chauves-souris en train de dormir. Ça serait d'une telle lâcheté ! »

— J'ai peur qu'elles ne soient en train de mobiliser leurs troupes, annonça gravement Frieda. Et si elles décident d'ouvrir le feu pendant l'hiver, nous courrons un grand danger.

— Quelles brutes sanguinaires ! s'écria Icare d'une voix féroce. Mais les Humains nous aideront à les vaincre. C'est ce que disent les anneaux. C'est la Promesse de Nocturna.

Tout ouïe, Ombre sentit son cœur s'accélérer. Frieda lui avait parlé de Nocturna, la déesse des chauves-souris. Au plus profond de la terre, dans la Crypte aux Échos du Berceau des Sylves, il avait vu le récit du Grand Conflit des Animaux et des Oiseaux ainsi que celui du bannissement de son espèce, condamnée à l'obscurité parce qu'elle avait refusé la guerre. Mais Nocturna avait promis qu'un jour viendrait où les chauves-souris seraient autorisées à revenir à la lumière du soleil et n'auraient plus à craindre les chouettes. Les anneaux des Humains, ces cercles parfaits qui étincelaient comme l'astre diurne, en étaient le symbole. Enfin, c'est ce que pensaient Frieda et Cassiel. Ombre aussi.

— Si les chouettes déclenchent les hostilités, poursuivit Icare, les Humains sont notre seul espoir. Cassiel l'avait compris. C'est pourquoi il voulait voir leur bâtiment.

— Qu'allons-nous trouver là-bas? demanda timidement Ariel.

— Qu'en penses-tu, Ombre? lança Frieda en regardant par-dessus son épaule.

Pris au dépourvu, il sursauta. L'Aînée avait deviné sa présence depuis le début.

— Je me demandais quand tu nous rejoindrais, dit sa mère avec une moue moqueuse.

— Approche! lui ordonna Frieda. Cassiel est ton père, et nous n'accomplirions pas ce voyage si ce n'était pour toi. Ou pour toi, Marina.

Ombre se retourna et vit que son amie lui collait aux basques. Ainsi, elle aussi avait écouté! Ça lui ressemblait bien, de ne pas vouloir qu'il en sache plus qu'elle! Il ressentit une bouffée d'agacement dont il eut vite honte. Malgré tout ce qu'elle avait déjà fait pour lui, elle était encore prête à l'aider à retrouver son père. Et elle souhaitait percer le secret des anneaux, avec une passion égale à la sienne.

«Après tout, songea-t-il, envieux, elle en avait un, avant que Goth ne le lui arrache.»

— Et si Cassiel n'est pas là-bas? voulut savoir Ariel.

Pantois, Ombre regarda sa mère. Certes, cette sombre pensée lui avait déjà effleuré l'esprit, mais il l'avait toujours chassée. Qu'Ariel la formule le paniqua.

— Pas de danger! assena-t-il, désireux de se rassurer. Il ne peut qu'être...

Il se tut devant le sourire tendre que lui adressait Marina. Il se comportait comme un chauve-souriceau. Tout ce dont il était certain, c'était que son père vivait. Mais où se trouvait-il? Seul son instinct filial lui avait permis d'affirmer que Cassiel serait dans l'édifice des Humains.

— Une déception n'est pas à exclure, l'avertit Frieda. Mais gardons espoir.

À cet instant, un fredonnement caressa le visage d'Ombre, qui dressa les oreilles.

— Vous avez entendu ça? s'exclama-t-il.

— C'est le vent, répondit Marina.

— Non, ça ressemblait à...

— Moi aussi, j'ai entendu, souffla Frieda. Des voix.

À l'affût, Ombre vira brutalement sur la droite, essayant de pourchasser le murmure. C'étaient des chauves-souris, aucun doute là-dessus, mais leur mélopée était si faible qu'il n'arrivait pas à comprendre leurs paroles. Il avait l'impression d'être de retour dans la Crypte aux Échos, guettant le flot incessant des récits ancestraux pour en attraper un avant qu'il ne s'évanouisse.

— Ça y est ! s'écria Marina. Je l'ai !

— Et moi ! affirma Ariel.

— Ailes d'Argent, derrière nous ! ordonna Frieda.

Ombre se ferma complètement au reste du monde et suivit les voix. Elles étaient un peu plus fortes, maintenant, ruisselant toutes ensemble tel un torrent céleste.

— Regardez ! cria Icare.

Au loin, la prairie s'inclinait en pente douce, dévoilant, nichée dans la vallée, une aveuglante flaque de lumière et de son. Le chant semblait jaillir de là et s'élever vers eux, chœur surprenant et confus, mais mélodieux et irrésistible.

— Que racontent-ils ? demanda craintivement Marina.

Ombre secoua la tête. C'était impossible à dire. Quelle importance, au demeurant ?

– Ils nous appellent, s'écria-t-il, exalté. Ça doit être ça, le bâtiment des Humains ! Venez !

Il plongea au cœur de la vallée, discernant peu à peu des murs et un toit hérissé de tours métalliques brillantes. La mélodie était maintenant si envahissante que le lieu ressemblait moins à un édifice qu'à un entrelacs de musique éblouissante. C'était le plus beau spectacle qu'Ombre eût jamais vu ou entendu. Voici donc ce que son père avait cherché ! Là se trouvaient des réponses, Ombre en était persuadé. De là provenait le chant. Et là était Cassiel ! Comment entrait-on ? Les voix le guideraient. S'y accrochant, il se rapprocha encore. Marina volait aile à aile avec lui. Ils rasèrent le toit immense aux reflets sombres et unis. Ombre en conclut qu'il était de verre, bien qu'il ne pût rien voir à travers, pas même le reflet d'un mouvement ou le miroitement d'une lumière. La chanson de ses congénères était devenue si intense qu'elle dessinait un halo étincelant dans son esprit.

– C'est ici ! annonça-t-il aux autres d'un ton triomphant.

Juste sous la ligne du toit, au sommet du mur, il y avait une ouverture ronde. C'était de là qu'émanait la musique enchanteresse. Sans hésiter, Ombre fonça, freina et se posa à l'intérieur. Ça ressemblait à un tunnel en pente douce. Déjà, il s'y précipitait à quatre pattes.

– Peut-être que nous devrions ralentir, suggéra Marina, qui venait d'atterrir derrière lui.

– Allons-y ! Ils sont tous là !

Ils l'attendaient, c'était tellement évident ! Il devait entrer ! Il se mit à ramper le long du tunnel. Soudain, le sol se déroba sous lui. Le merveilleux chœur s'éteignit brusquement. Une puissante bouffée d'air chaud explosa aux oreilles d'Ombre, qui dégringola à pic. Sans avoir eu le temps d'ouvrir ses ailes ou de planter ses éperons, il fut propulsé à travers une deuxième ouverture. Une seconde plus tard, il volait en rond, stupéfait.

Une voix
dans les ténèbres

Goth se traînait dans le ciel.

Cela faisait deux nuits qu'il volait vers le sud, ses ailes scarifiées par la foudre protestant à chaque mouvement. Au moins, la maudite neige avait disparu et, peu à peu, l'atmosphère se réchauffait. Le paysage était devenu plat et marécageux. Pour la première fois depuis longtemps, le géant distinguait quelques étoiles familières sur l'horizon lointain, fragments des constellations sous lesquelles il avait grandi, dans la jungle. Son cœur battait plus fort. Il allait bientôt retrouver son foyer parmi les

Vampyrum Spectrum. Au temple sacré, il prierait Cama Zotz et recouvrerait la santé.

À cause de ses ailes meurtries, il était lent et maladroit : la plupart de ses proies lui échappaient. Il arrivait pourtant à en capturer assez pour survivre – une souris stupide et dodue, un moineau qui s'était cru à l'abri dans sa cachette de branchages. Une nuit, il avait eu si faim qu'il avait même mangé quelques insectes. Il avait failli vomir de dégoût. Il rêvait de dévorer des chauves-souris, son mets préféré. Mais il n'en avait vu que très peu et n'était pas sûr, dans son état actuel, d'être assez rapide pour en attraper une.

Il était devenu prudent, ce qu'il détestait. Avant d'avoir été victime de la foudre, il avait régné sur les nuits, intrépide. Mais il n'était plus qu'un infirme. La perspective d'affronter une chouette ne lui disait même plus rien. Les Humains l'inquiétaient encore plus. Ils le pourchassaient. Une fois déjà, ils l'avaient embarqué à bord de leur machine volante après l'avoir transpercé de leurs flèches qui faisaient dormir. À peine quelques nuits plus tôt, il avait cru entendre le vrombissement de leur engin et avait attendu, hors d'haleine, dissimulé dans un arbre, que le ronron s'éloigne.

C'étaient Ombre et Marina, ces deux chétives chauves-souris du nord, qui avaient attiré tant de calamités sur lui. Elles devaient le croire mort, comme Throbb. Si quelqu'un méritait d'être calciné par la foudre, c'était bien ce dernier. Au moins, Goth n'avait plus à supporter ses jérémiades.

À l'est, le ciel commençait à s'éclaircir, et le cannibale balaya le paysage de son sonar à la recherche d'un refuge. Repérant une crevasse dans le flanc d'un coteau, il s'y engouffra, soulagé. Une fois à l'intérieur, il se rendit compte qu'il était dans un vaste réseau de grottes. Ravi, il s'enfonça encore. Au lieu de se rafraîchir, l'air devenait plus tiède. Une délicieuse chaleur tropicale finit par l'envelopper. Goth comprit qu'elle provenait de brises émanant du sol, comme si le noyau terrestre avait soufflé un peu de son ardeur. Cela faisait tellement longtemps que le géant n'avait pas ressenti un tel bien-être ! Il inspecta le plafond rocheux. Bizarrement, aucune chauve-souris ne s'y blottissait. C'était pourtant le genre de nichoir dont elles étaient familières. Goth avait espéré un bon dîner ; mais il était trop bien, au chaud, pour être vraiment déçu.

Il avait envie d'avancer, toujours plus loin et plus profond, attiré par la tiédeur de l'air. Mais quelque chose d'autre, dans les limbes de son esprit, lui faisait également signe. Il avait l'étrange sensation d'être guidé. Ses yeux étaient lourds, et il avait envie de dormir. Il continuait pourtant de progresser... Allait-il descendre jusqu'aux Enfers ? Il faisait très sombre, et Goth ne se dirigeait qu'à l'aide de son sonar. Ses paupières se fermaient. Il déboucha enfin dans une vaste grotte ronde qui formait un cul-de-sac. Épuisé, il se percha sur une paroi et sombra aussitôt dans les ailes soyeuses du sommeil.

– Goth...

Le murmure s'enroula autour de lui.

– Goth.

– C'est moi, répondit-il d'une voix assoupie.

Dormait-il ou non ? Il se figea. Qui parlait ? La voix des songes, peut-être ! Soudain, une froide décharge électrique lui traversa le corps, et sa fourrure se hérissa. Il ouvrit les yeux, mais ne vit rien. Dans les ténèbres impénétrables de la caverne, tout n'était que son. Les roches inégales des murs et du plafond scintillaient dans l'esprit de Goth, argentées. Pourtant, son sonar lui révélait autre chose, une sorte de courant qui tournoyait lentement, hypnotique. Un pur flux d'ondes sonores. Apeuré, haletant, Goth le regarda s'épaissir, tourbillonnant, incessant.

– Où vas-tu ? chuchota l'ectoplasme.

– Chez moi. Dans la jungle.

Des images virtuelles se peignirent sur les parois et le plafond de la grotte, tels des hiéroglyphes mouvants. Un jaguar, un serpent à plumes, deux yeux sans pupille et totalement fixes.

– Qui suis-je ? reprit la voix en lui chatouillant les oreilles.

Goth avait l'impression d'être glacé. Il connaissait la réponse, mais voulait une preuve.

– Montre-toi ! lança-t-il hardiment.

Un rire roula dans la caverne :

– Pas avant que le soleil ne soit mort. Alors, tu me verras dans toute ma gloire.

– Mort, le soleil ? répéta le géant, dérouté.

– Qui suis-je ?

– Je te connais..., commença le cannibale, avant de s'interrompre, soudain effrayé à l'idée de prononcer ce nom tout fort.

– Dis-le-moi.

Goth avala sa salive :

– Cama Zotz !

– Oui ! Oui ! susurra l'autre. Les Humains te pourchassent.

– Je sais. Ils ne m'auront pas.

– Laisse-les faire.

– Mais ils sont nos ennemis, Seigneur Zotz. Ils m'ont traité comme un esclave. Ils t'ont offensé.

– Ils croient te manipuler, mais c'est toi qui les manipuleras.

– Je ne comprends pas.

– Tu comprendras plus tard.

La chauve-souris géante ne dit rien pendant un moment.

– Es-tu mon serviteur, Goth?

La voix, plus du tout lénifiante, lui heurta les tympans, envoyant des éclats de lumière vive dans sa tête.

– Oui, Seigneur Zotz.

– Alors, exécute mes ordres, et tu seras roi.

Puis ce fut comme si le son avait été brusquement aspiré à l'extérieur de la grotte. Les échos argentés se dissipèrent. Zotz avait disparu, Goth était seul. Sa respiration s'apaisa. Le silence était tel qu'il se demanda s'il n'avait pas rêvé. Se laisser attraper par les Humains? Ça n'avait aucun sens! Ils l'avaient piégé, emporté vers le nord et emprisonné dans leur jungle artificielle, où l'Homme l'épiait constamment et le poignardait de fléchettes. Devait-il retourner là-bas? Quel profit en tirerait-il?

Il secoua la tête et lança une série d'ondes à travers la grotte déserte. Il lui était déjà arrivé de rêver, et même d'avoir des visions. Mais jamais il n'a connu quelque chose d'aussi tangible : il avait senti la respiration de Zotz sur son visage et distingué les tourbillons de sa présence. Était-il vraiment possible que le dieu l'ait retrouvé aussi loin dans le nord ? Ou s'agissait-il seulement d'une hallucination ? Ça semblait déjà irréel.

Goth ne put résister plus longtemps à la torpeur. Il plongea dans des songes vertigineux où il vit la jungle, si concrète qu'il en respira la terre et huma les pierres suintantes de la pyramide royale. Les Vampyrum voltigeaient autour de lui, mais ils paraissaient plus petits, presque fluets. La forêt aussi était bizarre : les arbres, les lianes et les feuilles fumaient, réduits en cendres. Plongé dans ses rêves, Goth dormit d'un sommeil agité. Il avait perdu toute notion du temps. Il entendit sa propre voix pousser des cris de souffrance et eut conscience qu'on arrachait férocement les bandes argentées ornant ses avant-bras. Ou n'était-ce qu'une illusion ? Tous les anneaux furent ôtés, sauf un, celui que l'Homme lui avait posé dans la jungle artificielle. Celui dont il ne pouvait se libérer. Un autre songe :

Ombre était prisonnier de ses griffes, cloué au sol. «Je vais te dévorer le cœur», lui disait Goth avant de plonger, gueule béante.

Il se réveilla. Cette fois, il sut qu'il avait retrouvé la réalité. Combien de temps avait-il dormi? Une seconde? Un jour entier? Il n'en avait aucune idée. Il agita ses ailes et remarqua aussitôt un changement. Il les balaya de son sonar, s'examina.

Il n'avait plus qu'un seul anneau.

Et ses ailes avaient guéri.

Goth s'envola et tourna en cercles étroits, observant l'horizon. Le sud, la jungle, sa maison. Tout son être le poussait dans cette direction. Mais les paroles de Zotz résonnaient dans sa tête. Il devait obéir. Il était prince de sang de la dynastie des Vampyrum Spectrum et avait l'obligation de suivre les ordres du dieu des chauves-souris. Et puis, il y avait cette promesse de devenir roi...

Il testa ses ailes. Incroyable! Elles avaient été couturées de cicatrices et de brûlures; la peau avait fondu par endroits; il avait cru ne jamais recouvrer la santé. Et voilà qu'elles étaient comme neuves! Seul Zotz avait pu accomplir pareil miracle. Zotz qui lui avait rendu sa force afin qu'il exécute ses volontés. Zotz qui l'avait toujours protégé, dans la fausse jungle et dans la tornade où la foudre l'avait frappé. Inclinant ses ailes, il vira vers le nord.

Il devina que les Humains ne tarderaient pas à le capturer.

Au paradis!

C'était l'été.

La forêt s'étendait aussi loin que portaient les yeux et les oreilles d'Ombre. Pas les bois glacés qu'il venait de laisser derrière lui, mais une profusion d'arbres en pleine feuillaison : des érables, des ormes, des hêtres, des chênes et des ciguës, dont la ramure formait une voûte luxuriante. Des fleurs sauvages s'entrelaçaient à travers les branches et l'espace embaumait les fruits mûrs. Au loin glougloutait un ruisseau. L'air était soyeux et tiède, saturé par des parfums de terre et d'écorce. Les insectes pullulaient. Ombre en saliva, rien que de les entendre bourdonner. Mais comment pouvait-il faire si chaud en plein hiver ? Où était-il ? Ébahi, il leva les yeux. Familières, les étoiles brillaient dans le ciel qui s'éclaircissait. Pourtant, il devait admettre qu'il était bien à l'intérieur du bâtiment. Il comprit alors que le monde extérieur perçait à travers ce toit qui, dehors, lui avait renvoyé ses ondes sonores aussi durement qu'une pierre.

Virevoltant dans l'air, il vit Marina surgir par la même entrée que lui. Puis, par groupes de deux ou trois, les autres Ailes d'Argent déboulèrent à leur tour. Ombre remarqua qu'une sorte de clapet métallique se refermait automatiquement derrière elles. Bientôt, le groupe fut au complet, tournoyant, émerveillé.

— Est-ce que je rêve ? souffla Marina en s'approchant d'Ombre.

— Les odeurs sont bien réelles, répondit-il.

Il descendit prudemment vers la cime d'un arbre et frappa une feuille du bout de l'aile. Puis il se posa sur une branche, y enfonçant ses éperons.

— L'écorce aussi, lança-t-il à son amie.

Incroyable ! Une vraie forêt à l'intérieur d'un édifice ! Après le froid féroce des dernières nuits, Ombre eut l'impression que ses os dégelaient et qu'il était plus léger. Tout à coup, un papillon de nuit passa à toute vitesse sous son nez. Il ne put résister.

– Ombre ! cria Ariel.

Mais il s'était déjà laissé tomber, oreilles en alerte, filant toujours plus bas derrière sa proie en louvoyant entre les troncs. Jubilant, il se rapprocha, ignorant les rafales d'échos trompeurs que le papillon lui renvoyait. Plus près, encore un peu... Stop ! Il freina, ramassa l'insecte avec sa queue et se le propulsa tout de go dans la gargamelle. Après des semaines d'un régime frugal à base de puces de neige et de cocons, c'était si bon qu'il manqua de s'évanouir. Il plongea ensuite vers le ruisseau bouillonnant, ravi de voir enfin une eau qui ne fût pas prise dans la glace. Dehors, il avait appris à boire en mâchant de la neige, crispé de douleur quand celle-ci heurtait ses dents. Volant en rase-mottes au-dessus du torrent, bouche ouverte, il laissa les éclaboussures délicieuses rafraîchir sa gorge.

Soudain, il s'arrêta net. Des centaines de congénères curieux tourbillonnaient autour de lui. Des Ailes Cendrées, de Lumière, d'Argent – toutes l'observaient intensément. Il y avait aussi des chauves-souris Pygmées, des à moustaches, des à queue libre et d'autres espèces, qu'il n'avait encore jamais rencontrées.

– Bienvenue ! lui crièrent-elles en chœur. Bienvenue à toi, étranger !

– Ton chemin a été long ?

– L'hiver est si avancé !

– On n'attendait personne avant le printemps !

Ombre crut être emporté dans le sillage de ses compagnons jusqu'à l'endroit où le groupe d'Ailes d'Argent était resté. Là-haut, la foule était encore plus nombreuse – certainement des milliers d'individus, qui volaient en rond autour des nouveaux venus en les bombardant de questions. Ombre remarqua que certains étaient bagués, mais la plupart non. Tous étaient accueillants, visiblement ravis de les voir.

– Où sommes-nous ? demanda Frieda à la cantonade.

– Au paradis !

L'Aile Cendrée qui avait répondu se rapprocha. Elle était âgée, mais sans doute pas autant que Frieda. Sa fourrure était d'un gris moucheté, et des ruisselets d'argent rayaient son torse et son dos. Elle avait une courte barbe blanche en pointe et des pupilles noires tachetées de blanc, ce qui lui donnait un regard particulièrement inquisiteur. Un anneau étincelait à son avant-bras gauche.

– Je m'appelle Arcadie.

– Frieda Aile d'Argent. Nous arrivons d'Hiberna- culum, à deux nuits d'ici vers l'est.

– Nous sommes heureux de vous accueillir. Allons nous percher quelque part, et tu me raconte- ras votre histoire.

Arcadie conduisit le groupe vers un érable énorme aux branches enchevêtrées, et les Ailes d'Argent firent cercle autour d'elle. Ombre se posa tout près de Marina, ravalant un grommelle- ment quand Chinook s'installa de l'autre côté de son amie.

– J'espère que ça ne va pas durer des heures, marmonna le caïd. J'ai faim.

Ombre reporta son attention sur Arcadie. Celle- ci agita ses ailes froufroutantes avant de les replier soigneusement. Puis elle observa les Ailes d'Argent avec attention, s'arrêtant sur chacune. Ombre ne put retenir un frisson quand elle le fixa droit dans les yeux. Ceux d'Arcadie étaient intelligents, beaux même, mais il en émanait une espèce de dureté. Peut-être n'était-ce dû qu'à ces taches blanches, qui rappelaient des éclats de mica dans la roche.

– Vous n'avez aucune raison de vous inquiéter, déclara l'Aile Cendrée en souriant. Tous ici, nous nous rappelons combien nous avons été déroutés, au début. C'était si soudain, si inattendu ! Mais soyez rassurés. Vous êtes parvenus au but de votre voyage. Comme vous le constatez, les Humains ont fabriqué cet éden pour nous. Les arbres gardent toujours leurs feuilles, le ruisseau ne gèle pas ; il règne en permanence une chaleur de nuit estivale, et nous disposons d'autant d'insectes que dans vos rêves les plus fous.

– Combien êtes-vous, ici ? demanda Frieda.

– Plusieurs milliers. De tas de colonies différentes.

Croisant le regard de sa mère, Ombre devina à quoi elle pensait. Des milliers de congénères – parmi eux devait se trouver Cassiel. Il eut aussitôt envie d'écumer la forêt pour le retrouver et griffa impatiemment l'écorce de ses éperons. Quelle torture de savoir son père dans les parages et de ne pas pouvoir le rencontrer aussitôt !

– Nous sommes originaires de tout le pays, poursuivit Arcadie, d'endroits très différents. Mais nous avons deux points communs : notre foi dans le secret des anneaux et l'appel.

– L'appel ? reprit Frieda. Tu veux dire les chants, à l'extérieur d'ici ?

– Oui. Ils nous convoquent. Mon groupe a été le premier à arriver, ça fait environ deux mois.

Il y avait un accent de fierté dans la voix d'Arcadie.

– La forêt était vide, continua-t-elle, et n'attendait que nous. Comme si Nocturna venait de la créer.

Ombre fronça les sourcils.

– Mais qui vous appelait, alors ? lâcha-t-il étourdiment.

Rien qu'à la façon dont Arcadie le toisa, il sut qu'elle désapprouvait qu'une aussi jeune chauve-souris se mêle de la conversation. Gêné, il contempla ses pieds. Tenir sa langue n'avait jamais été son fort.

– Si la forêt était vide, insista-t-il pourtant, d'où venaient les voix ?

– Mystère ! répondit l'Aile Cendrée sur un ton si définitif qu'Ombre comprit que le sujet était clos.

– Et il n'y avait ni oiseaux ni autres animaux ? voulut savoir Frieda.

Ombre remarqua soudain combien le ciel, là-haut, brillait. Dans toute autre forêt, l'aurore aurait signifié patrouilles de chouettes, oiseaux se levant et s'agitant dans leurs nids, animaux flairant le sol à la recherche de nourriture... Mais Arcadie ne paraissait nullement soucieuse.

– Bien sûr que non, répliqua-t-elle en souriant de nouveau. Les Humains ont créé un monde parfait, sans volatiles ni bêtes. Il n'y a que nous.

Les mots échappèrent à Ombre :

– Mais pourquoi ? Pourquoi nous ont-ils offert cet endroit ?

– Afin de tenir la Promesse de Nocturna, répondit tout bonnement Arcadie. Venez voir.

L'Aile Cendrée les entraîna vers les branches les plus hautes de l'érable. Le ciel pâlissait et, à l'orient, une bande plus claire barrait le lointain. Comme mues par un signal, toutes les chauves-souris de la forêt s'étaient agglutinées près du toit, les unes trouvant à s'accrocher aux arbres, les autres tourbillonnant avec exaltation. Les vrombissements et craquements d'ailes emplissaient l'espace. Les regards étaient braqués dehors. Des chuchotis fiévreux se répandaient :

– C'est l'heure ! C'est l'heure !

L'aube se levait. Stupéfié, Ombre vit un étincelant éclat de lumière poindre sur l'horizon. Aussitôt, ses pensées s'envolèrent des mois en arrière, vers les forêts septentrionales, où, nouveau-né, il avait risqué sa vie pour pareil spectacle. Le souvenir de la chouette qui avait essayé de le tuer – son odeur, les frissonnements de ses plumes – virevolta si violemment dans sa tête s'il ne put s'empêcher de vérifier par-dessus son épaule qu'il ne risquait rien. Il lut sur les visages des siens, y compris celui de Frieda, l'angoisse mêlée de respect que lui-même ressentait.

Ils étaient restés des millions d'années interdits de soleil, et voici qu'ils contemplaient son lever dans une traîne de rayons brumeux toute de grâce régalienne. Ombre avait déjà volé dans l'éblouissante clarté diurne, une fois; mais jamais il n'avait admiré l'astre du jour en train de se libérer ainsi des ténèbres nocturnes. Subjuguées par l'aveuglant disque de lumière resplendissant de majesté, toutes les chauves-souris étaient tombées dans une rêverie mutique. Ombre examina, autour de lui, pointés vers le ciel, les visages extatiques aux yeux étincelants et à la fourrure baignée du halo solaire. Il devina que cette contemplation constituait un rituel pour les habitants de la forêt. Quant à Marina, ce fut comme s'il la découvrait, tant sa fourrure était iridescente et paraissait douce. Ses poils lisses scintillaient. On aurait dit une inconnue, magnifique et diaphane. Quand elle posa son regard rayonnant sur lui, il vit un soleil miniature se refléter dans chacune de ses pupilles. Elle lui sourit. Faiblement, il lui rendit son sourire, avant de se détourner, surpris et gêné.

Transformant tout, l'astre faisait ressortir des détails auxquels Ombre n'avait jamais porté attention : les veinures des feuilles, les dessins de l'écorce. Il donnait envie de toucher chaque chose de nouveau. Le monde avait l'air plus intense. Relevant la tête, Ombre constata avec étonnement qu'il n'avait pas besoin de fermer les paupières.

— Il brille plus que ça, normalement.

— Je sais, répondit Marina. Je n'ai pas oublié.

Quand ils avaient fui Goth et Throbb en plein jour, Ombre n'avait pas pu fixer le soleil en face sans ressentir de douloureux coups de poignard transpercer ses orbites.

— Il doit être filtré par le toit, dit-il en se rappelant les reflets sombres qu'il avait remarqués, dehors.

Arcadie se mit à tournoyer au-dessus d'eux, les yeux flamboyants.

— Ainsi, déclara-t-elle, la Promesse a été accomplie ! Voici le soleil ! Nous pouvons l'admirer et voler dans sa lumière, sans crainte aucune. Il n'y a ni chouettes ni animaux pour nous l'interdire. Vous comprenez ? Il est à nous de nouveau ! Notre exil prend fin ici !

Ombre avait toujours cru que seule une guerre contre les rapaces mettrait un terme à leur bannissement. Il n'avait pas pensé que cela prendrait la forme d'un monde parfait, créé spécialement pour eux par les Humains.

— Et les anneaux ? demanda Frieda. Que signifient-ils ?

— Après avoir été baguée, je me suis beaucoup interrogée, répondit l'Aile Cendrée. Comme nombre d'entre nous. Ils n'ont rien de magique et ne distinguent pas les bonnes chauves-souris des mauvaises. Puisque les Humains ne comprennent pas notre langue, les anneaux sont une façon pour eux d'établir un contact avec nous ; ils sont un gage d'amitié, un symbole de la Promesse. Ils affirment le rôle que les Humains ont à jouer dans notre retour au jour. Nocturna a fait la Promesse, les Humains l'ont tenue.

Ombre et sa mère se sourirent.

— Allons chercher Cassiel ! lui lança-t-elle.

Le cœur d'Ombre bondit dans sa poitrine. Quelque part dans cette forêt, son père était là. Il le sentait.

– Nous sommes venus retrouver un des nôtres, apprit Ariel à Arcadie. Il est bagué et se nomme Cassiel.

– Cassiel, marmonna l'Aile Cendrée, pensive, en se posant sur une branche. On est si nombreux ici! Voyons voir...

Élevant la voix, elle lança un appel dans la ramure:

– Y a-t-il un Cassiel Aile d'Argent parmi vous? Faites passer le message!

La fourrure hérissée d'énervement, Ombre écouta le nom de son père se répandre à la vitesse de l'éclair dans les bois, telle une vague sur l'onde. Impossible de rester sans bouger! Il s'envola vers le toit, à l'affût.

– Cassiel! Cassiel Aile d'Argent! Es-tu là? Cassiel... Cassiel... Cassiel...

Et ainsi de suite, de plus en plus loin, jusqu'à ce que les voix s'évanouissent. Le sang battant aux tempes, Ombre chercha des yeux sa mère. Ariel, visage figé, oreilles bien droites, guettait, pleine d'espoir, une réponse. Qui, malheureusement, ne vint pas.

– Je suis navrée, murmura Arcadie après quelques minutes de silence terrible.

– Merci quand même, répondit Ariel en s'affaissant.

Un chœur de condoléances s'éleva, mais Ombre ne perçut qu'un brouhaha dénué de sens.

– Non! insista-t-il en fixant Arcadie. Il doit être ici.

Sa propre voix lui parut assourdissante.

– Il est venu au printemps, reprit-il. Cet endroit, il le connaissait! Il a même dû arriver avant tout le monde. Il est ici!

– Nous étions les premiers, répliqua fermement l'autre. Il n'y avait personne dans la forêt, et je ne me rappelle aucune Aile d'Argent baguée s'appelant Cassiel. C'est ainsi, et j'en suis désolée. Tu devrais t'estimer heureux d'avoir découvert ce paradis.

Lui jetant un regard furieux, Ombre s'envola, les yeux noyés de larmes. Il fila se nicher au plus profond de la ramure, se forçant à réfléchir. Il ne pleurerait pas! Pas question! Il arpenterait la forêt en personne. Cette imbécile de chauve-souris barbue ne savait pas tout. Si ça se trouve, elle n'était même pas une Aînée! Juste une espèce de birbe qui se prenait pour Nocturna sait quoi! Quand sa mère vint se poser à ses côtés, il n'osa pas se tourner vers elle. Déceler sur son visage le chagrin que lui-même éprouvait le ferait éclater en sanglots, il le savait.

– Il est vivant, bougonna-t-il, mâchoires serrées. Zéphyr l'a dit.

– Et si Zéphyr s'était trompé? Nous ne pouvons passer le reste de notre existence à le chercher.

– Pourquoi pas?

– Tu es tellement impétueux, tu lui ressembles tant! Tout voyage doit s'achever une nuit, Ombre.

– Tu laisses tomber? s'exclama-t-il, ébahi.

– S'agit-il vraiment de cela? soupira Ariel. Beaucoup des nôtres perdent leur compagnon ou leur compagne. Ce sont les inévitables cruautés de la vie.

Ombre détesta ces sages propos. Comment sa mère parvenait-elle à se montrer si raisonnable?

– Je ne suis pas si malheureuse, reprit-elle. Je t'ai, toi. Et je suis en âge d'avoir d'autres petits.

Choqué, Ombre la toisa.

– Tu n'as pas le droit! souffla-t-il.

Ariel rit doucement, et il sentit son visage s'embraser, comme s'il avait été de nouveau un chauve-souriceau proférant des bêtises.

– Et si ton père avait fait la même chose, de son côté?

– Jamais!

Sa mère ne répondit pas. «Elle a raison», pensa-t-il, malheureux comme les pierres. Qu'en savait-il, après tout? Il ne connaissait rien de son père. Absolument rien. Il ne l'avait jamais vu, ne le verrait sans doute jamais. Soudain, il céda à la colère:

– Il m'échappe toujours au dernier moment! Pourquoi ne ralentit-il pas? Pourquoi ne nous aide-t-il pas? Il pourrait faire un signe, laisser un message! J'ai parcouru des millions de battements d'ailes pour lui, et il...

Il s'interrompit, conscient que ses paroles n'avaient ni queue ni tête. Mais il n'arrivait plus à contenir sa frustration et sa déception. S'il avait eu la certitude que son père était mort, il aurait essayé de surmonter cette épreuve. Au moins, il aurait eu l'impression de mettre un terme à quelque chose – il n'y aurait plus rien à espérer, plus d'efforts à fournir, de soucis à se faire. Au fond, Cassiel souhaitait-il vraiment qu'on le retrouve? Était-il un égoïste qui ne pensait même pas à sa compagne, à son fils? «Ne veut-il donc pas me retrouver, moi?» songea Ombre, désespéré.

– Nous ignorons s'il est jamais venu ici, fit remarquer Ariel, s'il a été intercepté en route par les chouettes ou s'il est parti ailleurs.

Elle poussa un soupir.

— Je ne comprends pas comment tu peux abandonner ! lança Ombre.

— Je crois qu'il est temps de passer à autre chose.

Ariel le dévisagea et ajouta :

— Tu dois t'occuper de Marina, tu sais.

Amer, Ombre grogna :

— Oh, elle se débrouille très bien toute seule ! Elle a même plus de succès que moi. Tu verrais comment Chinook lui tourne autour...

Soudain, il se tut, interdit.

— Et pourquoi devrais-je, moi, m'occuper d'elle ? reprit-il. La moitié du temps, j'ai l'impression qu'elle me déteste !

— C'est dur pour elle. Elle n'est pas une Aile d'Argent. Je n'aimerais pas qu'elle se sente exclue. À part nous, elle n'a personne.

— Je sais, je sais, acquiesça-t-il, gêné.

Quand il l'avait rencontrée, Marina vivait seule, rejetée par les siens parce qu'elle avait été baguée. Les Ailes de Lumière avaient cru que les anneaux étaient maudits et qu'ils leur porteraient malchance. Même ses propres parents l'avaient reniée, ce qu'Ombre trouvait monstrueux. Après avoir atteint Hibernaculum, Marina avait songé partir retrouver sa colonie, puisque Goth lui avait arraché son anneau. Mais elle avait renoncé. Ombre sourit, se souvenant combien il avait été heureux quand son amie avait accepté l'invitation de Frieda à rester avec eux. Puis il fronça les sourcils.

— Elle s'intègre très bien, maugréa-t-il.

Sa mère la traitait comme sa fille, ce qui faisait plaisir à Marina, à en juger par la façon dont elle ronronnait presque quand Ariel la peignait. Chinook l'appréciait aussi, sentiment qu'elle semblait partager. Ombre n'avait pas manqué non plus de remarquer comment certains autres mâles la regardaient, admiratifs. Sans doute à cause de cette fourrure d'Aile de Lumière, tellement plus riche. Il renifla. D'accord, les jeunes femelles ne paraissaient pas vraiment enthousiasmées par sa présence. Et alors ? Elle n'avait pas l'air d'en souffrir.

— Elle cache bien son jeu, dit Ariel, comme si elle avait lu dans les pensées de son fils. Prends soin d'elle, c'est tout ce que je te demande.

— Ouais, d'accord !

Sa mère lui parlait comme à un chauve-souriceau ignorant, et il n'aimait pas ça. D'ailleurs, pourquoi étaient-ils en train de discuter de Marina ? Lui ne voulait penser qu'à son père. Ariel lui effleura la joue de son aile.

– Tu es si impatient ! murmura-t-elle. Sois fier de ce que tu as fait, Ombre. Sans toi, nous ne serions jamais parvenus jusqu'ici. Tu nous as apporté le soleil, exactement comme tu te l'étais juré.

Il hocha la tête, se rappelant son serment, fait à l'automne. Pourtant, son cœur était lourd comme du plomb.

– Nous devons prévenir les autres, à Hibernaculum, disait Frieda. Ils méritent de partager notre découverte. Mais faut-il y aller maintenant ou attendre le printemps ?

– À cette époque, les chouettes auront sans doute attaqué, observa sombrement Icare.

Ombre s'était niché près du ruisseau tumultueux, en compagnie de Marina et des Ailes d'Argent de sa colonie. Tout le monde écoutait. Ombre fixait les yeux d'Arcadie, si différents de ceux de Frieda. On comprenait immédiatement que l'Aile Cendrée n'aimait pas qu'on la questionne ; ni qu'on lui tienne tête.

– J'ai bien peur que vous ne puissiez retourner à Hibernaculum, lâcha-t-elle d'un ton neutre.

Ombre en frémit d'indignation. Pour qui se prenait-elle ? Leur dire à eux ce qu'ils avaient ou non le droit de faire !

– Pardon ? demanda posément Frieda.

– Le reste de votre colonie a déjà choisi en décidant de ne pas vous accompagner.

– Mais quand ils apprendront que cet endroit existe, ils changeront d'avis.

– Je crois plutôt que cet éden est réservé à ceux qui auront eu la foi et le courage de partir à sa quête.

– N'est-ce pas un peu sévère ?

Frieda restait calme, mais un brusque froissement de ses ailes repliées trahit son agacement.

– Telle est la volonté de Nocturna, insista Arcadie. De toute façon, le sort en est jeté. La porte ne s'ouvre que dans un sens.

– Alors, nous sommes prisonniers ? explosa Ombre.

– Nul n'est prisonnier au royaume de Nocturna, persifla Arcadie. Tu es parvenu au but de ton voyage. Habitue-toi à cette idée, gamin.

Il se hérissa. Gamin ! « J'ai sans doute vu plus de choses que toi, espèce de vieille taupe ! » Puis la panique l'envahit. Passer le restant de ses nuits ici ? Définitivement ? C'était une idée trop énorme pour qu'il puisse seulement l'envisager. Déjà qu'il n'avait jamais apprécié de devoir hiberner, alors que ça ne durait que trois mois ! Comment pourrait-il vivre ici – ou ailleurs ? – pour toujours ?

– Il doit bien y avoir une sortie, marmonna-t-il.

Sur ce, il s'envola jusqu'au toit. Il ne mit pas longtemps à retrouver l'ouverture par laquelle ils étaient entrés. Il enfonça ses éperons dans le panneau métallique, mais ce dernier ne bougea pas, même quand il le frappa de l'épaule. Il eut beau en égratigner l'acier ou la pierre alentour, il ne souleva même pas un grain de poussière.

– Marina! Chinook! Venez me donner un coup de griffe!

– Ça suffit! lança sévèrement Arcadie en volant vers lui. Seuls les Humains ouvrent ces portes. Ton épouvantable ingratitude me choque. Regarde autour de toi! Que vois-tu? La forêt est aussi généreuse que possible. Qui a envie de fuir le paradis?

– Si c'est le paradis, pourquoi n'y a-t-il aucune issue? rétorqua-t-il, la voix frémissante de colère.

– Parce que ce lieu a été conçu pour nous protéger de nos ennemis.

Ombre aperçut Ariel, Marina et Frieda qui se tenaient derrière Arcadie. Il essaya de déchiffrer l'expression de leurs visages. Celui de sa mère lui parut soucieux; était-ce parce qu'elle partageait ses peurs ou parce qu'elle condamnait son attitude? Quant à Marina, elle évitait son regard. Avait-elle honte de lui? Le trouvait-elle peureux et infantile, de chercher un moyen de sortir?

Au paradis !

– Si rester ici ne te convient pas, lui dit Arcadie en le vrillant de ses yeux glacés, c'est que tu n'étais sans doute pas destiné à nous rejoindre.

Goth entendit les Humains arriver. Le bruit de leur machine volante fit vibrer l'air. Cette fois, le géant ne se détourna pas, mais fila dans leur direction. Il distingua vite la silhouette bulbeuse de l'engin, droit devant, bordé de lumières. Il flancha, mais ça ne dura qu'un instant. Zotz lui avait rendu sa force. Zotz le regardait. Mieux ! Zotz avait besoin de lui pour accomplir ses desseins. Il deviendrait roi des Vampyrum Spectrum et se remplirait la bouche et l'estomac de la chair d'Ombre Aile d'Argent.

Le nez de la machine glissa devant lui. Derrière la fenêtre ouverte, il vit l'Homme. Goth s'était douté que ce serait lui. Sa barbe galeuse et son œil à demi fermé le dégoûtèrent. Il tenait une longue arme. Le cannibale serra les dents et attendit. Il sentit la morsure de la fléchette dans son flanc et dut se battre contre tous ses instincts, qui lui commandaient de l'arracher et de prendre ses ailes à son cou.

Puis l'horizon bascula, vertigineux, et Goth tomba.

La clef des champs

Cinq nuits au « paradis », et Ombre n'avait pas
encore renoncé à trouver un moyen d'en décamper.

Il écumait la forêt, investiguant sans relâche.
Il reconnaissait que l'endroit était un merveilleux
mélange de conifères et de feuillus au sol moelleux
couvert de mousse, de fleurs sauvages et d'herbe.
Un beau ruisseau sinuait à travers tout leur domaine,
même si Ombre avait vite remarqué que son eau
avait un arrière-goût métallique. Des falaises de
pierre rocailleuse – on aurait dit des vraies, il avait
vérifié – bordaient leur territoire, jusqu'au toit.
Il avait aussi déniché de multiples petites entrées,

identiques à celle qui leur avait permis d'arriver ici, malheureusement tout aussi hermétiques.

Il n'était néanmoins pas question d'abandonner. Il devait y avoir une issue ! Ombre n'était pas sûr qu'il l'utiliserait, mais il avait besoin de savoir qu'elle existait. Cesoird'hui, il volait au ras du toit, s'efforçant de dégoter un filet d'air frais ou quoi que ce soit d'autre qui le mènerait à une faille, un orifice, une sortie quelconque. Rien, comme d'habitude. Il balaya son nouvel univers du regard, conscient qu'il lui faudrait des mois pour le fouiller de fond en comble et qu'il pouvait ne pas remarquer un détail.

Si au moins il avait été secondé ! Mais ses compagnons ne pensaient qu'à dormir et, quand ils ne sommeillaient pas, ils arpentaient paresseusement le gagnage ou faisaient leur toilette. En dépit des invitations d'Ariel à nicher et chasser avec elle, il s'isolait. Il avait du boulot et enrageait que sa mère ne soit pas sur la même longueur d'ondes. Il l'avait deviné sans qu'elle ait eu besoin de le dire : elle se plaisait ici, comme les autres. Même Frieda passait la plupart de son temps sur sa pierre favorite, près d'une mare, réchauffant ses vieux os au soleil. Pourquoi ne se souciait-elle pas plus de la colonie restée à Hibernaculum? Avait-elle oublié les chouettes? Tout comme lui, l'Aînée aurait dû essayer de tirer sa révérence!

Marina s'était liée d'amitié avec un groupe d'Ailes de Lumière et, quand elle n'était pas en leur compagnie, elle frayait avec Chinook. C'était stupéfiant! Quand il entendait le rire cristallin de son amie, Ombre avait envie de mordre des cailloux. Au début, elle lui avait proposé de se joindre à eux, mais il avait décliné et, dorénavant, Marina ne lui demandait plus rien. Elle se contentait de lui adresser un bref sourire pincé avant de s'envoler avec les autres.

Tout autour de lui, on était heureux. Ombre se sentait pareil à une baie mal digérée.

— Tu n'as pas renoncé à chercher?

Marina l'avait rejoint. Il grommela une vague réponse et lui jeta un coup d'œil, histoire de savoir si elle était d'humeur gentille ou si elle se moquait de lui. Il fut pourtant content de la voir, surtout qu'elle ne traînait pas Chinook derrière elle. Il ne l'avait plus vue seule depuis des nuits.

— Alors, le paradis, ça baigne? lui demanda-t-il, sarcastique.

Elle sourit:

– C'est mieux que d'être mangé par les chouettes ! Allez, Ombre, prends un peu de bon temps ! Si quelqu'un l'a mérité, c'est bien toi ! Cet endroit n'est pas si terrible.

Il voulait la croire et, l'espace d'un instant, se détendit. Peut-être qu'en effet il était parvenu au but de son voyage. Pourquoi ne pas replier ses ailes et s'octroyer un long sommeil réparateur ? Ce serait si facile ! Un papillon de nuit voleta à quelques centimètres de lui, et il plissa le nez.

– Sais-tu d'où viennent les insectes ? dit-il, l'air de rien. De trous minuscules pratiqués dans les falaises. Il y en a partout. Tiens, comme celui-ci. Regarde !

Il s'approcha d'un orifice et y enfonça le bout de son aile.

– On dirait qu'ils sont littéralement propulsés par là, reprit-il. Incroyable, non ?

– Qu'est-ce que ça change ?

– Ils ne sont même pas bons.

– La nourriture te déplaît ? Tu préférerais être dehors à gratter les moisissures gelées d'un arbre ?

– Reconnais-le, Marina, les insectes ont une drôle de saveur, tous la même d'ailleurs. Les hannetons manquent de croustillant. Ne me dis pas que tu ne l'as pas remarqué !

– Et alors ? se fâcha-t-elle.

— Ils sont aussi trop faciles à attraper. Même les papillons de nuit sont balourds. Je n'en ai encore manqué aucun. Ils devraient se défendre un peu plus vigoureusement.

Il s'interrompit, soudain honteux de se comporter comme un bébé. Ils redescendirent s'accrocher à un arbre et restèrent un moment silencieux, côte à côte.

— Je suis désolée pour ton père, finit par dire Marina.

— Je n'arrive pas à comprendre pourquoi il n'est pas ici. J'ai l'impression, je ne sais pas, que nous ne sommes pas au bon endroit. Que nous avons commis une erreur.

— Plutôt pas mal, l'erreur ! Pourquoi es-tu si méfiant ? Je te vois tourner en rond à chercher des issues partout. Pourquoi n'en profites-tu pas, tout bonnement ?

— Je ne parviens pas à croire que ça doive se terminer ainsi.

— Mais tout colle ! La lumière du jour, l'absence de chouettes, l'aide des Humains. C'est la Promesse !

— Je sais, je sais, admit Ombre, irrité.

Il y avait pensé lui aussi, ressassant les choses comme on rongerait une pierre jusqu'à ce qu'elle ne soit plus que poussière, plus rien.

– Même le soleil est différent, reprit-il, plus pâle. Toi aussi, tu l'as remarqué.

– Dehors, ça faisait trop mal, de le regarder. Maintenant, nous pouvons en profiter. Et puis, pourquoi les Humains se seraient-ils donné toute cette peine ?

– Suis-moi, je vais te montrer un truc.

La guidant à la cime des arbres, il se rendit compte que, pour la première fois depuis des nuits, il se sentait bien. Avoir Marina à ses côtés, pour lui tout seul, comme avant, volant de conserve – même si le trajet fut des plus brefs – lui faisait tellement plaisir ! Dès sa première exploration, il avait remarqué que la forêt était très longue, mais relativement étroite. Insérée dans une des falaises, une large fenêtre dominait leur territoire. Derrière commençait le domaine des Humains. Les deux amis se suspendirent au rebord supérieur de la baie vitrée. La tête en bas, ils avaient une vue imprenable sur ce qui se passait de l'autre côté, à seulement quelques battements d'ailes d'eux. Il y avait là cinq Humains en blouse blanche, deux debout et trois assis. Ombre se rappela ceux qui, il y avait longtemps de cela, avaient prié dans la cathédrale. Il les avait tant admirés, avec leur taille et leur puissance ! Ici, ils semblaient encore plus formidables. La pièce était plutôt sombre, éclairée par différentes surfaces métalliques brillantes. Deux Humains discutaient – Ombre voyait leur bouche remuer. Les aurait-il entendus, il n'aurait pas compris ce qu'ils se disaient. Les autres étaient collés à la baie vitrée; cette position avantageuse leur permettait d'espionner la forêt.

– Ils nous surveillent, dit Ombre. Peut-être qu'ils nous étudient.

– Et alors? répondit prudemment Marina.

– Celui-là, c'est l'Homme.

Il agita la tête en direction de l'Humain mâle qui se tenait au milieu de la pièce, tapant sur le clavier d'une espèce de machine. Grand et dégingandé, il avait une barbe broussailleuse et un œil qui semblait toujours à moitié fermé.

– L'Homme?

– Goth nous a parlé de lui, tu te souviens? Quand lui et Throbb étaient dans la fausse jungle, il les épiait tout le temps. Il leur braquait des lumières violentes dans les yeux et les piquait avec des aiguilles.

– C'en est peut-être un autre.

– Oui, mais...

— D'accord, admettons que c'est lui. N'importe quel Humain qui capture Goth et l'enferme me paraît quelqu'un de bien.

— Nous aussi, ils nous enferment.

Un moment silencieuse, Marina reprit avec agacement :

— Pourquoi parler de Goth ? C'était un sale menteur. Il a voulu nous tuer, et ta colonie aussi. Il a pu tout inventer ! Si ça se trouve, il n'y a jamais eu de fausse jungle. Ni d'Homme.

— Goth et Throbb étaient bagués. Et les Humains ont essayé de les reprendre avec leur machine volante. J'ai failli être atteint par une de leurs flèches, tu te rappelles ?

— Bien sûr que oui, s'énerva Marina. En tout cas, nous n'avons ni lampes dans les yeux ni aiguilles dans le corps. Ça fait deux mois qu'Arcadie est ici, et il ne lui est rien arrivé. Tout le monde a l'air plutôt heureux, non ?

— Très ! marmotta Ombre en la dévisageant. Tu n'as vraiment pas la sensation d'être prisonnière ?

— Ce que tu es soupçonneux ! Ça ne te suffit pas qu'ils nous aient fabriqué cet endroit ?

Il se sentait ingrat, en effet, mais c'était plus fort que lui.

– Non! rétorqua-t-il. Je veux savoir pourquoi ils l'ont créé.

– Et comment vas-tu t'y prendre? Attendre qu'ils traversent ce mur de verre pour venir te parler?

– J'aimerais bien! S'ils sont si malins, pourquoi ne s'expliquent-ils pas une bonne fois pour toutes? On dirait qu'ils se contentent de nous rassembler ici. Veulent-ils quelque chose en échange?

– Personne ne nous a forcés à venir ici. C'est notre choix. Il suffisait de ne pas entrer. Mais tu as foncé bille en tête, tu te rappelles?

– J'espérais retrouver mon père.

Marina poussa un soupir:

– Désolée, Ombre, mais je me sens bien ici. J'ai été rejetée si longtemps! Je veux juste... Écoute, c'est comme si j'avais trouvé un foyer, une famille. Ariel a été vraiment gentille avec moi. Toi aussi.

– Sans oublier Chinook!

Il regretta aussitôt ses paroles. Marina le scruta du regard.

– Dois-je comprendre que tu désapprouves les instants que lui et moi partageons? demanda-t-elle d'une voix où affleurait la colère, à peine perceptible mais dangereusement réelle.

– Laisse tomber!

– Si au moins tu avais été là ! Mais tu t'isoles constamment, tu cherches des issues dans tous les murs. Tu boudes.

– Je ne boude pas !

– Appelle ça comme tu veux.

– Je réfléchis. Car ça m'arrive, figure-toi. Je ne suis pas comme Chinook.

– Je reconnais qu'il n'a pas l'étoffe d'un Aîné. Il n'est pas spécial, lui, mais au moins, il a du cœur.

Méprisante, elle avait lourdement appuyé sur le mot « spécial ».

– Eh bien, quand on n'a pas d'esprit, on fait avec ce qu'on a !

Sous sa fourrure, Ombre sentait son visage brûler de jalousie et de rage.

– Sans oublier à quel point il est drôle, poursuivit-il. Ça explique tout ce temps que tu passes avec lui.

– Il est beau, lança Marina d'un ton désinvolte.

– Pardon ? s'étrangla Ombre.

Sa colère céda soudain la place à une authentique surprise. Beau, le Chinook ? D'accord, il était grand et fort, c'était un bon chasseur et il volait superbement. Mais Ombre n'aurait jamais imaginé qu'on pût le qualifier de beau. « Et moi, se demanda-t-il, suis-je beau ? » La réponse s'imposa d'elle-même :

il était trop maigrichon. Parfois, quand il se compa-
rait à Marina, avec sa fourrure luxuriante et son
visage fin, il se trouvait positivement laid.

— Tu as raison, lança-t-il froidement. Il est très
beau.

Elle lui jeta un regard étonné, puis secoua la tête.

— Tu sais quoi? dit-elle. Il t'apprécie. Il t'envie,
même! Ça t'épate, hein? Sans doute as-tu été trop
occupé pour t'en rendre compte, ajouta-t-elle avec
une acidité qui dérouta Ombre. Trop occupé pour
t'intéresser aux autres.

— Qu'est-ce que tu veux dire? demanda-t-il en
fronçant les sourcils.

— Arrête un peu de jouer les héros. Et puis, tu n'es
pas le seul à avoir perdu un père!

Là-dessus, elle s'envola.

Suspendu à une branche basse, Ombre arrachait
furieusement les branches d'un chêne en leur déco-
chant des rafales d'ondes sonores. Il en visa une
nouvelle, foudroya sa tige et, satisfait, la regarda se
détacher et voleter vers le sol. Mais une feuille
n'était pas un glaçon. Trop facile. Par terre, il repéra
une petite pierre, à environ deux mètres de là. Malheureusement, il avait du mal à se concentrer.

« Tu n'es pas le seul à avoir perdu un père ! » Les paroles de Marina résonnaient encore dans son crâne. Il se crispa. C'était une façon de lui conseiller de s'en remettre, de lui rappeler qu'elle non plus n'avait plus le sien, sans compter sa mère. Pourtant, la vie avait continué. Eh bien, peut-être arrivait-elle à vivre ainsi, mais lui non. Cassiel avait disparu, Ombre le retrouverait. Devait-il s'excuser de sa détermination ? De son refus de traîner ici comme un papillon assommé de soleil, à se nourrir de mauvais insectes ?

« Arrête un peu de jouer les héros. » Ça, c'était le bouquet ! Il ne faisait qu'accomplir son devoir, puisque personne n'avait l'air de réagir. Et la colonie restée à Hibernaculum, les chouettes belliqueuses, leur enfermement ici ? S'il ne s'en occupait pas, qui d'autre le ferait ? Il fallait bien que quelqu'un agite le cocotier !

Pas étonnant que Marina lui préfère Chinook ! Il avait ses deux parents, ne se posait jamais de questions, ne s'inquiétait de rien ; il était tellement satisfait de son sort qu'Ombre en avait le fiel aux lèvres. Quelle chance d'être Chinook !

Il fixa la pierre d'un air furibond. « Bouge ! » lui ordonna-t-il en l'accablant d'ondes sonores. À sa grande surprise, le caillou fit un bond dans l'herbe. Il réitéra sa tentative et réussit à le pousser sur quelques centimètres, avant d'abandonner, hors d'haleine.

– Bravo ! s'écria Frieda.

Ombre se retourna, ébahi de découvrir l'Aînée suspendue à son côté.

– Tu te débrouilles de mieux en mieux, le félicita-t-elle.

– C'est que j'ai tout le temps de m'entraîner, ici !

Frieda l'observait avec indulgence. Ombre avait toujours aimé la façon dont sa fourrure plissait autour de ses yeux. Son regard doux semblait l'inviter à parler.

– Est-ce que c'est moi qui suis bizarre ? finit-il par lui demander. Nous avons le soleil, plein de nourriture, l'été au beau milieu de l'hiver, aucune chouette à craindre. Tout le monde est content.

– Sauf toi.

– Sauf moi.

– Qu'est-ce qui ne va pas ?

Il ne savait par où commencer.

– Ce n'est pas ce que j'avais imaginé.

– Tu voulais peut-être trop.

Il acquiesça, déconfit.

– Tu as cherché les Humains, continua Frieda. Comme nous tous. Nous avons cru que la Promesse nous unissait à eux, qu'ils nous aideraient.

– Sans doute que j'attendais plus.

– Une transmutation extraordinaire ? Une victoire sur les chouettes et notre règne sur terre ?

Embarrassé, Ombre se détourna. Il n'avait pas oublié ses rêves de guerres glorieuses et de revanche sur les rapaces. Une part de lui n'y avait d'ailleurs pas encore renoncé.

– Les Humains se sont donné beaucoup de mal pour nous, ici, ajouta l'Aînée en l'examinant attentivement. Pourtant, ça ne te suffit pas, tu n'arrives pas à leur faire confiance.

– Mais c'est comme si nous étions en cage ! D'accord, la prison est belle, grande, et tout ce que tu voudras. Mais les insectes n'ont pas très bon goût, le soleil est pâlichon, et, surtout, je ne comprends pas les raisons des Humains.

– D'accord avec toi.

Interloqué, Ombre dévisagea Frieda, et un sourire se dessina lentement sur ses lèvres :

– Vraiment ?

– Vraiment.

Il s'était senti tellement isolé depuis leur arrivée ! Il avait cru être le seul à ne pas ajouter foi à ce paradis. Tout ce temps, pourtant, Frieda avait partagé ce sentiment. Son soulagement fut sans bornes.

– Alors, tu vas m'aider à trouver une sortie !

Frieda soupira :

– Il ne reste plus beaucoup d'énergie dans mes ailes. Pour ma part, je suis réellement arrivée au but du voyage.

Ombre tressaillit. Soudain, il ne vit plus l'Aînée qu'il avait toujours un peu crainte, mais une chauve-souris sur ses vieilles nuits et qui avait traversé d'innombrables saisons. Elle paraissait fatiguée ; ses épaules étaient affaissées, sa fourrure terne. Seuls ses yeux sombres gardaient leur vivacité.

– Je ne pense pas que cette forêt soit l'accomplissement de la Promesse, lâcha-t-elle.

– Alors pourquoi... Pourquoi n'as-tu rien dit aux autres ? À Arcadie ?

– Elle ne m'écouterait pas.

– Mais tu es une Aînée !

Frieda fit une grimace amusée :

– Arcadie s'est déjà forgé son opinion, et je ne la persuaderai pas. Par ailleurs, elle a une grande influence sur les autres, qui croient ce qu'ils veulent bien croire. Je soupçonne aussi cet éden d'être beaucoup plus convaincant que mes mots. Ils y voient le paradis et, par bien des aspects, c'en est un. Mais ce n'est pas, à mon avis, ce que Nocturna a prévu pour notre espèce.

— J'ai cherché partout, dit Ombre d'un air las. J'ai inspecté les murs, le toit. Je ramperais dans ces stupides tunnels à insectes si je le pouvais...

— Tu trouveras, le rassura Frieda. Je sais que tu y parviendras.

— Mais comment ? s'écria-t-il, écœuré.

— Grâce au son. C'est un atout chez les chauves-souris, mais c'est un don particulier chez toi. Tu te rappelles, je t'ai toujours dit que tu savais écouter, que tu entendais ce que les autres ne perçoivent pas. Écoute comment sortir d'ici.

Ce jour-là, les rêves d'Ombre furent troublés par l'impression d'entendre la respiration et les battements de cœur de Goth, comme s'il s'était trouvé dans le ventre du géant. Des images argentées pareilles à des ondes sonores flamboyèrent dans son esprit assoupi. Elles avaient quelque chose de si familier qu'il comprit qu'il les avait déjà rêvées : un serpent à plumes, un jaguar au poil brillant et lisse ; puis, plus terrifiants que tout, des yeux sans visage, deux fentes déchirant les ténèbres, deux balafres d'un noir plus ardent que n'importe quelle nuit. Ombre voulut se réveiller. En vain.

Son cauchemar fut soudain inondé d'une étrange odeur, douceâtre et légèrement écœurante. Il se débattit, essayant d'ouvrir les paupières. Peut-être y parvint-il, car il crut entrevoir la forêt. De grandes silhouettes sur deux jambes s'y déplaçaient. Des Humains? Privés de visage, ils se glissaient entre les arbres comme des fantômes, et Ombre, prisonnier de son rêve, les observait, épouvanté. Leurs bras, longs, squelettiques, fourgonnaient dans les branches, effleurant les chauves-souris endormies.

Incapable de résister plus longtemps, Ombre replongea dans des ténèbres hideuses.

Il fut réveillé par des voix anxieuses qui s'entrecoupaient:

— ... ne le trouve nulle part...

— ... où sont-ils partis?

— ... elle a disparu...

Le cœur d'Ombre se mit à battre la chamade. Disparu? Il s'envola, déployant toutes grandes ses oreilles. Ses congénères s'éparpillaient à travers la forêt, appelant des noms, de plus en plus désespérés.

— Dédale... Hécube... Miranda?

Il tourna sur les chapeaux d'ailes en direction de l'endroit où Ariel et Marina aimaient à nicher. Il se sentait bizarrement engourdi : sa bouche était sèche et avait un goût aigre. Une douleur diffuse cognait dans son crâne.

«Partis... partis... partis...» Le mot, mêlé de sanglots, volait d'arbre en arbre.

— Que se passe-t-il? demanda-t-il à une Aile Cendrée qui venait à sa rencontre, l'air égaré.

— Tu as vu mon Ursa?

— Non, je...

— Elle n'est plus là! Comme les autres.

— Que veux-tu dire?

— Ils ont disparu, tous!

La mère éplorée fila, appelant sa fille d'une voix brisée. Ombre se mit à louvoyer comme un fou entre les branches. Fracassant les feuilles, il déboula dans une clairière. Quel imbécile! Pourquoi s'était-il tenu à l'écart d'Ariel et Marina? Pourquoi s'était-il querellé avec son amie? Les rancœurs liées à sa colère lui semblaient désormais puériles et cruelles.

— Marina? Maman?

C'était là qu'elles dormaient, d'habitude. Où étaient-elles? Il les appela encore une fois, mais tant de malheureux hurlaient des noms que ça ne servit à rien, sinon à renforcer la cacophonie ambiante. Suffoquant d'inquiétude, il fila dans la ramure. Une immense foule s'était rassemblée au-dessus des arbres et tournoyait autour d'Arcadie.

– Ombre !

Il se retourna et faillit crier de soulagement quand il vit Marina et Ariel voler vers lui.

– Nous te cherchions !

– Moi aussi, je vous cherchais.

Tous trois s'étreignirent rapidement, puis Ombre se dégagea.

– Frieda ? demanda-t-il.

– Tout va bien. Mais d'autres manquent à l'appel : Icare, Platon et Isis, et...

La voix d'Ariel trembla :

– Chinook ?

Sa mère acquiesça. Le crâne bourdonnant, nau-séeux, Ombre se sentit coupable. Il avait tant espéré que son rival décampe qu'il ne pouvait s'empêcher d'éprouver une part de responsabilité dans sa disparition.

– Comment est-ce arrivé ? demanda-t-il, éperdu, la tête toujours aussi lourde.

– Qu'y a-t-il ? Où sont-ils tous partis ?

C'était l'assemblée qui s'égosillait, au comble de l'angoisse.

— Nous n'en savons encore rien, hurla Arcadie. Gardez votre calme !

— Des centaines d'entre nous ne sont plus là ! cria une chauve-souris Fantôme. Où sont-ils passés ?

Soudain, Ombre eut la clé de l'énigme.

— Ce sont les Humains ! lança-t-il.

Sa voix ne couvrit pas le brouhaha, mais ses voisins les plus proches se tournèrent vers lui.

— Les Humains les ont pris ? répétèrent-ils.

Leur incrédulité les rendait presque menaçants. Mais bientôt, le mot se répandit.

— Tu es sûr ? demanda Marina à Ombre.

— Qui raconte ça ? Qui a vu les Humains s'emparer de nos compagnons ? tonna Arcadie.

Un silence pesant s'abattit sur la colonie. Ombre avala sa salive.

— Ils sont venus pendant qu'on dormait, expliqua-t-il. Je les ai vus. Au début, j'ai pensé que je rêvais, mais maintenant, ça me paraît évident. Ils étaient nombreux, ils arpentaient la forêt en levant les bras vers les branches...

— Pourquoi personne d'autre n'a rien remarqué ? l'interrompit brutalement l'Aile Cendrée.

Il y eut quelques instants de silence, puis des murmures s'élevèrent.

— Peut-être que moi...

— Je ne suis pas certain...

— J'ai cru à un songe...

— C'était comme si j'avais avalé une potion pour dormir, continua Ombre en se rappelant les baies que Zéphyr lui avait données, une fois. Je n'arrivais pas à garder les yeux ouverts.

Tout à coup, ce fut parfaitement clair.

— L'odeur ! s'écria-t-il. Est-ce que quelqu'un a remarqué l'odeur ?

— Sucrée ! lança une voix. Oui, je l'ai sentie. Je me suis dit qu'elle faisait partie de mon rêve.

D'autres approuvèrent, sans beaucoup de conviction cependant.

— Ils nous ont endormis pour enlever certains d'entre nous, déclara Ombre.

Il se demanda si cela expliquait également la douleur qui battait à ses tempes et le mauvais goût qu'il avait dans la bouche. Des questions fusèrent de toutes parts :

— Est-ce qu'ils vont les rapporter ?

— Il faut découvrir où ils les ont mis !

— Je veux qu'on me rende mes enfants !

Arcadie tira pensivement sur sa barbe avec son pouce griffu, ses yeux froids balayant les visages de ses congénères. Ombre était rasséréné par la peine et la confusion des siens : peut-être les pousseraient-elles à lui prêter griffe-forte pour trouver un moyen de sortir d'ici. Puis Arcadie parla, et sa voix puissante parut écraser les autres chauves-souris :

– Si les Humains sont vraiment responsables, c'est que ça fait partie du plan.

– Quel plan ? s'écria Ombre, le souffle court. On ne sait rien. Nous devrions essayer de découvrir...

– Tais-toi ! beugla l'Aile Cendrée.

– Tu ne peux imposer le silence ni à lui ni à quiconque, intervint calmement Frieda.

Soulagé, Ombre se retourna. L'Aînée surgit de derrière l'attroupement.

– Nous avons tous le droit de poser des questions, reprit-elle. Des centaines de nos semblables ont été arrachés à la forêt, il est normal que nous nous inquiétions de leur sort.

– Non, rétorqua Arcadie, glaciale. Faisons confiance aux Humains. Jusqu'à présent, ils ont pris soin de nous, et ils continueront. Nous ne sommes sans doute pas destinés à rester ici indéfiniment.

— Mais je croyais que c'était le paradis ! lança Ombre, ironique.

— Ces chauves-souris reviendront vite. À moins que cet endroit ne soit qu'une première étape avant quelque chose de plus merveilleux encore.

— J'en ai ma claque, du merveilleux ! marmonna Ombre.

— J'ignore quelle sera l'étape suivante, poursuivit l'Aile Cendrée. Ma foi dans Nocturna et les Humains reste intacte. S'ils nous emportent ailleurs, c'est sûrement pour le Jardin des Délices.

— Oui ! Ils nous ont traités royalement, jusqu'ici, approuva une chauve-souris à moustaches.

— Ils agissent pour notre bien, ajouta quelqu'un d'autre.

— C'est vrai ! renchérit une Queue-Libre d'une voix catégorique. Ils vont nous choyer.

Médusé, Ombre constata à quelle vitesse tous passaient des pleurs à la ferveur. Oubliés, les compagnons et les enfants perdus !

— Les Humains nous dorloteront !

— Je suis certaine, assena Arcadie avec assurance, que nous retrouverons bientôt les absents. Ne vous inquiétez pas, car ce sont des bienheureux. Ils sont partis pour un endroit encore plus idyllique

que celui-ci. Ils ont été élus, comme vous le serez une nuit !

Le mot, repris à la cantonade, ne tarda pas à se transformer en invocation :

– Élus ! Élus ! Élus !

– Ne cédons pas au désespoir, conclut Arcadie en plantant son regard magnétique dans celui d'Ombre. Et ne nous laissons pas influencer par ceux qui craignent la volonté de Nocturna.

« Écoute comment sortir d'ici. » Ainsi avait parlé Frieda. Sur le moment, le conseil n'avait pas semblé judicieux à Ombre. N'avait-il pas déjà sondé le toit et les murs en quête de fissures et d'ouvertures qui lui auraient permis de déguerpir ? Le jour venait de se lever, et la forêt dormait. Suspendu à son nid, yeux fermés, Ombre tournait ses oreilles dans tous les sens. Il tâchait de respirer régulièrement et avait obturé son esprit, retenant ses ondes sonores. Il auscultait leur prison.

Qu'entendait-il ? Des tas de choses. Trop : ailes d'insectes, feuilles froufroutantes, respirations de chauves-souris. Il essaya de trier les sons perçus, les écoutant, les rejetant, passant aux suivants. À quoi bon ? Il rouvrit les yeux. L'exercice était inutile.

Prêter l'oreille ne l'aiderait pas. Il perdait son temps. Il ferait mieux de s'envoler et de se servir de sa vue et de son sonar. Allez, encore une fois. Juste une fois.

Il se concentra. De l'eau qui coulait. Le torrent vif au lit rocheux, bruit de fond incessant qui berçait toute la forêt. Mais bien sûr ! C'était lui, la clef des champs !

Le bout des ailes frôlant la surface, Ombre suivit les méandres du ruisseau. Pourquoi n'y avait-il pas songé avant ? Il devait forcément aboutir quelque part ! Ventre à fleur d'eau, il plongeait sous les feuilles et les longs fouets des branches lui barrant le passage. La forêt se terminait sur un mur de pierre abrupt, à la base duquel le torrent se rétrécissait, s'engouffrant dans un tunnel creusé sous la fausse falaise. Ombre s'installa sur une saillie basse pour mieux l'observer. Seule subsistait une mince poche d'air dans la partie supérieure de la voûte. Suffisait-elle à respirer ? Il en doutait.

Et s'il nageait ? Si c'était la seule solution, il le ferait. Il maintiendrait son nez à la surface pour aspirer un maximum d'oxygène. Restait à espérer que le tunnel fût court. Les chauves-souris ne sont pas de grandes nageuses, les ailes n'aidant pas vraiment à voguer. Avec un frisson, Ombre se rappela ses piteux barbotages dans les égouts, le jour où, avec Marina, ils avaient essayé, en vain, d'échapper aux rats.

Il alla se poser tout près du bord, d'où il contempla le courant, s'exhortant au courage.

— Qu'est-ce que tu fais ?

Il sursauta. Marina descendait vers lui.

— J'envisage une petite balade au fil de l'eau, répondit-il.

— Tu es fou ! Tu sais à peine nager, et il n'y a pas de quoi respirer là-dedans !

— Ce tunnel doit forcément déboucher quelque part !

— Sans doute, mais au bout de combien de temps ? Si ça se trouve, tu auras coulé avant.

— J'ai le courant pour moi.

— Il t'aidera à sortir d'ici. Mais comment reviendras-tu ?

Ombre poussa un gros soupir. Il n'avait pas pensé à ça, et la peur l'envahit. La colère fut néanmoins la plus forte : une fois de plus, Marina critiquait ses plans !

— Je ne te demande pas de m'accompagner, lui lança-t-il d'un ton sec.

– Et je ne le ferais pas, même si tu me suppliais !
rétorqua-t-elle du tac au tac. Je ne suis pas venue
jusqu'ici pour me noyer.

– Tu es bien comme les autres ! Qu'attends-tu
pour te poster près d'un de ces trous à insectes,
bouche ouverte ? Tu mangerais tout ton soûl sans
même te donner la peine de chasser ! Quelle agréable
façon de terminer ta vie !

– Au moins, j'en aurais eu une ! À vouloir filer
par là, tu risques de drôlement raccourcir la tienne.

N'y avait-il pas une espèce de rire en coin, sur
les lèvres de Marina ? Ombre faillit sourire. C'était
si bon, de se disputer avec elle comme au bon vieux
temps !

– Le bâtiment ne doit pas abriter que cette forêt,
insista-t-il.

– Qu'en sais-tu ?

– Tu te rappelles comme il était grand, vu de
l'extérieur ? Plus grand que notre prétendu paradis,
en tout cas. Qu'est-ce qu'il y a d'autre, à ton avis ?

– Peut-être qu'il nous suffit d'attendre pour
l'apprendre.

– Comme ceux qui ont été enlevés ? Rien n'in-
dique que ce qui leur est arrivé est une bonne chose.
Tu n'as pas envie de découvrir de quoi il s'agit
avant que ton tour ne vienne ?

– Ombre..., commença l'Aile de Lumière en secouant la tête.

– Chinook ne te manque pas ? l'interrompit-il d'une voix railleuse.

Les oreilles de Marina s'aplatirent de colère.

– Bien sûr que si ! répliqua-t-elle, glaciale. C'est mon ami. Et le tien aussi, que tu le veuilles ou non.

– Eh bien, grommela-t-il, je me le demande. Il n'a cessé de m'embêter depuis que nous sommes nés, à me piquer ma nourriture, à se moquer de moi, à me traiter de minus !

Il renifla, puis ajouta :

– Mais il me manque aussi. Tu ne souhaites vraiment pas t'assurer qu'il ne risque rien ?

Il guetta anxieusement sa réaction : à quel point elle et Chinook étaient-ils amis ?

– Pourquoi serait-il forcément en danger ?

– Alors, tu crois Arcadie ! s'exclama-t-il, stupéfait.

– Oui ! assena Marina d'une voix un peu trop forte.

– Tant mieux pour toi ! Mais, moi, je veux connaître les intentions des Humains. Je ne leur fais pas confiance. Cette forêt artificielle n'est pas notre destin.

– Tu dois vraiment les détester, ces insectes, hein ?

Tous deux s'esclaffèrent.

– Tu te souviens de ce que Zéphyr disait à propos des étoiles ? reprit Ombre plus sérieusement. Qu'il suffisait de leur prêter suffisamment d'attention pour les entendre.

Marina hocha la tête.

– Nous n'y arriverons jamais en restant ici, continua-t-il. Nous sommes coupés du monde, sourds à lui et inexistants pour lui. Rien ne filtre au travers des murs qui nous encerclent.

Son amie ne dit rien.

– Et qu'en est-il de ceux qui ne trouveront pas cette forêt ? Ceux qui passeront au loin ou ceux qui se perdront ? Qu'adviendra-t-il d'eux ? Sommes-nous censés oublier les autres et vivre égoïstement nos petites vies ? Et les Ailes d'Argent restées à Hibernaculum ? Et ta colonie ?

Il regretta aussitôt d'avoir dit ça. Idiot !

– Elle n'a eu aucun scrupule à me chasser, répliqua sèchement Marina. Pourquoi m'en soucierais-je ? Je me plais bien ici. Bagué ou non, tout le monde est accepté. Personne ne te rejette ou ne t'idéalise à cause d'un simple bout de métal fixé à ton avant-bras. Pour moi, c'est important. Et puis, les Humains ont peut-être construit des tas d'endroits comme celui-ci, assez pour tout le monde.

— En effet, acquiesça Ombre après avoir réfléchi. Seulement, nous l'ignorons.

— Mais tu ne peux pas tout savoir ! s'exclama rageusement Marina. Qu'est-ce qui te fait croire le contraire ? Qu'as-tu de plus que les autres ?

— Dis donc, répondit Ombre, le visage brûlant d'indignation, ce n'est pas si facile, d'être spécial ! J'adorerais ressembler à Chinook, crois-moi ! J'adorerais laisser quelqu'un d'autre réfléchir à ma place et prendre les choses en griffe, pour changer !

Marina éclata de rire.

— Quoi ? souffla-t-il.

L'Aile de Lumière hoquetait, les larmes aux yeux. Quand elle réussit à lui répondre, ce fut d'une voix saccadée :

— L'idée... que toi... tu permettes à quelqu'un... de se charger des choses. C'est... désolée, Ombre, mais... c'est la réflexion la plus drôle que j'aie entendue depuis des années. Tu ne pourrais pas, ça non !

— Toi non plus, murmura-t-il. Tu as toujours voulu en savoir autant que moi. C'est pour ça que tu m'as suivi, au début. Entre autres. Pour découvrir ce que les anneaux signifiaient.

— Et si j'avais trouvé la réponse ici ?

— C'est vraiment ce que tu crois ?

Il y eut quelques instants de silence, puis Ombre reprit avec hésitation, craignant de voir son idée s'évaporer comme du brouillard rien qu'en la formulant :

– Il y a autre chose. Si les Humains déplacent les nôtres, il est possible que mon père soit vraiment venu ici, avant qu'Arcadie n'arrive, et qu'il ait, lui aussi, été emporté ailleurs. Que lui est-il arrivé ? Où se trouve-t-il ?

Marina secoua la tête et contempla le ruisseau qui s'engouffrait sous la falaise.

– Dire que tu allais faire ça tout seul ! Sans prévenir personne. Et ta mère ? Et moi ?

– Mais tu viens d'affirmer que tu adorais cet endroit !

– Si tu t'en vas...

Marina s'interrompit.

– Écoute, reprit-elle enfin. Seul, tu vas encore tout gâcher. Je t'accompagne.

Au fil de l'eau

Ombre examina une nouvelle fois le courant rapide.
Soudain, sans réfléchir, il sauta. L'eau s'infiltra dans
son pelage et, saisi, il frissonna. Marina le rejoignit
dans une éclaboussure. Ils furent aussitôt entraînés
vers le tunnel. C'était bien pire que ce à quoi Ombre
s'était attendu. Il y avait à peine un poil d'air sous
la voûte, et il était quasiment inaccessible. Le nez
frottant durement contre le plafond, il aspira désespérément, mais eut l'impression d'avaler plus de
liquide que d'oxygène.

– Ça se goupille mal ! bredouilla Marina.

Tout à coup, il n'y eut plus d'air. Ombre essaya
de percer la surface, mais elle n'existait plus : il

était pris au piège d'un cercueil liquide. Submergé, il se débattit; les yeux grands ouverts, il n'aperçut qu'une tache sombre. Marina? Il lança une onde sonore tâtonnante, mais l'écho rebondit paresseusement à ses oreilles bouchées, dessinant un limon épais et noir, dénué de signification. De l'eau coula dans sa gorge et il ferma hermétiquement la bouche. Il ne distinguait même plus le haut du bas. Aveuglé, il se laissa guider par le seul courant et se força à rester tranquille un moment pour retrouver le sens de ce dernier. Par là. Les réserves d'oxygène dans ses poumons s'épuisaient. Pourvu que le torrent l'emporte rapidement vers un espace ouvert! Pourvu que Marina s'en sorte! Sa poitrine était sur le point d'exploser. Il devait respirer. Il tenta de ramer avec ses ailes, mais cela ne fit que le ralentir. Il sentit la panique l'envahir. De l'air! Il cogna une nouvelle fois du nez contre la voûte, cherchant avidement une goulée. Ses pensées se mirent à s'affoler dans sa tête. De l'air! Dans quelle direction? Vite, vite, par pitié!

Soudain, il se retrouva à avaler de grandes bolées d'oxygène, haletant, tête au-dessus de la surface. Des ruisselets dégoulinaient sur son visage, la fourrure collait à son corps. Maladroitement, il se retourna, de l'eau plein les yeux, et vit Marina émerger, crachoter et respirer goulûment.

— Et encore une idée de génie ! persifla-t-elle une fois son souffle retrouvé. Merci, Ombre.

Ils avaient déplié leurs ailes pour se maintenir à flot et dérivaient le long de berges plantées de saules. Ils étaient dans une forêt, tellement familière qu'Ombre se demanda si, par quelque tour de passe-passe, le tunnel ne les avait tout simplement pas ramenés à leur point de départ. Autour d'eux, c'était la même profusion de conifères et de feuillus et, loin là-haut, l'identique toit vitré et le même soleil. Ils se laissèrent porter par le ruisseau.

— Peut-être que c'est ici qu'ils amènent les chauves-souris, chuchota Marina d'une voix excitée.

Aussitôt, Ombre voulut héler Cassiel à gorge déployée. Son amie lui plaqua une aile sur la bouche.

— Tu es malade ? Nous ne savons même pas où nous sommes !

Ombre se renfrogna, mais dut se rendre à la raison. Prudemment, il balaya les arbres de son sonar, fouillant les branches, cherchant les silhouettes familières de congénères endormis. Rien que des feuilles, encore des feuilles... Soudain, quelqu'un bougea. Quelqu'un de bien plus gros qu'une chauve-souris. Alarmé, il retint ses ondes. Il venait d'identi-fier une énorme tête emplumée aux oreilles cornues. Pantelant, il scanna rapidement les arbres les plus proches. La forêt grouillait de chouettes !

— Marina ! souffla-t-il.

— J'ai vu. Heureusement que tu n'as pas crié.

Il n'avait jamais vu une telle concentration de rapaces et doutait que ce fût le cas de quiconque depuis la rébellion, quinze auparavant. Il en avait déjà compté plus de trente. Elles dormaient, appa-remment, et pour Ombre, c'était parfait ainsi. Mais que faisaient-elles ici, juste à côté des chauves-souris, dans une forêt identique à la leur ?

— Rentrons, dit Marina, la gorge serrée.

Ombre acquiesça. Puis il se rendit compte, ébahi, qu'ils avaient dérivé très loin. L'embouchure du tunnel avait disparu derrière un méandre. Imbécile ! Il avait oublié la force du courant. Il rama gauche-ment avec ses ailes, mais ne réussit qu'à faire du surplace.

— Il faut trouver autre chose, maugréa son amie. On perd du temps !

— On va devoir voler.

Marina fit la grimace. L'idée ne plaisait pas plus à Ombre. Ils risquaient de se faire repérer par une chouette insomniaque ; mais ils pourraient retourner au tunnel en moins d'une minute.

– C'était pas une bonne idée, hein ?

– Une très mauvaise idée. Allez, sortons d'ici.

Furtivement, ils se hissèrent sur la rive et s'ébrouèrent sans bruit. Ils auraient dû attendre de sécher, mais n'en avaient pas le loisir. Après un bond maladroit, Ombre réussit à décoller. Alourdi, il était contraint de battre très fort des ailes. Suivi de Marina, il repartit en rase-mottes en direction du tunnel. Ils y furent rapidement et se posèrent sur la berge. L'eau moutonnait, et Ombre comprit seulement maintenant à quel point elle coulait vite. Ils avaient failli se noyer en suivant le courant ; le remonter sans jouer sa vie semblait irréaliste. L'estomac d'Ombre se tordit violemment. Il regarda son amie.

– Désolé, murmura-t-il.

– Comment ai-je pu te laisser faire ça ? s'exclama-t-elle, tremblant de colère.

– Tu n'avais qu'à pas...

– Bon, dépêche-toi de réfléchir, parce que...

– Des chauves-souris ! Sacré nom d'un rat !

Ombre ne vit d'abord que des jambes, étonnamment longues, pendouillant comme si elles avaient été privées d'ossature, mais qui se terminaient par des griffes à quatre pointes, prêtes à lacérer. La chouette se laissa tomber sur eux comme une énorme pierre ailée, bec ouvert, criaillant pour ameuter les siens. Ombre et Marina se réfugièrent sous des branches étroitement entrelacées au moment même où le rapace plongeait à deux griffes de la queue de l'Aile de Lumière.

– Des chauves-souris ! répéta l'oiseau d'une voix stridente.

C'était un hibou-de-chou, un jeune mâle, dont les ailes étaient encore bordées de duvet. Malgré sa jeunesse, il était gigantesque, comparé à Ombre. Au milieu de sa poitrine, des plumes mouchetées dessinaient des éclairs blancs. Alentour, les chouettes commençaient à se réveiller. Presque tout de suite, l'air se mit à vibrer de battements d'ailes. Fonçant à travers des serres tendues et des têtes cornues, Ombre essayait désespérément de dénicher un abri. Dans quelques secondes, ils seraient attrapés et gobés tout rond. Il repéra un trou dans un arbre creux, trop étroit pour leurs poursuivants et juste assez large pour eux – du moins il l'espérait. Il n'avait pas le temps de mesurer mieux. Anxieusement, il chercha Marina des yeux.

– L'arbre ! cria-t-il en lançant une onde sonore pour qu'elle le repère.

Lui-même s'y engouffra à toute vitesse, manquant de s'assommer contre le tronc, une fois à l'intérieur. Sonné, il se dégagea pour laisser le passage à Marina, qui le rejoignit, moitié volant, moitié titubant.

— Recule ! lui ordonna Ombre.

Son amie se rejeta en arrière juste au moment où un bec pénétrait par le trou et claquait dans le vide. L'oiseau rugit, et sa langue pointue vibra sous les yeux des fuyards. Blottis l'un contre l'autre au fond de leur refuge, ils le virent coller sa face plate contre l'interstice et les épier de son immense œil jaune.

— Pourquoi sommes-nous ici ? cria-t-il.

— Je... je ne sais pas ce que tu..., balbutia Ombre, désarçonné par la question.

— Allons-nous rester prisonniers jusqu'à ce que mort s'ensuive ? C'est ça, votre plan ?

— Comment ça, notre plan ? s'insurgea Marina.

L'œil du rapace se referma de façon menaçante.

— La conspiration fomentée avec les Humains. Nous savons tout ! Vous avez conclu une alliance, et vous nous avez enfermés dans leur bâtiment.

— Et comment s'y serait-on pris ? demanda Ombre, dérouté. On ne peut pas communiquer avec eux, pas plus que vous.

– Dis-nous comment sortir d'ici! exigea la chouette.

– Je ne sais pas!

– Comment êtes-vous entrés, alors?

Fallait-il lui révéler qu'eux aussi avaient été piégés et qu'ils cherchaient à s'échapper? Non, Ombre ne prendrait pas le risque de lui apprendre que des milliers de chauves-souris se trouvaient de l'autre côté du tunnel. Même si, il en était certain, le passage était trop étroit pour les oiseaux, et en admettant qu'ils parviennent à remonter le courant, il n'était pas question de tenter le sort.

– Nous n'avons rien à voir avec votre séquestration, lança-t-il.

– Nous attendrons, petites chauves-souris, nous sommes patients.

Sur ce, le volatile se retira.

– Ça a déjà été plus grave, murmura Ombre d'une petite voix en jetant un regard timide à Marina.

– Ouais, répondit-elle sans conviction.

– On n'a qu'à creuser un tunnel.

L'Aile de Lumière se mit à explorer leur cachette, en quête de fissures dans l'écorce. Ombre savait que cela ne menait probablement à rien, mais c'était un bon moyen de ne pas paniquer.

– Qu'est-ce que fichent donc les Humains ?
grommela-t-il, mécontent.

– C'est peut-être le plan dont a parlé Arcadie :
les Humains rassembleraient tous les oiseaux ici
pour nous relâcher ensuite.

Ombre hésita. L'idée était séduisante, indénia-
blement. Les chouettes du monde entier enfin reti-
rées de la circulation ? Quel bonheur ! Mais quel
travail aussi ! C'est qu'il y en avait beaucoup, de
ces volatiles !

– Dire que j'étais enfin heureuse ! soupira Marina.
Pour la première fois de ma vie. Mais non, il a fallu
que tu interviennes, avec tes sourcils froncés et tes
questions ! Et j'ai été assez bête pour te suivre !

Il flancha. Et si c'était vrai ? Si les Humains pro-
jetaient en effet de préserver définitivement leur
espèce ? Il aurait donc été incapable de l'accepter, il
aurait mis sa vie – et pire, celle de Marina – en danger, juste pour s'apercevoir qu'il se trompait ? Son
amie avait raison : il était vaniteux et égoïste.

– Tu trouves quelque chose ? demanda-t-il d'une
voix misérable.

– J'ai l'impression que l'écorce est plus mince,
par ici.

Plein d'espoir, Ombre s'approcha.

– Combien de temps ça va nous prendre, de creuser ?

– Une semaine ! J'imagine que tu n'as pas une ficelle sonore pour nous sortir d'ici ?

– Gare !

Marina s'écarta vivement, tandis qu'une pierre s'écrasait à leurs pieds, manquant de l'assommer. Levant la tête, ils aperçurent un bec qui se retirerait du trou. Un instant plus tard, un autre le remplaça et lâcha à son tour un caillou.

– Colle-toi à la paroi, ordonna Ombre à Marina.

Ils réussirent ainsi à éviter l'avalanche incessante que les oiseaux déversaient sur eux.

– Ces maudits volatiles sont en train de combler le tronc, dit Marina d'une voix sombre.

Il ne faudrait pas longtemps pour qu'ils dussent sortir de là et tombassent droit dans les griffes des rapaces. Ombre savait quel sort les attendait : les chouettes les avaleraient tout crus, puis recracheraient ce qu'elles ne digéraient pas – os et fourrure mélangés. Il avait déjà vu de ces boulettes répugnantes, qui l'avaient rendu malade de rage. Les pierres continuaient de dégringoler avec des bruits sourds, et les deux prisonniers devaient grimper dessus pour éviter d'être écrasés.

– Ils ne nous auront pas ! promit-il.

– Qu'est-ce que tu fais ? s'écria Marina, épouvantée, en le voyant escalader le tronc.

– Prépare-toi à décoller !

Il s'aplatit juste au-dessous du trou, attendant que le prochain bec apparaisse. Quand il se retirerait, Ombre bondirait en hurlant une image sonore de Goth, si épouvantable qu'elle flanquerait aux oiseaux la frousse de leur vie. Ombre et Marina auraient assez de temps pour sortir et s'enfuir. Ensuite... Il s'occuperait de la suite plus tard ! Il patienta, comptant les battements de son cœur qui s'emballait – soixante-sept, soixante-huit, soixante-neuf. Rien ne se produisit. Plus l'attente durait, plus il avait peur, et plus il était furieux. Soudain, il plissa le nez et fronça les sourcils.

– Tu sens ça ? chuchota-t-il par-dessus son épaule.

– C'est sucré, répondit Marina après avoir humé un bon coup.

– C'est le produit que les Humains ont utilisé pour nous endormir !

Un souffle immense et rauque traversa la forêt. Ombre entendit des feuilles chuchoter, puis des pas lourds résonner sur le sol. Prudemment, il se hissa et regarda dehors. Aucune chouette en vue. Le martèlement sourd et régulier se rapprocha. Ombre se pencha pour mieux voir et hoqueta de surprise. Les spectres sans visage de son rêve étaient revenus; mais il savait maintenant que c'étaient des Humains, drapés dans des combinaisons blanches et la tête couverte d'un capuchon avec juste deux fentes pour les yeux. Immenses et effrayants, ils se déployèrent parmi les arbres de leur démarche lente et pataude.

Les chouettes s'étaient rassemblées sur les plus hautes branches, blotties contre les troncs. Si elles avaient cru ainsi échapper aux Humains, elles en étaient pour leurs frais. Car ils tenaient de longs bâtons métalliques – que dans son demi-sommeil Ombre avait pris pour des bras squelettiques –, terminés par de grands filets. Quand ils les levaient, ces baguettes se dépliaient toutes seules. L'extrémité de l'une d'elles effleura le ventre d'un rapace, qui tomba dans un craquement de branches brisées. Le gaz soporifique avait rendu la majorité des oiseaux étrangement léthargiques, et les Humains les attrapaient sans difficulté. Quelques-uns cependant avaient encore assez de vigueur pour se débattre et crier, gonflant leur plumage pour paraître deux fois plus gros. Mais il suffisait aux Humains de les piquer de leurs armes pour qu'ils s'affaissent d'un seul coup et dégringolent dans les filets. Posément, implacablement, la moisson se poursuivit. Les Humains avaient des voix très graves, pareilles à des roulements de tonnerre.

Les yeux d'Ombre se mirent à papilloter, et il recula vivement, luttant contre la torpeur qui l'envahissait. Il regarda en bas. Marina avait le regard vitreux et vide.

– Réveille-toi! hurla-t-il. Nous devons profiter de l'occasion. Allez! Remue-toi!

Il se laissa tomber à ses côtés et la poussa sans ménagement vers la sortie. Après une brève hésitation, il lui pinça même la queue.

– Hé!

– File!

Bondissant derrière elle, il exécuta un petit cercle pour s'orienter. Là-bas, le ruisseau! S'ils ne pouvaient le remonter, ils le descendraient, espérant arriver dans un endroit plus sûr.

– C'est ta faute, tout ça!

Ombre se retourna lentement et aperçut le hibou-de-chou au plastron blasonné d'éclairs blancs. Lui aussi paraissait groggy: ses battements d'ailes étaient lents et lourdauds, et il penchait légèrement en volant. Pourtant, il arrivait droit sur eux, griffes tendues, prêt au combat. Les deux chauves-souris déguerpirent. Le jeune mâle se jeta à leur poursuite. Il gagnait du terrain de façon stupéfiante. Ombre essaya de lancer une image sonore, mais il était si essoufflé que l'illusion s'évanouit avant même de sortir de sa bouche. Il avait perdu le ruisseau. Soudain, ils se retrouvèrent juste au-dessus, et le suivirent à toute vitesse jusqu'à un haut mur de pierre. Ils allaient s'éloigner encore plus de leur propre forêt, mais tant pis.

– Plonge ! hurla Ombre à Marina.

Il replia ses ailes et eut à peine le temps d'aspirer une grande goulée d'air avant de disparaître sous la surface. De nouveau aveuglé, immergé, il filait dans le tunnel, guidé par sa seule force vive et le courant. Il tenta d'utiliser ses ailes et s'en sortit mieux que la première fois. Les gardant bien serrées, il les agita de haut en bas, se servant aussi de sa queue pour se propulser. Mais il se fatigua plus vite. Et si le tunnel était sans fin ? S'il continuait ainsi sous terre jusqu'à ce que leurs poumons soient gorgés d'eau ?

Cependant, il l'eut traversé avant même de s'en rendre compte. Émergeant, il aspira à fond et attendit que Marina le rejoigne. Tandis qu'ils s'éreintaient à grimper sur la rive, Ombre remarqua la chaleur, une touffeur torride et humide, suspendue dans l'air comme un brouillard. Il n'avait jamais vu d'arbres comme ceux qui les entouraient, avec leurs feuilles étranges et larges, s'étalant en frondaisons luxuriantes. Il bruinait : des gouttes douces et chaudes tombaient mollement. Ombre avait à peine repris son souffle quand Marina se raidit.

– Regarde ! dit-elle.

Dans le ruisseau, il aperçut une grande forme se dessiner au fond de l'eau, puis crever la surface. Le hibou-de-chou les avait suivis !

Ombre était incapable de dire si l'oiseau était plus effrayant mouillé que sec. Il semblait avoir fondu, à coup sûr, avec ses plumes volumineuses plaquées à son corps. Mais sa tête au plumage collé paraissait férocement émaciée, ce qui accentuait la grosseur et la méchanceté de ses yeux et de son bec. Pétrifié, Ombre le regarda progresser tant bien que mal vers la rive, sur laquelle il se hissa péniblement. Quand il releva la tête, il les fixa droit dans les yeux. Ils se dévisagèrent avec méfiance, séparés par une vingtaine de battements d'ailes à peine. La chouette fit de vaillants efforts pour gonfler ses rémiges détrempées, mais ne provoqua qu'une pluie de gouttelettes. Le cri perçant qui s'échappa de sa gorge n'en fut cependant pas moins impressionnant. Trop fatigué pour s'envoler, Ombre se força à ne pas broncher. Le rapace pencha la tête, un coup à gauche, un coup à droite, l'aplatissant presque complètement. C'était un curieux spectacle, quasi comique. Mais Ombre savait que le hibou-de-chou était en train d'évaluer la distance les séparant pour leur sauter dessus. Instinctivement les deux chauves-souris montrèrent les dents et sifflèrent, déployant leurs ailes et triplant de volume.

– Fiche le camp ! cria Ombre.

– Vous ne me faites pas peur, répondit l'autre.

Sa voix grave vibrait néanmoins d'un trémolo incertain. Il regarda furtivement le ruisseau, comme s'il espérait voir des renforts apparaître.

– Regarde-moi ce petit tas de plumes ! dit Ombre à Marina bien fort.

– Tu as raison, répondit-elle, quel avorton !

Le hibou-de-chou se dandina, mal à l'aise. La chaleur s'insinuait dans la fourrure d'Ombre comme des vers de terre. Même la plus lourde nuit d'été qu'il se rappelait n'était rien à côté de cette canicule. Il jeta un coup d'œil sur les branches festonnées de larges feuilles et de lianes moussues. Il avait du mal à respirer.

– Imbéciles de chauves-souris! lança le jeune mâle avant de se tourner une nouvelle fois vers le tunnel.

– Personne ne viendra, lui dit Ombre. Les tiens sont trop gros pour passer.

– Vous êtes de mèche avec les Humains, hein? cracha l'oiseau. Ils sont venus vous aider, dans notre forêt. Ils vous ont permis de vous sauver, et ils ont tué les miens.

– Les chouettes ne sont pas mortes. Elles bougeaient encore.

Ombre ne pouvait s'empêcher de ressentir un élan de sympathie pour le jeune mâle. Comme lui, il avait vu de ses propres yeux hébétés de sommeil les Humains enlever ses compagnons; comme lui, il avait été emprisonné dans une forêt et voulait s'en échapper parce qu'il ne comprenait pas ce qu'il lui arrivait.

– Ils nous font la même chose, avoua-t-il soudain, interrogeant rapidement Marina du regard.

Il ne savait pas trop où il allait ainsi.

– Sales menteurs! Vous, les chauves-souris, vous avez toujours transgressé la loi. Vous avez déclenché cette guerre en tuant des oiseaux la nuit. Des pigeons de la ville, et puis des chouettes, et puis des...

– Ce n'était pas nous ! protesta Ombre.

– C'étaient des chauves-souris.

– Non ! Enfin, si. Mais pas comme nous. Elles venaient de la jungle. Apportées par les Humains. Elles s'étaient échappées, et...

– C'est bien ce que je disais ! Les Humains sont vos complices !

– Non !

Comment lui expliquer ? Ombre, désemparé, se tourna vers Marina.

– Elles étaient deux, intervint cette dernière. Elles mangeaient des oiseaux, des animaux et des chauves-souris. Elles ont failli nous dévorer, si ça peut te rassurer. De vrais monstres.

– De toute façon, elles sont mortes, maintenant, ajouta Ombre, une note d'espoir dans la voix. Du coup, cette histoire, cette guerre, ce sont des malentendus. Nous ne voulons pas la guerre.

À en juger par son visage fermé, le hibou-de-chou était loin d'être convaincu. Il devait penser que tout ça n'était, encore et toujours, que des mensonges de chauves-souris.

– Je perds mon temps à vous parler ! grogna-t-il. Vous êtes nos ennemis jurés.

— Pas moi.

— Toutes les chauves-souris sont mes ennemies. Tu as assassiné des oiseaux.

— Mais je viens de... Écoute, je n'ai jamais tué d'oiseau.

— Seulement parce que tu n'es pas fichu de le faire !

Vaguement coupable, Ombre dut admettre que le hibou-de-chou avait raison. Combien de fois n'avait-il pas rêvé d'avoir la force de zigouiller des chouettes ? Il les haïssait depuis si longtemps !

— As-tu déjà tué des chauves-souris, toi ? demanda-t-il au jeune mâle.

— Pas encore.

— Alors, tu n'es pas mon ennemi.

— Que fais-tu ici, si tu n'es pas complice des Humains ?

— Je te l'ai dit, ils nous enferment aussi. Nous étions des milliers, mais hier, ils sont venus et ont pris une partie de la colonie, exactement comme ils viennent de le faire avec les chouettes.

L'oiseau sembla considérer cette explication avec méfiance.

— Où les ont-ils emportés ? demanda-t-il.

— Je ne sais pas. C'est ce que nous essayons de découvrir. Depuis combien de temps es-tu ici ?

– Plusieurs semaines. On est arrivés juste avant les grands froids. En partant hiberner, on est passés devant ce bâtiment. On s'est rapprochés en entendant des chouettes. Il y avait des trous dans le mur ; on aurait dit une grange, un bon endroit où rester pendant la mauvaise saison. Alors, on est entrés, et on a découvert la forêt. Mais, une fois dedans...

– Vous ne pouviez plus ressortir.

Le rapace hocha la tête.

– De quoi vous nourrissent-ils ?

– De souris, pour l'essentiel, répondit l'autre après avoir hésité en plissant ses sourcils touffus.

– Je parie qu'elles ne valent rien, non ? Qu'elles ont toutes la même saveur.

Le hibou-de-chou lâcha un bref et inquiétant ululement. Ombre se raidit, avant de comprendre qu'il riait.

– Tu devrais essayer les insectes qu'ils nous envoient ! reprit-il. Aujourd'hui, j'ai failli vomir !

– Et tu ne trouves pas que l'eau a un drôle de goût ? voulut savoir la chouette.

– Métallique, en effet.

– Exact !

– Eh bien, dit Marina, tu vois tout ce que nous avons en commun.

L'oiseau les contempla, de nouveau sur ses gardes.

– Vous ne m'aurez pas comme ça, les prévint-il.

– Nous n'avons aucune entourloupe sous l'aile pour l'instant, rétorqua Ombre. Nous sommes aussi perdus que toi, fais-moi confiance.

La chouette leva les yeux en direction des grands arbres et des plantes gorgées de sève.

– Où est-on, ici ? demanda-t-elle.

Ombre secoua la tête et tendit l'oreille. Il ne perçut aucun bruit, sinon celui de l'eau qui gouttait des feuilles et le chant occasionnel de quelque insecte inconnu. La forêt était étrangement calme.

– Il doit pourtant y avoir quelqu'un, dit-il.

– Peut-être qu'ils n'ont pas encore peuplé cet endroit ? suggéra Marina.

– Mais quelle créature voudrait vivre ici ? s'interrogea le hibou-de-chou.

La peur picota le dos d'Ombre. Ce lieu lui paraissait terriblement familier. En avait-il rêvé ? Le lui avait-on décrit ? Une liane frémit. On les épiait, il n'y avait aucun doute. Il envoya une série d'ondes sonores dans l'ombrage d'un arbre charnu. Une feuille étroite et pointue trembla, laissant échapper un filet d'eau.

Ce n'était pas une feuille.

C'était un nez épaté surmonté d'une corne, sous lequel une paire de mâchoires semblables à celles d'un chien de meute s'entrouvrit légèrement, révélant deux rangées d'incisives. Ombre vit ensuite les deux gros yeux impassibles et les grandes oreilles pointues, séparées par une crinière de poils noirs et raides.

Alors, il sut ce qui les attendait. Il déglutit, incapable de parler.

Goth !

Le Jardin des Délices

Ombre l'avait toujours su.

Il avait vu la foudre frapper le géant, et celui-ci s'embraser et dégringoler en tournoyant, inerte, à travers les nuages. Mais il n'avait jamais douté que le monstre survivrait. Chaque fois qu'il s'était accroché avec Marina, insistant sur la mort du cannibale, il avait eu conscience, sans l'avouer, de mentir. Ses rêves, eux, avaient toujours dit la vérité.

– Qu'est-ce que c'est? demanda le hibou-de-chou d'une voix blanche.

– Lui.

Ce fut tout ce qu'Ombre put répondre. Dans un bruit violent, Goth fit voler les feuilles avec ses énormes ailes. Il plongea comme un morceau de ciel nocturne. Quelques secondes avant qu'il n'arrive sur eux, Ombre eut un flash : qu'étaient devenus les anneaux ayant décoré les avant-bras du monstre ? Par quel miracle ses ailes, tendues et puissantes, sans la moindre cicatrice, étaient-elles intactes ? Les Humains l'avaient-ils guéri ?

Ombre se carapata. La chouette, hébétée, n'eut pas ce réflexe. Goth la renversa et la cloua au sol à l'aide de ses éperons. L'oiseau eut beau le frapper de ses ailes, le cannibale résistait aux coups, à l'affût d'une ouverture pour lacérer sa proie de ses dents.

– Filons ! siffla Marina à Ombre.

Mais ce dernier ne pouvait s'arracher à la scène, tétanisé par la peur qu'il lisait dans les yeux du hibou-de-chou. Une terreur pure doublée d'incrédulité. C'était affreux. Goth s'apprêta à frapper, gueule ouverte. Alors, Ombre se rapprocha et lui lança au visage l'image sonore d'un Humain squelettique se précipitant sur lui, les deux fentes de ses yeux luisant dans son masque. Goth se cabra en hurlant et lâcha la chouette.

– Sauve-toi ! cria Ombre à celle-ci.

Elle ne se le fit pas répéter. Dans une explosion de plumes, elle décolla à tire-d'aile. Pendant ce temps, Ombre tournait comme un fou autour de Goth pour l'étourdir, tandis que, peu à peu, l'illusion sonore se dissipait. Il vit Marina disparaître dans un épais fourré. Il battit furieusement l'air pour la rattraper. Derrière lui, le monstre poussa un feulement de rage, mais Ombre ne prit pas la peine de regarder. Il déboula dans le bosquet où son amie l'attendait. Sans un mot, ils s'enfoncèrent dans la profusion végétale avant de se poser derrière des feuilles géantes aux bords roulés, qui les cachaient presque entièrement.

— Tu crois qu'il y en a d'autres ? demanda l'Aile de Lumière à voix basse.

Quelle pensée terrifiante ! Des semblables de Goth, réunis ici comme les chouettes et les chauves-souris l'étaient dans leurs forêts respectives. Les Humains avaient attrapé Goth et Throbb chez eux ; il n'était pas exclu qu'ils en aient rapporté d'autres. À cet instant, Ombre n'aurait pas été surpris de voir surgir Throbb, ressuscité de ses cendres. Si les Humains avaient su soigner les ailes de Goth, de quoi n'étaient-ils pas capables ? Il épia les frondaisons, écouta, mais ne perçut que les bruits du cannibale qui se rapprochait, fendant furieusement le feuillage.

– Il était temps qu'ils me nourrissent correctement ! rugissait Goth. Je vais me régaler de toi, Ombre ! J'en ai rêvé, et mes songes se réalisent toujours ! J'ai vu mes ailes guéries, elles ont guéri ; je me suis vu goûter ton cœur palpitant, je le ferai !

Les jambes d'Ombre tremblaient, et il tendit ses muscles épuisés pour les raffermir. Une goutte de sueur dégoulina dans sa fourrure, lui piquant un œil. Il tenta de se mentir, de se convaincre que ce n'était qu'un cauchemar de plus, mais il savait que la scène était réelle et qu'il ne s'en sortirait pas aussi facilement que lorsqu'il se secouait pour se réveiller. Il était éveillé, horriblement lucide.

Un silence soudain s'installa, qui dura assez longtemps pour rasséréner Ombre. Mais au moment où il se tournait vers Marina pour lui parler, une aile noire écarta leur paravent de feuilles et Goth se balança vers eux, tête en bas. Avant même que les deux chauves-souris aient pu bouger, le hibou-dechou se laissa tomber sur le dos du géant, l'entraînant dans sa chute. Ombre et Marina s'envolèrent tandis que le rapace et le monstre bataillaient.

– Non ! hurla Ombre, consterné, à l'oiseau. Tu n'y arriveras pas !

Goth vaincrait. Ce n'était qu'une question de temps. Mais là, Ombre ne pouvait plus rien faire.

Déboulant dans une clairière, il faillit percuter un Humain. Vêtu de blanc et masqué, ce dernier l'ignora et entra dans le fourré. Il tenait un bâton avec filet. Curieux, Ombre rebroussa chemin. L'Humain brandit son arme. Il y eut un craquement bref, et Goth s'abattit dans la nasse. Un deuxième Humain apparut à l'autre bout du bosquet, piqua la chouette et l'emprisonna à son tour quand elle tomba, inanimée. Goth et le hibou-de-chou furent encagés séparément. Puis les Humains se redressèrent, scrutant la jungle autour d'eux. Ombre comprit qu'ils étaient au courant de leur présence ici. Percevant un faible chuintement, il se retourna et aperçut un pan de mur qui pivotait, laissant passer un troisième Humain, avant de commencer à se refermer.

– Marina !

Il partit le premier en direction de la porte, battant des ailes comme un dératé. L'Humain devait les avoir repérés, car il poussa une longue et sourde exclamation de surprise et esquissa un geste pour les arrêter. La falaise était presque close, mais Ombre ne ralentit pas. Il avait déjà réussi à franchir le rideau mouvant d'une cascade, il passerait. Il se mit sur le flanc, rentra le ventre, ajusta ses ailes et fila de l'autre côté, Marina à ses basques, les griffes plantées dans sa queue. Avec un bruit de succion, le mur se referma derrière eux. Ils étaient sortis de la fausse jungle.

Ombre était déjà entré dans des édifices humains, mais surtout des recoins où cette espèce ne s'aventurait jamais : la flèche d'une cathédrale, le grenier d'un refuge de montagne abandonné. Ils se trouvaient ici dans un couloir violemment éclairé. Ses parois étaient si blanches qu'ils risquaient de se faire repérer très vite. Instinctivement, ils se réfugièrent dans l'angle formé par la jointure des murs et du plafond, essayant de se glisser dans les petites flaques de pénombre. Ils se reposèrent quelques instants. Ombre sentit que Marina tremblait, puis se rendit compte que lui aussi.

— Ce hibou-de-chou nous a sauvés, dit-il.

— Je n'aurais jamais imaginé qu'un rapace me porterait secours un jour, souffla son amie. Pourquoi a-t-il... Pourquoi l'as-tu aidé ?

— Je ne sais pas. C'est juste que... ça m'a semblé la chose à faire.

— Les Humains l'ont-ils tué, avec leur baguette ?

— Je crois que lui et Goth bougeaient encore. Ils étaient seulement assommés.

— La chouette a eu de la chance qu'ils arrivent à

ce moment-là ! Sinon, elle serait morte. Qu'est-ce que Goth fabrique ici ?

— Il a dû être repris. Mais les anneaux...

— Oui, ils ont disparu. Et tu as vu ses ailes ?

— Aucune cicatrice.

Marina poussa un soupir lugubre :

— Finalement, tu as peut-être raison : nous ne sommes qu'un objet d'étude pour les Humains. Il faut prévenir les autres.

Ombre aurait aimé s'éloigner. Les Humains n'allaient sans doute pas tarder à revenir pour se lancer à leur recherche. Mais quel chemin prendre ? Le corridor, percé de portes de part et d'autre, semblait s'étendre à l'infini dans les deux directions. Fermant les yeux, Ombre s'orienta rapidement.

— Bon, résuma-t-il, ce couloir longe l'arrière des forêts, celle de Goth, celle des chouettes, puis la nôtre. C'est par là que les Humains y pénètrent.

— On n'a qu'à le remonter, alors ?

— Les entrées à droite donnent dessus. Il suffit d'attendre qu'un Humain en ouvre une. Qu'en dis-tu ?

— Ça risque d'être longuet. Et celles-ci ?

Marina montrait les portes de gauche. Ombre haussa les épaules en signe d'ignorance :

– Elles conduisent peut-être à d'autres prisons. Ou dehors ! ajouta-t-il, plein d'espoir.

Soudain, des pas résonnèrent. Un Humain – une Femme –, tête nue, approchait. Ils retinrent leur souffle quand elle passa sous eux. Les plafonds étaient hauts, mais avec un de ces bâtons, elle aurait aisément pu les attraper. Par bonheur, elle ne leva pas les yeux.

– Voyons où elle va, proposa Marina.

Collant aux zones d'ombre, ils suivirent la Femme en gardant une distance raisonnable. Une minute plus tard, elle s'arrêta devant une des portes de gauche, frappa et tira le battant. Aussitôt, une horrible vague de pleurs mêlés de hurlements de souffrance et de frayeur envahit le couloir, immédiatement étouffée lorsque le panneau se referma en chuintant. Le calme revint, mais les oreilles d'Ombre sonnaient encore de l'abominable clameur. Des cris de chauves-souris !

– Les nôtres sont là-dedans, murmura-t-il, la bouche sèche.

Paniquée, Marina avait le regard vide.

– Je n'entre pas, balbutia-t-elle. Ça doit être trop affreux, monstrueux.

– C'est là qu'ils nous emportent, protesta Ombre

d'une voix rauque. Il faut y aller. Découvrir ce qui nous attend.

Il avait du mal à réfléchir.

D'autres pas retentirent, et trois nouveaux Humains apparurent dans le couloir, deux d'entre eux tenant des cages. Goth et le hibou-de-chou ! Ils stoppèrent devant la même porte et tapotèrent sur des boutons. Ombre interrogea Marina du regard. Elle secoua anxieusement la tête.

— Et si mon père est là-dedans ? chuchota-t-il.

Il la vit détourner les yeux, puis baisser le menton, résignée. Le battant couina. Ils plongèrent sur le dos de l'Humain qui fermait la marche. Ombre s'agrippa délicatement aux plis de sa blouse blanche, les griffes à peine enfoncées pour ne pas la transpercer, tandis que Marina s'accrochait fermement au niveau de ses épaules. L'Humain dégageait une telle énergie à travers sa blouse qu'Ombre la percevait. Il le sentit hésiter une fraction de seconde et, inquiet, se dit qu'il les avait repérés. Mais, finalement, il se dépêcha de rejoindre ses compagnons.

Une fois à l'intérieur, les deux clandestins se laissèrent tomber et filèrent droit vers le plafond, accompagnés par une marée de gémissements. Ce ne fut qu'en haut qu'Ombre se retourna. Les lampes,

plus violentes encore que celles du couloir, lui bles-
sèrent les yeux. Une odeur épouvantable régnait dans
la salle, mélange de sueur, d'exhalaisons de corps
paniqués et d'haleines viciées par l'angoisse.

Deux cuves surélevées, aussi larges que d'immenses arbres abattus, occupaient toute la longueur
de la pièce. Elles devaient être en acier, et des cou-
vercles d'une matière semblable au verre, percés de
petits trous, les fermaient. De nombreux Humains
étaient postés de chaque côté du dispositif. Les bras
enfouis dans les multiples ouvertures pratiquées sur
les flancs des cuves, penchés sur le couvercle vitré,
ils semblaient manipuler des choses.

Des chauves-souris ! Ombre entrevit leurs silhouettes familières. Il y en avait toute une file,
séparées les unes des autres par de petites parois.
Les casiers ainsi ménagés leur permettaient juste de
rester couchées, ailes déployées. Ombre fronça les
sourcils : elles ne bougeaient pas, et pourtant elles
glissaient, s'arrêtant devant chacun des Humains
positionnés le long des cuves. Ces derniers plongeaient leurs mains dans les casiers, mais Ombre ne
put voir ce qu'ils faisaient subir à ses congénères,
gêné par leurs bras. Par contre, il entendait parfaitement les hurlements des siens qui vrillaient l'air
moite :

– Pitié !

– Non !

– Pourquoi faites-vous ça ?

Bouleversants, ses compagnons appelaient des noms, se hélaient les uns les autres pour tâcher de deviner où ils étaient et ce qu'il leur arrivait. Les Humains travaillaient en silence, insensibles et efficaces. Il y avait là des Hommes et des Femmes, cheveux tirés en arrière. Ombre se rappela que, dans la cathédrale, debout en train de prier, ils n'avaient rien dit non plus. Mais ça lui avait paru différent, alors. Leur taille et leur force lui avaient inspiré un respect craintif. Maintenant, ils le terrorisaient.

– Je n'y vois rien, murmura-t-il à Marina. Il faut que je m'approche.

– Non !

Mais il ne put se retenir. Il devait découvrir de quoi il retournait. Il descendit, plaqué au mur pour ne pas se faire repérer, et regarda. Les Humains, si absorbés par leur terrifiant labeur, ne levaient jamais la tête. Ils ne le remarqueraient pas.

– Ombre !

Marina l'avait suivi et le retenait avec ses griffes.

– Reviens ! Allons avertir les autres. Sortons d'ici !

Il se débarrassa d'elle d'une secousse et continua à se laisser tomber en petites spirales rapides. À côté des Humains se trouvaient de hautes plates-formes étroites couvertes d'outils métalliques qui étincelaient crûment dans la lumière. Certains étaient si acérés que leur seule vision tordit douloureusement l'estomac d'Ombre. Les Humains prenaient un instrument, enfonçaient leurs mains gantées dans les hublots et les chauves-souris poussaient un hurlement. Ombre n'avait pas ressenti une telle fureur depuis que les chouettes avaient incendié le Berceau des Sylves. La colère lui grondait dans les oreilles et, un instant, aveugla son sonar. Il se rapprocha, les yeux pleins de larmes de rage. Ceci n'était pas la Promesse.

– Ombre !

Il entendit l'avertissement de Marina et, presque au même instant, sentit une secousse atroce lui traverser le corps. Il perdit l'équilibre, les membres soudains gourds, et tomba, apercevant au passage la pointe d'une baguette, le visage d'un Humain et les mailles d'un filet qui se refermait sur lui.

Il était dans une des cuves métalliques.

Pareils à des objets doués de vie, deux gants épais fondirent sur lui et assurèrent leur prise. Il fut retourné sur le dos et plaqué au sol. Les mains étaient froides et dégageaient une odeur âcre. De l'autre côté de la cuve, une seconde paire de gants s'agitait déjà autour de lui. De l'acier lança un éclair dur. Avant même qu'Ombre ait pu crier sa peur, une lame glissa sur son ventre, découpant une bande bien nette dans sa fourrure. Ébahi, il contempla sa chair rosâtre. Comme un nouveau-né, il était nu et vulnérable.

Les bras se retirèrent, et le plancher s'ébranla en ronflant. À travers le plafond vitré, Ombre vit les Humains s'éloigner, bientôt remplacés par deux nouveaux. La terreur faisait battre follement son cœur. Le sol s'arrêta, et il bondit sur ses pieds pour griffer la surface transparente avec l'énergie du désespoir. Il n'y laissa même pas une éraflure. Maladroitement, il se retourna et examina les parois latérales qui l'emprisonnaient. Il se jeta dessus. La douleur irradia son épaule sans que les murs bougent.

– Marina ! hurla-t-il. Marina !

Aucune réponse. Pourvu qu'elle se soit échappée ! Peut-être, tapie près du plafond, l'observait-elle, impuissante ? Des doigts l'encerclèrent, et il poussa un hurlement de terreur. Une main plongea sur lui, armée d'une méchante fléchette acérée, plus longue qu'une aiguille de pin, suffisamment longue pour le transpercer. Encore une fois, il fut cloué sur le dos. Il tenta de se débattre, mais il se rendit compte que c'était vain. Ces mains auraient pu réduire ses os en miettes ! Il sentait une force brute dans chacun de leurs doigts. Il rugit en voyant le dard approcher. La pointe mordit dans la bande dénudée de son ventre, mais n'alla pas plus loin. Elle se retira rapidement, et on le relâcha. Soulagé, il regarda son abdomen, où un petit hématome marquait l'endroit piqué par l'aiguille. Il le toucha du bout de l'aile et le trouva bizarrement épais et engourdi, comme s'il n'appartenait plus à son corps.

On le déplaça de nouveau. Roulant difficilement sur le ventre, il serra les ailes pour s'empêcher de trembler. Il tremblait, pourtant. D'autres Humains approchèrent, les traits gauchis par la vitre. Ils évitèrent son regard. «Pourquoi?» voulut-il leur demander. Mais leurs visages étaient vides, concentrés sur leur tâche. Anxieusement, il les scruta, cherchant un signe de compassion, un peu de chaleur ou d'inquiétude. Puis il comprit qu'il n'était rien pour eux. Un profond sentiment d'humiliation mêlée de colère l'envahit. Dire que sa colonie avait cru qu'ils seraient leurs amis, qu'ils les aideraient ! Et maintenant, être traité de la sorte !

Il entendait les respirations rauques de ses voisins, de part et d'autre de sa cellule.

– Hé! (Il se tourna vers la victime qui le précédait.) Comment tu t'appelles?

Pas de réponse.

– Que t'ont-ils fait?

Il ne perçut qu'un geignement qui le fit frissonner. Il valait peut-être mieux ignorer ce qui l'attendait. Le tapis roulant, qui était reparti, s'arrêta de nouveau. Ombre fixa les hublots, guettant les gants, se demandant quels horribles traitements ils lui réservaient. Il n'eut pas longtemps à attendre. Simultanément, des deux côtés de la cuve, quatre bras s'introduisirent dans son casier. Cette fois, il décida de se battre. Montrant les dents, il plongea, essayant de transpercer le caoutchouc jusqu'au sang. Il mordit un bon coup, et eut la satisfaction d'entendre un de ses bourreaux brailler de surprise et de douleur. Une paire de gants se retira.

– Ça suffit! beugla Ombre.

Les mains réapparurent, tenant une fine baguette de métal. Ombre sut aussitôt de quoi il s'agissait. Il sauta à droite et à gauche pour l'éviter, mais sa queue finit par être touchée, et il sentit la décharge familière lui engourdir tout le corps. Il s'écroula, la respiration coupée. On le remit sur le dos. Un petit morceau d'acier fut appuyé contre sa peau nue. Il leva la tête pour regarder, mais il y avait trop de doigts dans son champ de vision. Il aperçut une aiguille traversée par une sorte de fil rigide et, horrifié, comprit qu'on cousait cette pièce métallique à son ventre. Il entrevit la pointe mordre sa chair et ressortir, mais ne ressentit qu'une sensation des plus diffuses, comme si quelque chose d'émoussé l'avait heurté. Encore et encore, l'aiguille le transperça, fixant l'objet sur son corps. Puis un outil acéré apparut et trancha le fil. Les mains disparurent.

Ombre y voyait mieux, maintenant. Au beau milieu de son ventre, un anneau dépassait. Il le toucha timidement de la griffe. Il oscillait de gauche à droite, retombant toujours en place ; on aurait dit une part de lui-même. Ils lui avaient greffé un morceau d'acier ! Il semblait tellement peu à sa place, contre sa peau ! Si artificiel, si étranger ! Déjà, une douleur sourde commençait à irradier à la base de la boucle. Il se rappela combien il avait envié Marina et Frieda parce qu'elles étaient baguées, combien il avait désiré avoir lui aussi un anneau, tant cet objet offert par les Humains paraissait être un don précieux. Il distingua d'étranges hiéroglyphes griffonnés sur la surface de la boucle. Il la détesta.

Il fut à peine conscient d'être encore une fois déplacé. À l'arrêt suivant, de nouvelles mains se saisirent de lui. Elles tenaient une deuxième pièce d'acier – un petit disque, qui fut attaché à l'anneau au moyen d'une courte chaîne. Quand il sauta sur ses pieds, Ombre en sentit le poids, qui tirait sur la peau de son ventre. Il était étrangement lourd.

– C'est fini? demanda-t-il d'une voix rauque à la chauve-souris qui le précédait.

Mais seul lui répondit un hurlement de douleur. La terreur revint aussitôt. Ce n'était donc pas terminé? Que lui réservaient-ils encore? La cuve ronfla, le sol glissa et d'autres Humains apparurent. Des bras se dessinèrent derrière les hublots. Hypnotisé, Ombre fut incapable de détourner les yeux. Les mains s'emparèrent d'une paire de tenailles pareilles aux mâchoires de quelque bête d'acier haineuse. Il recula, mais des doigts surgirent par-derrière et le maintinrent fermement. L'outil à deux dents se dirigea droit sur sa tête.

– Non! hurla Ombre. Laissez-moi! Je vous en supplie!

Il aplatit les oreilles, tenta de se rapetisser, de disparaître, ferma les yeux comme un bébé. Mais ça ne servit à rien. Les mâchoires serrèrent son lobe, puis ce fut une douleur perçante, atroce. Il crut que son cœur explosait. Mais le pire était passé, ne laissant qu'un souvenir brûlant. Les mains se retirèrent avec leur instrument. Ombre s'affaissa, vidé. «Merci», pensa-t-il, sonné. C'était enfin fini; il n'était pas mort. Ils avaient laissé quelque chose sur son oreille. Il secoua furieusement la tête pour essayer de s'en débarrasser, mais c'était incrusté dans sa chair. Une chose petite, froide et dure. Il se dévissa le cou pour l'apercevoir, en vain.

Tout à coup, la cuve s'inclina, la paroi latérale s'écarta, et Ombre dégringola dans les ténèbres. Son visage heurta un plancher rude; et quand il releva la tête, il découvrit autour de lui des compagnons d'infortune qui le regardaient tristement. Ils haletaient, comme s'ils venaient de faire un long voyage. Ils étaient dans un vaste container clos, mis à part l'ouverture par laquelle Ombre était tombé. Se retournant, il dévisagea ses voisins et en reconnut quelques-uns, rencontrés dans la forêt artificielle. Mais il ne connaissait pas leurs noms. Il examina le clou qu'ils avaient dans l'oreille et entr'aperçut les disques fixés à leurs abdomens. Ils avaient donc tous subi le même sort! Il se laissa aller sur le ventre, brisé : c'était comme si une tempête l'avait assommé. Il se sentit soudain gagné par l'abattement régnant dans la cage. Il était épuisé, incapable de parler.

– Ombre !

Une chauve-souris lui tomba dessus, l'étrangla presque entre ses bras et pressa son nez contre son cou. C'était pour le moins un accueil chaleureux ! Ombre reconnut l'odeur, la masse musculaire et le miroitement des poils aux pointes argentées.

– Chinook ! s'exclama-t-il, à la fois surpris et ravi. Euh, tu peux me lâcher ? Tu vas m'étouffer.

– Désolé !

Le caïd desserra légèrement son étreinte. Puis, regardant par-dessus son épaule, il beugla :

– Hé, les gars ! C'est Ombre Aile d'Argent ! Un vrai héros ! Il va nous expliquer ce qui se passe !

Ombre s'en étrangla de stupéfaction. Chinook le traitant de héros, ça devait être une plaisanterie. Rien qu'à voir le visage plein d'espérance de son rival, il comprit pourtant que celui-ci était sérieux. Il faillit sourire. Mais leurs compagnons se tournèrent vers lui, et il poussa un gros soupir, sachant qu'il allait les décevoir.

– Comment nous sommes-nous retrouvés ici ? attaqua une chauve-souris Fantôme.

– Les Humains vous ont enlevés pendant votre sommeil. Par centaines.

– Et mes parents ? demanda Chinook avec anxiété.

– Eux aussi. Ils doivent être dans une autre cage, répondit Ombre d'un ton rassurant.

– Mais comment sais-tu tout ça ? lança quelqu'un. Aucun de nous ne se rappelle rien. Nous nous sommes juste réveillés, et les Humains nous faisaient... ces choses.

– Je n'ai pas été attrapé en même temps que vous. Quand nous avons constaté que vous n'étiez plus là, j'ai décidé de partir à votre recherche. J'ai réussi à sortir de la forêt grâce au ruisseau.

Il était trop las pour leur parler maintenant des chouettes et de Goth. Il continua donc :

– Je me suis retrouvé dans cette pièce, et j'ai vu ce qu'ils vous faisaient. Ils m'ont chopé parce que je m'étais trop rapproché. Marina aussi, peut-être, ajouta-t-il, la gorge serrée.

Il espérait de tout son cœur qu'elle avait trouvé un moyen de retourner avertir les autres.

– Marina est venue avec toi ? s'écria Chinook.

Ombre crut déceler une étincelle de joie dans sa voix.

– Oui.

– Alors, dit l'autre en se rapprochant et en baissant le ton, c'est que... hem... je lui manque ?

Ombre le regarda droit dans les yeux, ébahi qu'il puisse se préoccuper de choses pareilles en cet instant.

– Parce que, continua Chinook sur le ton de la confidence, je suis sûr qu'elle m'aime bien.

– Qu'est-ce que c'est que ces trucs qu'ils ont fixés à nos corps ? intervint une chauve-souris à moustaches en tapotant le clou de son oreille.

– Aucune idée, répondit Ombre.

– Et ces disques si lourds ? À quoi servent-ils ?

– Aucune idée, répéta Ombre, sentant sa frustration grandir.

– Si Arcadie était ici, elle saurait, elle ! Elle avait raison : t'es qu'un fauteur de troubles ignorant !

– En tout cas, je sais au moins que nous devrions tenter de filer ! rétorqua Ombre. Vous avez essayé ?

– Non.

« Super, pensa-t-il. Tous des bons à rien ! Il faut vraiment que je m'occupe de tout, tout le temps. »

– Pourquoi sortir ? demanda une Queue-Libre. Et si tout ça fait partie de la Promesse ?

– Eh bien, reste ! lui lança Ombre. Moi, je m'en vais. Qui me suit ?

Il y eut un silence déprimant, puis il entendit :

– Moi !

C'était Chinook, et Ombre s'en sentit ragaillardi.

– Alors, viens ! dit-il avec gratitude.

Il s'approcha de l'ouverture pratiquée dans le flanc de leur prison et y glissa sa tête. Elle donnait sur un puits presque vertical obturé, tout là-haut, par une plaque vitrée. Soudain, une Aile de Lumière dégringola droit sur Ombre, et il n'eut que le temps de s'écarter du chemin pour la laisser glisser à l'intérieur, étourdie. Ce n'était pas Marina. Il en fut à la fois soulagé et déçu. Son amie ne pourrait cependant les aider qu'en restant libre. Comment ? Il l'ignorait. Tout à coup, sans prévenir, le container se balança. Un panneau coulissant obtura l'ouverture, plongeant les prisonniers dans l'obscurité totale. Aussitôt, ce fut la panique.

– Qu'est-ce qui se passe ? gémit quelqu'un.

– Je n'en peux plus ! pleura un autre.

Les cris montaient crescendo, de plus en plus angoissés et intenses. Ombre essaya de les oublier et concentra son sonar sur la sortie. Il détecta un cliquetis métallique qui parvenait d'un trou, percé à mi-hauteur du panneau coulissant.

– Chinook, donne-moi un coup de griffe, tu veux ?

Il grimpa sur le dos du caïd et, sur la pointe des pieds, tenta de tirer le panneau avec son pouce, de toutes ses forces. En vain. Il était verrouillé. Soudain, leur prison décrivit un violent arc de cercle et Ombre, déstabilisé, fut catapulté par terre. Des pas lourds résonnèrent. On les emportait. Une porte chuinta, puis il fit beaucoup plus froid et les pas crissèrent. De la neige !

– On est dehors, murmura Chinook.

Le cœur d'Ombre en fut brisé. De l'autre côté de ces parois, c'était le monde libre. Il le désirait si ardemment ! Si seulement il pouvait ouvrir la serrure ! Il s'envolerait, et les Humains ne le rattraperaient jamais. Rageur, il abattit ses ailes contre la paroi. La douleur le ramena à la réalité. Cela ne servait à rien de gaspiller ainsi son énergie. Les pas se firent plus durs et sonores. Ils devaient être à présent dans un espace fermé, où il faisait à peine plus chaud. On les posa brutalement par terre. Des paroles des Humains, fortes et lentes, les enveloppèrent, tel un vent plaintif. Puis le container fut brusquement déplacé, projetant Ombre contre Chinook. Il y avait d'autres chauves-souris autour d'eux. Leurs voix s'élevaient, chœur de gémissements confus et lugubres. Ombre se rappela la Crypte aux Échos, au Berceau des Sylves, il y avait si longtemps ! Frieda l'y avait emmené écouter les vieilles légendes, les chuchotis séculaires qui vibraient dans l'air. Ne resterait-il donc d'eux plus que ça ? Seraient-ils bientôt les chanteurs disparus de sons à jamais perdus ?

Un fracas retentit – du métal cognant contre du métal –, et Ombre sentit Chinook sursauter. Un silence lourd suivit. Quelques secondes plus tard, une vibration grave et puissante résonna, transperçant le plancher de la cage, les os de leurs pieds, leur épine dorsale et leur poitrine. Ombre eut l'impression d'être dans le ventre d'une grande bête mécanique. Il y eut un courant d'air, et ses oreilles explosèrent. Avalant sa salive, il regarda Chinook. Tous deux étaient trop pétrifiés de peur pour parler. Le bourdonnement s'accentua. C'était comme s'il émanait d'Ombre lui-même, de la moelle de ses os. Le container se mit à trembler. Ils bougeaient. Pas seulement eux, mais l'élément plus vaste dans lequel ils se trouvaient. Quoi que ce fût, c'était doté d'une force immense. Ça se déplaça, lentement d'abord, puis de plus en plus vite. La cage bascula et, instinctivement, Ombre déploya les ailes pour garder son équilibre. La plupart des chauves-souris étaient tombées dans un mutisme terrifié. Quelques-unes marmonnaient dans leurs moustaches, peut-être des prières à Nocturna. Ombre, lui, avait l'esprit vide, et il en avait honte. Il aurait dû réfléchir, agir. Au lieu de cela, il se contentait d'attendre bêtement la suite des événements.

Les vibrations cessèrent d'un seul coup et Ombre reconnut une apesanteur familière.

– On vole, dit-il.

Deuxième partie

Vol de nuit

Marina s'accrocha à la machine volante qui montait dans le ciel nocturne. Ses griffes ne tiendraient pas longtemps contre le vent qui malmenait son corps et hurlait à ses oreilles. À trois centimètres de là, elle aperçut une incision dans la coque métallique. Elle y serait peut-être protégée. Certes, elle risquait, en bougeant, de lâcher prise ; d'un autre côté, si elle ne faisait rien, elle serait emportée par le vent. Bandant ses muscles, elle leva sa griffe gauche. Aussitôt, le souffle la fit dévisser et la catapulta dans l'espace. Elle faillit être coupée en deux par l'empennage qu'elle frôla dans un fracas assourdissant.

Sonnée, elle vit l'engin – si loin déjà ! – continuer son ascension.

– Non ! hurla-t-elle.

Elle se jeta à sa poursuite. Pas plus grosse qu'un oiseau maintenant, le ventre scintillant de lumières, la machine emportait Ombre. Secouée par un hoquet d'angoisse, respirant avec peine, Marina la regarda disparaître. Un atroce sentiment de perte l'envahit, le même que celui qui l'avait submergée quand ses propres père et mère l'avaient rejetée.

Fini ! C'était fini ! Il n'était plus là !

Les ailes raides, elle se laissa redescendre en une lente spirale. Sous ses yeux, Ombre avait été touché par la tige métallique d'un Humain, puis enfermé dans une des cuves. Du plafond, elle avait assisté aux manipulations dont il avait été victime. Elle avait aperçu à travers le couvercle vitré les éclats métalliques des objets qu'on avait accrochés à son ventre ; elle l'avait entendu crier. Quand il avait été jeté dans un grand container qu'un Humain avait verrouillé et emporté, elle avait aussitôt suivi, se glissant dans le crépuscule hivernal avant que la porte ne se referme. Dehors, de nombreux Humains chargés de boîtes identiques empruntaient un long chemin enneigé, au bout duquel était garée l'énorme machine volante. Les Humains avait posé les cages dans son ventre. Effrayée, Marina n'avait pas osé s'en approcher. Maintenant, elle se traitait de trouillarde, se sentait minable. Ombre lui avait donné son amitié quand personne ne voulait d'elle, ainsi qu'une place parmi les Ailes d'Argent. Elle aurait dû entrer dans l'engin : au moins, elle aurait été avec lui au lieu d'assister, impuissante, à son enlèvement.

Ils avaient pris plein sud.

Le bâtiment des Humains scintillait froidement dans la nuit tombante. Désormais, plus aucune mélopée magique ne l'enveloppait, plus aucune chauve-souris n'appelait Marina. C'était juste un gros tas de pierres et de métal, pareil à n'importe quel édifice. Libre, elle était libre ! Jamais, pourtant, elle ne s'était sentie aussi peu libre. Tout raconter à Ariel et Frieda, elle n'avait que ça en tête. Elle devait retourner à l'intérieur ! Il fallait qu'ils s'en aillent tous, elle en avait la conviction. Frieda saurait quoi faire. Ils partiraient vers le sud pour rattraper la machine volante et récupérer Ombre. Oui, c'était ça. Le retrouver.

Marina reconnut la partie du toit qu'ils avaient survolée en arrivant et identifia rapidement un des portails. Elle plongea, puis freina, soudain apeurée. Si elle rentrait, elle serait prisonnière. Il fallait qu'elle puisse ressortir. Elle contempla le bâtiment, emplie de haine. Elle voulait le détruire; elle allait le détruire! Elle fila ramasser la plus grosse pierre qu'elle put dénicher, puis remonta très haut, visa et lâcha sa bombe. Celle-ci dégringola et heurta un des panneaux vitrés du toit, sans autre résultat qu'une légère estafilade. L'Aile de Lumière répéta la manœuvre. Son deuxième caillou rebondit sans plus d'effet.

Ne restait plus que la solution du portail. Ce dernier ne s'ouvrait que dans un sens. Pas question de se faire piéger une seconde fois. Rasant le sol, elle finit par repérer ce qu'elle cherchait: un bâton épais et pas trop grand. Elle s'en empara et remonta se poser à l'entrée du tunnel. Essayant de se remémorer à quel endroit il tombait à pic, elle avança prudemment. Quand elle sentit qu'elle s'approchait du vide, elle s'arrêta. Puis, respirant un bon coup, elle déploya ses ailes et sauta. Ses éperons griffèrent le puits, faisant jaillir des étincelles. Le bout de ses ailes pressé contre les parois, elle parvint à ralentir légèrement. «Tout doux... tout doux...» s'encourageait-elle. Son sonar lui dessina l'extrémité du conduit qui se précipitait à sa rencontre. Elle aperçut le volet métallique. Si elle ne freinait pas suffisamment, elle le traverserait, et ça serait la fin. Elle étendit ses ailes encore plus, appuya sur ses griffes à les arracher. Le battant s'ouvrit. Elle réussit à s'arrêter et, haletant sous l'effort, bloqua le volet avec son bâton. Le clapet se rabattit comme une mâchoire prête à mordre. Le bout de bois vacilla, mais tint bon.

En dessous s'étalait la forêt. Marina était de retour. Seulement, cette fois, elle pouvait sortir.

Debout sur le dos de Chinook, Ombre bombarda d'ondes sonores la serrure du container. L'écho lui renvoya le dessin d'une structure métallique complexe, qu'il essaya de déchiffrer. Une espèce de cadenas, dans lequel les Humains glissaient sûrement un outil. Il devait, grâce au son, être capable de se fabriquer le sien et d'ouvrir leur prison. Il ignorait ce qui l'attendait de l'autre côté, mais n'avait pas l'intention d'attendre ici en se tournant les griffes. Ses compagnons étaient effondrés sur le sol, certains silencieux, d'autres marmottant tristement dans leur barbe.

– Tu vas y arriver ? demanda Chinook.

– J'espère.

– Tu peux le faire, affirma le caïd en hochant la tête d'un air confiant. Je t'ai vu déplacer des cailloux. Tu en es capable.

– Merci, répondit Ombre, touché par cette loyauté.

Il lança une aiguille sonore dans le cadenas et la regarda mentalement ricocher contre les structures métalliques et en déplacer doucement une ou deux. Il repéra celles qu'il fallait faire bouger : il y en avait trois, et elles se manœuvraient simultanément. Il prit une profonde inspiration et décocha une onde à trois pointes. L'acier culbuta, et un petit *plop* secoua la serrure.

– J'ai réussi ! se chuchota-t-il à lui-même, avant de répéter tout fort : J'ai réussi ! C'est ouvert.

Ses compagnons d'infortune levèrent les yeux vers lui.

– Mais nous ne savons pas ce qu'il y a de l'autre côté, dit une Queue-Libre baguée. Il vaut peut-être mieux ne pas bouger.

– Si c'était une partie du plan ? renchérit une autre voix, pleine d'espoir. Arcadie a toujours dit que, quoi qu'ils fassent, les Humains avaient un plan.

– Parce que ça vous paraît bien, ce qui se passe ? rétorqua aigrement Ombre. Ils nous ont maltraités, je vous rappelle, ils ont accroché ces objets à nos corps. Vous avez oublié à quel point ça faisait mal ?

L'abominable plainte qui emplissait la pièce résonnait encore dans sa tête.

– Mais si nous devons supporter cette souffrance ? suggéra la Queue-Libre. Si c'est un test ?

– Tu crois ? répliqua Ombre.

Soudain, il eut envie de s'allonger, de se reposer et d'attendre. Son père avait-il lui aussi subi ça ? Comme il aurait aimé lui parler en ce moment ! Il regarda ses compagnons et soupira :

– C'est ouvert. Ceux qui le souhaitent peuvent s'échapper. Viens, Chinook, sortons d'ici !

Le caïd marqua un temps d'hésitation, mais finit par acquiescer. Ensemble, ils plantèrent leurs griffes dans le bois et poussèrent de toutes leurs forces contre le panneau. Lentement mais sans résistance, ce dernier coulissa sur... un mur noir leur bloquant le passage ! Chinook s'affaissa. Désorienté, Ombre examina la paroi. Il se rendit compte qu'il s'agissait d'une serrure, identique à celle de leur container.

– Une autre boîte, annonça-t-il.

Il percevait un murmure faible et las de chauves-souris, parfois rompu par un appel au secours.

– Je devrais réussir à l'ouvrir aussi.

– À quoi bon ? gémit une Aile Cendrée derrière lui.

– Il y en aura encore une, derrière, geignit quelqu'un. Et ainsi de suite, à l'infini.

– On s'en sortira jamais ! se lamenta un autre congénère.

– Mieux vaut agir que rester ici à pleurnicher ! rétorqua Ombre, furibond.

Une fois encore, il sauta sur le dos de Chinook et examina la serrure. Imbéciles de chauves-souris ! Ce qu'elles disaient, il n'en avait rien à faire ! Il ne mourrait pas prisonnier ! Ils étaient dans une machine volante, c'était évident. S'il parvenait à sortir de toutes ces cages successives, il arriverait peut-être à filer de l'engin aussi, à s'envoler, à rejoindre le monde libre !

Légèrement différent du précédent, le cadenas fonctionnait selon le même principe. Ombre respira un bon coup, visa et tira des salves sonores. Un « clic ! » retentit, et il sut qu'il avait gagné. « Le container doit être plein d'autres bonnes à rien de chauves-souris », pensa-t-il en grimaçant. Aidé de Chinook, il entreprit de pousser la trappe. Mais ils l'avaient à peine entrouverte qu'une énorme gueule se jeta sur eux, frappant Ombre, qui tomba.

Rien qu'à voir les crocs, il comprit : c'était la cage de Goth ! Il se remit sur ses pieds et se précipita pour refermer le panneau.

– C'est quoi, ça ? balbutia Chinook en l'aidant.

– Je te présente Goth, grommela Ombre.

Il se retourna et appela ses compagnons :

– Donnez-nous un coup de patte !

Le monstre continuait à forcer le passage de la tête. Arc-boutés contre le battant, Ombre et Chinook avaient seulement réussi à l'empêcher d'aller plus avant. S'il entrait dans la cage, ça serait la fin. L'horreur. Quelques autres prisonniers parvinrent à surmonter la frayeur que leur inspiraient les dents du géant et s'adossèrent à Ombre et Chinook. Mais Goth résistait, fouettant l'air de son museau pour se faufiler. « Tant que les épaules ne passent pas ! » se répétait Ombre. Après, ils ne pourraient plus le retenir. Goth donna soudain un grand coup de tête, et son visage monstrueux se trouva à deux centimètres de celui d'Ombre. Celui-ci fixa une des sauvages pupilles noires, et tressaillit sous l'haleine brûlante du cannibale. Il faillit vomir. S'il ne réagissait pas, Goth allait entrer. Relâchant sa prise, il mordit de toutes ses forces la joue du géant. Avec un grondement de rage mêlée de douleur, Goth recula, et la trappe s'abattit sur son nez. Le géant poussa un nouveau hurlement et disparut ; cette fois, le panneau se referma complètement.

— Tenez bon ! cria Ombre d'une voix haletante. Il faut que je verrouille.

Écœuré, il cracha pour se débarrasser du mauvais goût laissé dans sa bouche. Le monstre était déjà revenu à la charge, pesant de tout son poids contre l'ouverture, qu'il enfonçait peu à peu.

— Qu'est-ce que c'est que ce truc ? bégaya quelqu'un.

— Une chauve-souris de la jungle. Il s'appelle Goth.

— Tu le connais ?

Ombre hocha la tête :

— C'est un cannibale. Nous avons besoin de renforts.

Réticents, cinq autres compagnons s'appuyèrent au panneau sur lequel Goth continuait à s'acharner. Ombre ignorait complètement s'il saurait cadenasser le container. Le déverrouiller était une chose, mais arriverait-il à ébranler les bonnes pièces pour le refermer ? Il envoya une onde sonore, qu'un rugissement de Goth fit voler en éclats. Par le trou de la serrure, ils se fixèrent droit dans les yeux.

— Je vais te croquer tout cru, minus ! lâcha le géant dans une bouffée de son haleine fétide.

À cet instant, un ronflement mécanique grave les enveloppa, puis le container se renversa lentement. Ombre essaya de s'accrocher à la trappe, en vain. Il fut jeté à terre parmi ses congénères, toutes épaules, ailes et griffes déployées pour ne pas perdre l'équilibre.

L'entrée ! Il n'y avait plus personne pour la garder !

La cage basculait de plus en plus, envoyant valdinguer ses occupants. Terrifié, Ombre avait les yeux fixés sur le battant. Ce dernier tressauta, s'entrouvrit, puis coulissa d'un seul coup. Goth plongea, crocs à nu. Dans un flash, Ombre remarqua que lui aussi avait un clou dans l'oreille et un disque métallique suspendu au ventre, mais beaucoup, beaucoup plus gros que le sien. Il lança un coup de pied, qui atteignit le géant au menton et détourna ses mâchoires une seconde, pas plus. La confusion la plus totale régnait dans la cage, enchevêtrement de jambes et d'ailes s'agitant dans tous les sens. Goth était sur lui, sur tout le monde, la bouche écumante. Ombre vit ses crocs s'enfoncer dans de la fourrure et hurla de douleur, avant de se rendre compte que le monstre avait mordu quelqu'un d'autre. Soudain, le container se renversa complètement et s'ouvrit. Un souffle assourdissant envahit l'espace, et Ombre

fut happé par une rafale. Il n'eut même pas le temps
d'ouvrir les ailes. Autour de lui, c'était un kaléido-
scope – ventre immense de l'engin, portes énormes
ouvertes comme des mâchoires sur le ciel nocturne.
Des centaines de congénères se précipitaient à
l'extérieur, comme aspirés hors de la machine
volante. Il était impossible de résister, et Ombre ne
le souhaitait pas. Il était enfin libre, débarrassé de
Goth, des Humains.

Il tomba.

Ne sachant pas combien de temps tiendrait son
bâton, Marina ne perdit pas un instant. L'air froid
s'infiltrait en sifflant dans la chaleur artificielle de
la forêt. Elle plongea dans les arbres.

– Alerte ! cria-t-elle. Il faut partir ! Il faut partir
d'ici ! Tout de suite !

Comme le soleil se couchait, tout le monde chassait déjà. Les chauves-souris tournoyèrent en
entendant Marina. Mais celle-ci ne ralentit pas pour
s'expliquer. Elle vola vers le ruisseau, gagnage préféré des Ailes d'Argent, et y trouva Ariel et Frieda,
qui la regardèrent anxieusement.

– Où étais-tu passée ? demanda Ariel. Et
Ombre ? ajouta-t-elle, la voix soudain voilée par
l'appréhension.

— Ils l'ont attrapé, haleta Marina en se posant.

— Reprends ton souffle, lui conseilla Frieda.

Mais l'Aile de Lumière secoua désespérément la tête :

— J'ai bloqué l'entrée. Je vous en prie, ne me demandez pas de vous expliquer maintenant. Il faut partir !

— Qu'est-il arrivé à Ombre ? insista Ariel.

— Il est prisonnier, avec les autres.

Dans un brusque froissement d'ailes, Arcadie se laissa tomber près d'elles, sourcils froncés de colère :

— Qu'est-ce que c'est que ce raffut ? Tu as provoqué une belle panique !

Plus calme, Marina raconta brièvement les aventures qu'elle et Ombre avaient vécues. À chaque battement de son cœur, elle pensait au volet et au bout de bois, se demandant s'il allait résister encore longtemps.

— Nous devons nous presser, supplia-t-elle. La machine volante est partie vers le sud et...

— Pourquoi t'inquiètes-tu ? l'interrompit sévèrement Arcadie.

La question lui parut tellement absurde que Marina ne sut que répondre.

— En quoi est-ce que c'est si différent du baguage ?

continua l'Aile Cendrée. Nous avons accepté les anneaux pendant des années. Ça, c'est pareil.

– Non ! J'ai été baguée, et c'était très différent. Ou peut-être que non, mais ce que font les Humains est abominable. Je les ai vus.

Ses narines étaient encore empreintes de l'odeur régnant dans la pièce, tel un brouillard empoisonné de peur et de douleur. Entre-temps, une vaste foule angoissée s'était rassemblée autour d'elles pour écouter Marina. Mais la voix d'Arcadie était puissante et autoritaire :

– Tu prétends en savoir plus que les Humains, que Nocturna elle-même ! Nous sommes de misérables créatures. Nous devons croire aux signes et attendre ! Comment être certain que les chouettes n'ont pas été emprisonnées ici pour offrir un ciel sûr à nos frères et sœurs restés dehors ? Et ce cannibale dont tu parles, peut-être que c'est aussi pour notre bien qu'il est enfermé.

Marina regarda d'un air implorant Ariel et Frieda, qui la dévisageaient, comme pour déceler la vérité dans ses yeux.

– Nous partons, déclara finalement Frieda. Sur-le-champ ! Ceux qui désirent nous accompagner sont les bienvenus.

Déployant ses ailes, elle grimpa à travers les branches, battant le rappel dans la ramure :

– Que ceux qui souhaitent quitter cet endroit nous suivent ! Nous avons des raisons de penser que les Humains nous veulent du mal. Nous partons immédiatement !

Soulagée, Marina la rejoignit avec Ariel. Arcadie les suivit.

– N'y allez pas ! mugissait-elle. Ces chauves-souris vous détournent du droit chemin. Ce ne sont pas des élues. Elles répandent peur et soupçon, elles vous dévoient du paradis. Restez ici !

Et, tandis que Frieda criait son message à la cime des arbres, très peu de compagnons lui obéirent, à part les Ailes d'Argent qui étaient arrivées avec elle.

– Tu vois ! plastronna Arcadie. Nous avons foi dans un pouvoir plus fort que le tien.

– Alors, bonne chance ! rétorqua Frieda.

Un bruit de pas pesants au-dessus de leur tête fit accélérer Marina. Deux Humains marchant prudemment sur la charpente métallique du toit se dirigeaient vers le portail.

– Vite ! hurla-t-elle. Ils ont dû deviner que je l'avais bloqué !

Par bonheur, son bâton avait tenu bon. Il vacillait pourtant sous la pression du battant. Des volutes de fumée âcre s'échappaient du conduit et un gémissement de moteur qui force stridulait. Marina se percha à l'entrée du puits et pressa ses congénères de s'y faufiler.

Les Humains étaient tout près. Il y eut des bruits de métal et de quelque chose qu'on soulevait. Soudain, juste à côté de Marina, un panneau glissa, par lequel surgit une main qui tâtonna alentour. Elle effleura le bout de bois, referma ses doigts autour et se mit à tirer. Non sans satisfaction, Marina planta ses dents dans la chair tendre. Un cri retentit et la main se retira. Frieda, les autres Ailes d'Argent puis Ariel s'engouffrèrent dans le passage. C'était au tour de l'Aile de Lumière. Brusquement, les doigts réapparurent, armés d'une fléchette diaboliquement pointue. Marina réussit à lui échapper, mais le bras balayait fébrilement le conduit, lui bloquant le passage. Là-haut, Ariel l'appela. Elle recula et attendit, observant le dard qui frappait aveuglément. Quand le bâton commença à glisser, elle plongea. Malheureusement, le volet se rabattit, prenant sa queue au piège. En gémissant, elle tira. Elle sentit qu'un morceau de peau cédait ; mais elle passa. Elle ouvrit ses ailes, sortit ses griffes et grimpa le long du puits en éraflant les parois d'acier. Ariel l'attendait, inquiète. Derrière elle, Marina se hissa au sommet, remonta le tunnel à toute vitesse et s'élança vers le ciel étoilé.

Le souffle coupé par le violent impact de l'air froid, Ombre ne cessait de dégringoler, queue par-dessus tête. Il aperçut des nébulosités sans savoir s'il s'en s'éloignait ou s'en rapprochait. Sa chute était si vertigineuse qu'il craignait d'ouvrir ses ailes de peur qu'elles ne se déchirent. Il respirait à grand-peine, le vent hurlant lui arrachant l'air du nez. Il suffoquait. Il avait beau être dans le ciel, il n'y avait pas d'oxygène ! Et pourquoi basculait-il en direction des nuages ? Son estomac se retourna et il eut la nausée. Sa vision se troubla et flamboya. Les étoiles au-dessus de la tête, c'était normal ? Oui. Étoiles en haut. Bon. Nuages en dessous ? Non. Ça, ce n'était pas bon. On ne tombait pas dans les nuages !

Il réfléchissait comme un bébé de quelques jours qui essaie de résoudre les énigmes du monde. Il finit par comprendre qu'il pouvait se trouver plus haut que les masses nébuleuses. Alors, l'univers se remit en place. Jamais il n'avait volé si haut. Pas étonnant qu'il ait froid et qu'il étouffe! Il continuait de plonger, mais réussit à déplier le bout de ses ailes et à se stabiliser.

Grâce aux étoiles et à un croissant de lune, il repéra d'autres chauves-souris qui déboulaient, comme lui, dans le ciel nocturne. Il se rendit compte que, maintenant, il tombait comme une pierre. Le disque de métal attaché à son corps accélérait dangereusement sa chute. Dans le container, il était resté à quatre pattes, et n'avait pas réalisé combien il pesait lourd. C'était comme si on l'avait lesté! Au-dessous de lui, il voyait une mer blanche et vaporeuse.

Il ouvrit un peu plus ses ailes. Le vent s'y engouffra, et il ressentit une vigoureuse secousse dans la colonne vertébrale, tandis que ses bras étaient happés et violemment relevés. Le freinage fut si brutal qu'il eut l'impression d'être aspiré vers le haut. Les vagues nuageuses se précipitaient toujours vers lui, et il ne put s'empêcher de fermer les yeux et de retenir sa respiration quand il les frappa de plein fouet. Il sentit un choc terrible, puis des turbulences le giflèrent, le renvoyant de nue en nue. Il était complètement trempé. La fourrure couverte de givre, il tremblait de tout son corps. Il ne voyait rien. Où était Chinook? Et Goth?

Tout à coup, l'air se réchauffa. En quelques secondes, les ailes d'Ombre dégelèrent, puis séchèrent complètement. Zou! Un nouveau banc vaporeux. Zou! Encore un! Puis la chaleur l'enveloppa, la même touffeur humide que celle qui régnait dans la jungle artificielle de Goth. Tous les sens en éveil, il scruta le ciel. À travers des filaments de brume brillaient des étoiles, qu'il essaya d'identifier. Mais rien n'était à sa place, et il n'en reconnut aucune. De nouveau, il sentit son estomac se serrer.

Le clou fixé à son oreille commença soudain à chanter, dessinant une grossière carte sonore dans son esprit – schéma primitif de lignes et de points. Une ville, peut-être. Une ville la nuit. Puis la silhouette d'un bâtiment isolé se mit à briller plus nettement que les autres. C'était un imposant édifice, pas très intéressant à regarder, composé de plusieurs immeubles étroits qui partaient en étoile. Secouant la tête, Ombre essaya de se débarrasser de l'image, mais elle persista, flamboyante. Zou! Il franchit un dernier nuage, et une intense constellation de lumières scintilla devant lui. Il était toujours très haut. La cité s'étendait dans toutes les directions, encore plus grande que celle qu'il avait vue dans le nord. En se rapprochant, il constata que ses constructions n'étaient ni aussi hautes ni aussi lumineuses. La métropole en dessous de lui et celle qui étincelait dans sa tête semblaient se superposer. Il vit le groupe d'immeubles à l'horizon.

« Va là-bas ! »

L'ordre se fraya brutalement un chemin dans son esprit, et Ombre se surprit à incliner les ailes pour changer de cap. Puis il se ravisa. Pourquoi obéirait-il ? Mais c'était comme un leitmotiv lancinant – au bout d'un moment, on avait envie de céder. « Va vers le bâtiment ! » Pourquoi ? Pourquoi ? « Va là-bas ! » Ombre n'arrivait pas à se débarrasser de cette scie. S'il n'obtempérait pas, il allait devenir fou. Les Humains exigeaient qu'il se rende dans cet endroit, ce qui était une raison suffisante de ne pas le faire. Et si son père était dans cet édifice ?

« Va là-bas ! »

Il se fatiguait, et le poids du disque métallique l'entraînait malgré lui. Il devait se poser. Pourquoi pas sur cet immeuble ? Il se traita d'imbécile. Pourtant, il pencha ses ailes et commença une lente approche du groupe de bâtiments. Autour de lui, les autres chauves-souris convergeaient vers le même point. Les clous dans leur oreille leur chantaient certainement le même refrain.

« Va là-bas ! »

Malgré la chaleur, Ombre frissonna, soudain couvert de sueur. C'était exactement ainsi, avec un chant mélodieux, que les Humains les avaient attirés dans leur forêt artificielle. Et lui avait foncé plus vite que n'importe qui, sans réfléchir à ce qu'il faisait. Quand il repensait à ce qui avait suivi... Ceci n'était qu'un piège de plus. Il n'obéirait pas. Il n'irait pas. Et si cela faisait vraiment partie de la Promesse ? Si c'était une sorte de test, et si son père l'attendait, là-bas, souhaitant qu'il le réussisse ?

— N'y allez pas !

Il entendit les mots avant de comprendre que c'était lui qui les avait prononcés.

— N'allez pas là-bas !

Ses appels incessants se perdirent dans le vent. Personne ne l'écoutait. Ses compagnons semblaient fixés sur leur cible acoustique, insoucieux de tout le reste. Une Aile de Lumière passa tout près d'Ombre, et il lui hurla de s'arrêter, la frappant même pour attirer son attention. Mais l'autre le regarda comme s'il avait été quelque insecte peu appétissant et, les yeux vitreux, poursuivit sa course.

— Ignore la voix !

Ils survolaient désormais la ville en rase-mottes et étaient presque parvenus à l'édifice. Ombre se retint, tournant en rond, résistant au poids du disque. Les premiers parachutés approchèrent du toit des immeubles. Ils freinèrent, et leurs boucles de métal chatoyèrent, tandis qu'ils préparaient leur atterrissage. Ils se posèrent.

Alors, des flammes jaillirent des disques, délicates langues de feu qui se transformèrent en une fraction de seconde en déflagrations de fumée et de bruit. Les chauves-souris arrivaient de partout. Dès que leur charge cognait la pierre, elles sautaient, creusant des cratères.

– Stop ! N'atterrissez pas ! Éloignez-vous !

Ombre s'époumonait à s'en casser la voix. En vain. Dans la confusion, il vit d'autres compagnons atterrir, comme hébétés, soulevant des geysers de feu, de métal et de pierre. On aurait dit qu'ils étaient hypnotisés par la rengaine dans leur oreille, incapables de s'en arracher. D'horribles sirènes retentissaient alentour. Ombre essaya de reprendre de l'altitude, de fuir les débris qui volaient partout. La fumée sombre lui piquait les yeux, noircissait sa fourrure. Ses ailes pesaient comme du plomb, menaçant de flancher.

Ainsi, c'était ça, le secret des anneaux. Tel était le destin que les Humains leur avaient préparé. Les flammes faisaient flamboyer ses yeux. Il ne ressentait plus rien. Il allait mourir. Cette pensée lui vint sans provoquer de panique, telle une vérité inéluctable. Car il n'allait pas pouvoir voler indéfiniment.

Il faudrait qu'il s'arrête bientôt.

La jungle

Une grosse Aile d'Argent passa devant Ombre, plongeant tête la première vers le tourbillon de flammes.

– Chinook! cria-t-il. N'y va pas!

L'autre jeta un coup d'œil par-dessus son épaule. Confus, il hésita un instant, puis reprit sa course. À bout de forces, Ombre réussit à le rattraper à hauteur des premières volutes de fumée. Il lui mordit la queue à pleines dents.

– Aïe! piailla Chinook en se retournant brusquement, yeux plissés. Qu'est-ce que tu fiches?

– Je t'empêche d'y aller.

– Mais je dois...

– Tu vas sauter ! Regarde un peu en bas ! Si on atterrit, on éclate. On transporte du feu.

Alors, Chinook parut prendre conscience des flammes et des déflagrations assourdissantes. Un pan de mur s'effondra. Ombre observa le ciel autour d'eux : il n'y avait plus aucune chauve-souris. Toutes s'étaient précipitées sur l'immeuble au prix de leur vie.

– Viens, dit-il. Partons d'ici.

– D'accord, balbutia Chinook, hébété. Allons nous suspendre ailleurs.

– Non ! répliqua Ombre, exaspéré. Impossible ! Si le disque de métal touche quoi que ce soit, il explose.

– Il faut pourtant bien que nous nous reposions !

Mais comment ? Sur quoi pourraient-ils atterrir qui ne déclenche pas la mise à feu ? Quelque chose de doux, de très moelleux. De l'eau ? Un lit de feuilles ? Est-ce que ça suffirait ? Ombre ne voulait pas prendre ce risque. Il regretta que Marina ne fût pas là. Elle lui aurait suggéré une idée ou, pour le moins, lui aurait dit laquelle des siennes était la moins bête. Ils n'avaient pas beaucoup de temps. Ombre luttait pour ne pas se laisser entraîner par le poids du disque.

– Nous devons nous en débarrasser, dit-il.

– De quelle manière ?

Ombre réfléchissait à toute vitesse

– En mordant dans la chaîne. Je vais venir me placer sous toi, Chinook, et t'arracher ta bombe. Tu devras me porter un moment.

– Mais je vais tomber ! se récria le caïd en regardant par terre, affolé.

– Trouve une colonne thermique et tâche de tourner en rond au-dessus d'elle.

« Ça ne doit pas être bien compliqué », pensa Ombre. Il faisait une telle chaleur dans ces parages ! Il sentit un courant chaud ascendant soulever ses ailes et s'y accrocha.

– Ici, juste ici ! dit-il. Tu le sens ? Alors, ne le perds pas. Il va nous aider à rester en l'air. Je vais m'approcher et me cramponner à toi. Prêt ?

Il ne savait même pas si ça allait marcher. La manœuvre n'allait-elle pas déclencher son propre explosif ? Non. Il avait heurté le plancher du container et son ventre quand il était tombé de la machine volante. Il devait falloir quelque chose de plus dur – une pierre, du métal ou un coup sec. À moins qu'il se fasse des illusions. Il s'écarta de Chinook, puis revint rapidement vers lui de biais, comme pour se poser. Il le vit se préparer au choc.

– Replie les ailes ! lui cria-t-il.

Chinook obéit et, dans la fraction de seconde qui suivit, Ombre freina et s'agrippa à lui, toutes griffes tendues, en essayant d'éviter de taper contre la bombe de son compagnon. Il s'écrasa contre le flanc droit de Chinook et baissa la tête lorsque ce dernier redéploya ses ailes. Personne n'explosa. Ils ralentirent tandis que le caïd tanguait dangereusement avant de reprendre son équilibre. À travers sa fourrure, Ombre sentait ses muscles bandés sous l'effort.

– Comment peux-tu être si lourd ? protesta Chinook. Tu étais si menu !

– Mais tu es grand et fort ! l'encouragea Ombre. Pour toi, ce n'est rien !

– Ouais !

Ils perdaient rapidement de l'altitude. Ombre savait qu'il devait se dépêcher. Au moins, le clou dans son oreille avait cessé de chanter. Il allongea le cou vers la chaîne à laquelle était accroché le disque, y planta ses dents et se mit à travailler des incisives. Mais le lien ne donna aucun signe de faiblesse. Il n'y arriverait jamais ! Il regarda la boucle de métal cousue dans la peau.

– Je suis obligé de tout arracher ! cria-t-il.

– Quoi ?

– Les points. Je vais les enlever.

– Tu ne peux pas faire autrement?

Mais Ombre avait d'autres chats à fouetter que de rassurer son compagnon. Il mordit dans la chair, essayant de détacher les points minutieux des Humains. Un premier céda, puis un deuxième. Le goût salé du sang de Chinook lui emplit la bouche; les muscles de son ami tressaillirent de douleur. «Désolé, pensa-t-il, désolé.» Mais ils n'avaient pas d'autre solution. Il réussit à faire sauter trois points. Son nez était maculé de sang. Il y était presque. Le poids du métal rompit de lui-même la dernière attache, et l'explosif tomba.

– Ça y est! hurla-t-il en s'envolant.

Le disque toucha une route des Humains, soulevant une fontaine de feu. Ombre constata avec stupéfaction qu'ils étaient tout près du sol.

– À mon tour! dit-il. Arrache ma bombe.

Il craignait que Chinook échoue, craignait de ne pouvoir supporter le poids d'une chauve-souris plus grosse que lui, craignait de tomber.

– Attention! beugla Chinook. J'arrive!

Ombre sentit des griffes agripper sa fourrure et manqua de chavirer sous le fardeau. Redéployant ses ailes, il battit l'air de toutes ses forces, tâchant

de se maintenir en hauteur. Lentement mais sûrement, ils se rapprochaient néanmoins des toits de la
ville. Ombre orienta leur course vers un bosquet
d'arbres aux branches noyées dans une brume qui,
vue de haut, semblait douce, fraîche et attirante.
Il eut envie d'y blottir son corps épuisé et de s'endormir. Les dents de Chinook mordirent sa chair.
Il sursauta. Il serra les mâchoires, imaginant que le
disque se détachait. Soudain, une bourrasque de
vent chaud le poussa brutalement vers le sol, et il
agita follement les ailes pour compenser.

— Chinook ?

— Plus que quelques-uns.

— File ! On va taper !

Les arbres montaient à leur rencontre à toute
vitesse.

— Mais il ne m'en reste plus que deux...

— Tire-toi !

Chinook roula sur le côté. Ombre jeta un coup
d'œil sur son ventre : le disque ne tenait plus que par
un point. « Tombe ! l'exhorta-t-il. Tombe ! » Il rasait
la cime des arbres, maintenant, suffisamment près
pour voir des gouttelettes d'eau luire dans les feuilles
ourlées. C'était magnifique, et il allait mourir. La
bombe heurta quelques feuilles, et Ombre se crispa

de terreur. Mais rien ne se produisit. Pas encore. Soudain, il déboucha sur une clairière traversée par le long ruban d'une rivière marécageuse. Désespéré, il bifurqua vers elle. En vol plané, il se posa sur la surface embrumée. Yeux fermés, il attendit sa fin.

Rien.

Chinook atterrit en douceur sur la rive.

— Bizarre, lui cria-t-il, l'air plus surpris que soulagé. Tu n'as pas sauté.

— Le disque est encore attaché, haleta Ombre. Peux-tu plonger et couper le dernier point avec tes dents ?

— Viens plutôt ici.

— Trop dangereux. Allez, un effort !

Il sentait déjà le poids du métal l'entraîner vers le fond et ne voulait pas trop agiter ses ailes, par peur de déclencher une explosion.

— Je n'aime pas l'eau ! couina Chinook.

— Moi non plus, rétorqua Ombre en perdant patience. Alors, viens ici et arrache ce truc de mon ventre !

Devant la rivière huileuse, le caïd tordit le nez, dégoûté. Elle était couverte de feuilles et d'herbes en décomposition, et il s'en exhalait une puissante odeur de pourriture. Il soupira, replia soigneusement ses ailes et s'enfonça prudemment dedans, tête au-dessus de l'eau. En le regardant approcher, Ombre se dit tristement : « Pourquoi n'es-tu pas Marina ? » Puis il eut honte.

— Merci, Chinook.

— Tu veux que je plonge ?

— Oui, c'est ça, l'idée.

Chinook prit sa respiration et disparut sous la surface. Ombre le sentit donner un coup de coude contre son ventre, mais il remonta presque aussitôt, bafouillant :

— Un truc m'a touché, là-dessous !

— Tu es sûr ?

Instinctivement, Ombre replia les jambes. Chinook scrutait l'eau, mais elle était si bourbeuse qu'il était impossible de voir à travers.

— Peut-être que c'était seulement un morceau d'écorce ? suggéra Ombre.

Au même moment, quelque chose effleura sa queue. Il sentit des écailles qui glissaient longuement contre lui et il se jeta en arrière, manquant de chavirer, tant il était affolé.

— Ce n'est pas une écorce !

Chinook filait déjà vers la berge.

— Le disque ! siffla Ombre.

Comment être sûr qu'il ne sauterait pas quand il escaladerait la rive ? À cet instant, sur le côté, une longue silhouette bomba la surface. Une tête aux yeux globuleux émergea, suivie par un dos de plusieurs mètres, couvert d'écailles luisantes. C'était un poisson, d'une espèce qu'il ne connaissait pas. Il avait des dents, des crocs triangulaires épais. Mâchoires ouvertes, il plongea. Ombre attendit. C'était intolérable ! Disque ou non, il fallait qu'il sorte d'ici. Il se mit à pagayer en direction du rivage. Il avait parcouru la moitié du chemin quand il fut tiré vers le bas. Il se débattit, sans rien voir sous la surface marécageuse, mais il devina à la douleur brutale lui déchirant le ventre que le poisson avait avalé l'explosif. Il l'entraînait vers le fond. Ombre essaya de tirer de son côté, mais ses ailes trempées se révélèrent inutiles face au monstrueux poisson. Ce dernier plongea. Ombre eut un ultime sursaut et sentit que le dernier point cédait. Il était libre ! Il s'enveloppa étroitement de ses ailes et battit furieusement des pieds, remontant à la surface, lentement, trop lentement à son goût. Le poisson pouvait le rattraper en une seconde s'il le voulait. Enfin, il émergea, haletant, et vit Chinook accroupi sur la berge, l'air soulagé. Avant qu'il ait pu dire quoi que ce soit, un bruit de déflagration, étouffé mais puissant, retentit. L'eau bouillonna, l'envoyant valser dans les airs au sommet d'un geyser colossal. Propulsé presque à la hauteur des arbres, il déploya ses ailes et redescendit vers son compagnon.

– Le poisson a mangé la bombe, balbutia-t-il.

Ils restèrent silencieux quelques instants à regarder la rivière se calmer. Puis Ombre leva les yeux vers les arbres immenses et les étoiles inconnues. Il dressa les oreilles, écoutant les appels d'animaux étranges – piaillements bizarres, ululements et croassements, certains étonnamment proches. La forêt ne ressemblait en rien à celle qu'il connaissait. Les arbres aux troncs nus étaient immenses ; la ramure ne commençait que très haut, avant de s'évaser en un dais majestueux. Des fleurs s'enroulaient à leur pied et d'autres plantes semblaient avoir trouvé prise sur des lianes et l'écorce. Quelques feuilles avaient pourtant un aspect vaguement familier. Mais elles étaient bien plus luxuriantes et comme lustrées de cire. Ombre se sentait oppressé. Il avait déjà vu ça quelque part, dans le nord... Dans le bâtiment des Humains ! Et ces étoiles étranges, cette chaleur accablante, tout concordait. Il prononça le mot doucement, comme s'il avait eu peur de lui donner trop de force :

La jungle

– La jungle.

Les Humains l'avaient parachuté dans la patrie de Goth.

Après la chaleur de la forêt artificielle, la nuit hivernale était d'un froid piquant, et Marina sentit toutes ses résolutions et son énergie s'évanouir. Tremblante, elle se retourna pour contempler l'édifice. Et si Arcadie avait raison ? Si les Humains les préparaient vraiment pour un futur glorieux et qu'elle s'était complètement trompée ? Elle écarta cette idée. Non. Elle avait été témoin de ce qu'ils faisaient aux chauves-souris, de la façon dont ils les avaient traitées comme des moins que rien. Ils étaient mauvais.

Le groupe de fuyards atteignit une petite pinède, et Frieda ordonna une halte. Tous se regroupèrent autour de l'Aînée, et Marina se serra contre Ariel pour se réchauffer.

– Nous devons décider de la marche à suivre, déclara Frieda. Et vite.

Marina regarda ses compagnons. En plus de l'Aînée, d'Ariel et d'elle-même, ils n'étaient que six. Tous paraissaient aussi frigorifiés et terrorisés qu'elle. Comme si elle avait lu dans leurs pensées, Frieda reprit :

– Ceux qui veulent regagner la forêt le peuvent. Je n'oblige personne. Faites ce que bon vous semblera.

Un mâle nommé Bourrasque remua, mal à l'aise.

– Pourquoi ne rentrons-nous pas à Hibernaculum ? demanda-t-il.

La proposition, tentante, resta en suspens quelques instants. Marina en sentit la chaleur. Retrouver la sécurité de la grotte dissimulée derrière la cascade, dormir blotti dans ses ailes et oublier tout jusqu'au printemps...

– Nous ne pouvons abandonner Ombre ! lança-t-elle. J'ai vu le chemin que prenait la machine. Sud sud-est.

Dans les yeux d'Ariel, elle lut le même chagrin que celui qu'elle éprouvait.

– Cet engin risque d'être à des millions de battements d'ailes d'ici, à l'heure qu'il est, murmura Frieda. Il pourrait aussi avoir changé de route.

– J'aurais dû monter à bord, lâcha Marina avec amertume. Si j'avais été plus courageuse...

– Tu n'aurais pas pu nous avertir alors, la réconforta gentiment Ariel.

Ces mots déclenchèrent les sanglots de l'Aile de Lumière.

– Je sais, reprit Ariel d'une voix apaisante en l'enlaçant. Je sais. Moi aussi, j'en ai connu, de ces mâles qui s'envolaient sans prévenir. Je m'y suis même habituée.

Réconfortée, Marina éclata de rire, s'étrangla et essuya ses larmes.

– Je propose d'aller à Hibernaculum, répéta Bourrasque. Je suis navré pour ton fils, Ariel, et pour tous les autres. Mais Frieda a raison. Cette machine peut se trouver n'importe où, et elle est plus rapide que nous. Par quel moyen la retrouver ? Et, au cas où nous y parvenions, saurions-nous seulement les aider ?

– Nous l'ignorons, c'est vrai, répondit Ariel. Mais mon compagnon a disparu, et maintenant mon fils, pour la seconde fois. La première fois, je l'ai cru mort ; ça ne se reproduira pas. Rentrez à Hibernaculum, moi, je vais pourchasser cet engin.

– Moi aussi, lança Marina.

Elle avait déjà perdu une famille, elle ferait n'importe quoi pour ne pas revivre la même chose. La culpabilité agitait mille pensées dans son cerveau. Pourquoi n'avait-elle pas embarqué ? Comment faire pour retrouver Ombre ? Ces machines volaient vite et elle ignorait la destination finale de celle d'Ombre. Mais elle ne partirait pas seule.

– Ce voyage risque d'être trop long pour moi, annonça Frieda. Je l'accomplirai pourtant jusqu'à ce que mes ailes me lâchent.

Deux compagnons se joignirent à elles. Bourrasque et les autres choisirent de rejoindre la colonie.

– Bien, résuma Frieda sans montrer aucun signe de mauvaise humeur. Vous transmettrez les nouvelles aux nôtres. Assurez-vous que personne d'autre ne vient ici et passez le mot à tous ceux que vous croiserez. Cet endroit est maudit. Que chacun parte de son côté, et bon vent !

En s'envolant, Marina aperçut à l'orient une épaisse tache en mouvement. « Des chouettes ! » pensa-t-elle aussitôt. Mais elle reconnut rapidement le familier frou-frou d'ailes de chauves-souris. Elles étaient nombreuses, cent peut-être, et elles se dirigeaient vers le bâtiment des Humains.

– Vite ! ordonna Frieda. Nous devons les mettre en garde.

Quand ils se furent rapprochés de leurs congénères, un sourire éclaira le visage de l'Aînée.

– Sauf erreur, voici Achille Aile Cendrée ! s'exclama-t-elle.

Marina n'en revenait pas. C'était là un nom que toutes les chauves-souris des contrées septentrionales connaissaient. Celui d'un grand guerrier qui avait combattu lors de la rébellion contre les chouettes, quinze ans plus tôt. Malgré la défaite, la bravoure et la sagacité d'Achille étaient devenues légendaires. Rares étaient les chauves-souriceaux qui n'avaient pas mené de batailles imaginaires en son nom.

– Frieda Aile d'Argent ! s'exclama le majestueux soldat.

Il avait l'air vieux, encore plus que Frieda – si c'était possible –, mais ses battements d'ailes restaient fermes et vigoureux.

– Achille ! Quel plaisir de te revoir. Quel soulagement, aussi !

Ils se saluèrent chaleureusement en effectuant un gracieux ballet aérien.

– Le soulagement est mien, Frieda. Nous avons de mauvaises nouvelles. Hibernaculum est tombé.

Ce fut comme si Frieda avait été frappée en plein cœur. Marina eut l'impression qu'elle avait cessé de respirer pendant quelques instants, les yeux vides. Puis elle lâcha :

– Les chouettes !

Achille hocha la tête.

– Elles ont rompu les lois de l'hibernation en attaquant tous les dortoirs qu'elles trouvaient, faisant prisonniers ceux des nôtres qu'elles dénichaient ou les chassant en pleine froidure. Voici, ajouta-t-il en montrant son groupe, quelques rescapés que j'ai réunis. Nous étions en route pour vous prévenir, mais sommes arrivés trop tard. Hibernaculum était déjà assiégé, et les chouettes étaient trop nombreuses pour que nous tentions une offensive. Ta colonie est captive, Frieda. Navré.

L'Aînée se ressaisit rapidement. Marina ne l'avait pas vue aussi furieuse depuis qu'elle la connaissait. Ses yeux brûlaient, et sa voix était rauque de rage :

– Jamais tel outrage ne nous avait été infligé ! Attaquer une colonie durant l'hibernation ! Ce sont des lois ancestrales... En un million d'années, personne ne les avait enfreintes !

Achille acquiesça d'un air las et l'effleura de son aile.

– Je sais, mon amie, dit-il. Elles veulent nous exterminer. Et leur stratégie est infaillible.

Marina jeta un coup d'œil à Bourrasque et à ceux qui avaient souhaité retourner à Hibernaculum. La déception se lisait sur leurs visages abattus. Leur repaire protégé était devenu une prison ! Pire, un mouroir. Marina frissonna. Réveiller une chauve-souris signifiait l'obliger à se battre pour survivre.

Elle devait d'abord se réchauffer, puis utiliser le peu d'énergie qui lui restait à chasser. Mais en hiver, il n'y avait presque rien à manger. Le sommeil était moins un choix qu'une question de vie ou de mort. Si les chouettes ne laissaient pas les Ailes d'Argent sortir pour se nourrir, peu survivraient jusqu'au printemps.

– Nous allons retourner à Hibernaculum et les libérer, déclara Frieda.

Achille secoua la tête.

– Impossible ! Le détachement de chouettes est bien trop fort pour nous. Il faut continuer vers le sud.

– Mais c'est ma colonie ! protesta Frieda.

– Je sais. Si tu vas là-bas, les tiens perdront une Aînée, et tu ne leur auras pas rendu service. Nous devons descendre vers le midi. D'autres groupes comme les nôtres sont en train de voler vers Bridge City.

Marina avait entendu parler de cet endroit, le plus grand des paradis pour chauves-souris. Certes, il s'agissait d'une ville humaine ; mais sous ses vastes ponts vivait une immense colonie, plusieurs millions d'individus qu'on avait laissés tranquilles pendant des décennies. « À moins que les Humains ne décident de les emprisonner également », songea l'Aile de Lumière avec amertume.

– C'est notre ultime espoir, reprit Achille. Nous rassembler là-bas et unir nos forces. S'il doit y avoir une guerre, elle aura lieu à Bridge City. Viens avec nous, Frieda.

– Nous nous apprêtions à entreprendre un voyage tout aussi périlleux.

L'Aînée narra à Achille leurs aventures. Secondée de Marina, elle parla du bâtiment des Humains, de ce qu'ils y avaient découvert et des chauves-souris que les Humains emportaient quelque part vers le sud.

– Alors, notre route est la même, dit Achille. Partons ensemble. Les cieux sont trop dangereux pour voler en petits groupes. Des escadrons de chouettes patrouillent partout. Nous avons perdu quinze des nôtres lors d'une escarmouche, il y a deux nuits de cela.

– Ne perdons pas de temps, dans ce cas, répondit Frieda.

« Et tâchons de retrouver Ombre », ajouta Marina pour elle-même.

Goth survolait la jungle dont la glorieuse chaleur montait vers lui, l'enveloppant de ses ailes. Les étoiles, loué soit Zotz, brillaient dans leurs constellations familières : le Jaguar, le Serpent à plumes et les Yeux des enfers brûlaient au-dessus de lui. Zotz l'avait protégé et ramené à la maison grâce à ces imbéciles d'Humains.

Le disque de métal tirait de tout son poids sur son ventre. Il avait compris ce dont il était capable. Quand il avait été aspiré hors de la machine volante, il avait plongé vers la ville avec les petites chauves-souris. Intrigué, il était resté en arrière tandis qu'elles se précipitaient sur un édifice isolé. En voyant les explosions, il avait aussitôt su ce qu'il transportait. Sa haine des Humains avait encore augmenté, mais il avait également ressenti un certain respect. Ils les utilisaient comme instruments de destruction. Jamais il n'aurait cru qu'ils fussent si intelligents.

Le clou dans son oreille continuait de chanter, insistant sur un immeuble, une construction basse à la périphérie de la ville. « Va là-bas », lui disait la carte sonore. Voilà qui ressemblait bien aux Humains ! Le croire suffisamment influençable ou bête pour leur obéir. Telle était la vraie faiblesse des Humains : leur incommensurable stupidité ! Certes, ça semblait avoir fonctionné avec les chauves-souris du nord, qui s'étaient allégrement précipitées vers leur mort. Toujours prêtes à satisfaire les Humains, celles-là ! Ça le faisait bien rire. Tandis qu'il avait regardé de là-haut les torrents de flamme et de fumée provoqués par ces petites bombes, il s'était interrogé sur les capacités de la sienne.

Il l'utiliserait pour ses propres besoins. Pour la gloire de Zotz.

En attendant, il s'éloignait à tire d'aile du bâtiment, qui continuait à briller faiblement dans son esprit. Sa charge était lourde, mais ses ailes étaient plus fortes, plus puissantes que jamais, grâce à Zotz. Il se dirigea vers les profondeurs de la jungle.

Il était de retour chez lui.

La Pierre

Alentour, le sous-bois se mit à bruire, et Ombre sentit dans ses griffes les vibrations de pas lourds.

– Filons d'ici, dit-il à Chinook. Allons nous réfugier en hauteur.

– Bonne idée.

Ils décollèrent de la berge et montèrent dans la ramure en spirales étroites et prudentes. Ombre ne voulait pas s'enfoncer trop dans le feuillage – Nocturna savait qui y nichait ! C'est donc sur les immenses troncs nus qu'il chercha un endroit pour se percher. Il choisit un réseau de ramilles fragiles dont il supposait qu'elles étaient trop frêles pour supporter une créature plus lourde que lui ou

Chinook. Il se suspendit tête en bas, éperons bien enfoncés, et, pour la première fois, prit conscience de la douleur irradiant dans son ventre. Les points arrachés à sa chair avaient laissé de profondes entailles sanguinolentes. Il jeta un coup d'œil sur la blessure de son compagnon, aussi laide que la sienne.

– Ça va ? demanda-t-il.

– Pas trop de bobos. Et toi ?

Ombre haussa les épaules. Le caïd l'impressionnait. Il s'était attendu à ce qu'il craque, et il résistait drôlement bien. Rien à voir avec Marina, bien sûr, pensa-t-il avec un pincement au cœur mais, après tout, Chinook n'avait pas l'habitude de risquer sa vie tout le temps.

Tout à coup, juste en dessous d'eux se fit entendre un grand froissement de branchages et de feuilles. Au pied de l'arbre apparut une énorme bête au dos étroit et poilu, qui mesurait bien un mètre vingt, prolongé d'une queue épaisse d'une longueur presque égale. Plus bizarre encore était son museau, qui ressemblait à un gros serpent. Plongeant cette trompe dans la terre, l'animal émit un grand bruit de succion. Quand il releva la tête, il darda une longue langue en forme de fouet couverte de fourmis. Il en

frappa les abords de son museau avant de la ravaler.
«Bon, pensa Ombre, distraitement: celui-là mange
des fourmis et ne semble pas s'intéresser aux
arbres.» L'animal finit d'ailleurs par s'en aller.
Ombre n'avait jamais vu de créature aussi bizarre,
mais plus rien ne le surprenait. Il était sonné. Tant
d'événements s'étaient produits en si peu de temps
qu'ils semblaient appartenir à la mémoire d'un
autre: les chouettes, Goth, les Humains l'enchaî-
nant au disque de métal, le container, la machine
volante, les explosions. Et, pour finir, ce poisson
qui avait failli le manger. Tout cela était lointain, à
l'horizon de son esprit, comme un nuage d'orage
inévitable.

– Merci de m'avoir arrêté à temps, lui dit Chinook
d'une voix terne.

– Je suis désolé d'avoir dû te mordre.

– Si tu ne l'avais pas fait, je serais...

Le caïd baissa les oreilles et se crispa, comme
s'il essayait d'étouffer un bruit douloureux. Puis il
reprit doucement:

– Mes parents, tu les as vus?

Ombre en eut le souffle coupé. Il avait totalement oublié Platon et Isis. Incapable de trouver ses
mots, il avala sa salive.

— Je les ai cherchés, continua Chinook d'un ton pressant, mais il y avait cet écho dans ma tête et... je suis presque sûr de les avoir aperçus, une fois. Je les ai appelés, mais ils étaient trop loin, et... Mais, toi, tu les as vus ?

Ombre secoua la tête, navré.

— Nous ne savons même pas s'ils étaient à bord de la machine volante, répondit-il. Ils sont peut-être restés dans le bâtiment des Humains...

— Inutile de me mentir, je ne suis pas complètement idiot !

Chinook avait parlé sans colère, d'une voix atone, dénuée de vie.

— Je ne te mens pas ! s'écria Ombre, au désespoir. Et puis, même s'ils ont été parachutés avec nous, il est possible qu'ils aient survécu.

Mais, se rappelant les centaines de chauves-souris au visage vide qui se précipitaient vers l'enfer, il ne crut pas un instant que l'une d'elles avait reculé à temps. Marina ! Son cœur se serra. Était-elle aussi dans un des containers ? « Arrête de délirer ! » s'ordonna-t-il intérieurement. Et si elle avait été éjectée en même temps qu'eux sans qu'il l'ait vue, elle n'avait sûrement pas suivi la carte sonore. Trop futée pour ça !

– Si nous avons réussi, pourquoi pas eux ? dit-il sans conviction. On va retourner vérifier dans un instant, tu veux bien ? On se repose et on y va. Il y en aura d'autres que nous, là-bas. C'est forcé.

Sourd à ses mots, le caïd tournait la tête lentement dans tous les sens. À croire qu'il venait seulement de découvrir leur étrange environnement.

– On va s'en sortir, Chinook ! affirma Ombre. Mais nous devons élaborer un plan. D'ac ?

S'il se laissait aller, Ombre se savait incapable d'endiguer sa terreur. Parler étouffait son angoisse. Combien il regrettait que Marina fût absente ! Des idées, il avait besoin d'idées.

– Allez, trouvons un plan !

Son compagnon continuait à fixer la jungle, hébété.

– Chinook ! Tu m'écoutes ?

– Je veux mon père, déclara doucement le caïd.

L'impatience d'Ombre s'évanouit aussitôt.

– Je sais, répondit-il. Moi aussi.

L'autre se tourna vers lui, et Ombre décela dans son visage malheureux l'attente désespérée, identique à celle que lui-même vivait depuis si longtemps. Lui aussi voulait son père. Il dut regarder ailleurs et se tendit pour retenir les sanglots qui lui déchiraient la gorge. Il se fichait de pleurer devant Chinook; il craignait seulement de ne pas pouvoir s'arrêter. Tremblant, il se força à respirer un bon coup.

– On va aller voir s'il y a des survivants, puis on partira d'ici. Il faut prévenir les autres.

– D'accord, répondit Chinook en ravalant ses larmes. Bien. On devrait être de retour chez nous avant l'aube, non? On n'est pas restés très longtemps dans cette machine.

– En effet, mais elle est beaucoup plus rapide que nous.

– D'accord, maugréa le caïd. Alors, on est à combien de là-bas?

Ombre hésita:

– Eh bien, nous avons voyagé dans cet engin, disons... trois heures. Un peu plus?

Il n'attendait pas de réponse, mais trouvait réconfortant de parler à voix haute. Ça lui donnait le sentiment d'être mieux organisé. Comme s'il avait mûrement réfléchi à la solution d'un problème.

– Ça vole à combien, cette machine?

Ombre n'en avait vraiment aucune idée.

– Quand nous avons été largués, on allait plutôt vite, non? Peut-être une centaine de battements d'ailes à la seconde?

Le visage de son compagnon était vide.

— Donc, ça voudrait dire que... en trois heures... ça fait... plus d'un million de battements d'ailes.

Ombre déglutit, le cœur gros.

— Un sacré paquet! murmura-t-il.

— Pourquoi nous ont-ils fait ça? chuchota Chinook.

— Ils se servent seulement de nous, répondit sombrement Ombre.

— Pour brûler leurs propres bâtiments?

— Zéphyr nous a dit, à Marina et à moi, que les Humains aussi faisaient la guerre. Entre eux.

Cette information, étonnante, il l'avait oubliée. Maintenant, elle lui revenait, atrocement réelle.

— Les Humains du nord doivent se battre contre ceux d'ici. Et ils nous utilisent pour transporter le feu.

— Ils étaient censés être nos amis, fit remarquer Chinook, une note d'incrédulité consternée dans la voix. Et la Promesse?

Ombre avait honte de se l'avouer, mais — jusqu'à ce qu'il voie tous ses congénères mourir dans les flammes — une part de lui avait persisté à faire confiance aux Humains. Il avait voulu espérer, croire à tout prix qu'Arcadie avait raison et que tout ça faisait partie d'un plan. Aussi horribles et douloureuses qu'en fussent les épreuves, cela se terminerait bien. Peut-être même qu'il retrouverait son père...

Mensonges!

– Il n'y a pas de Promesse, lâcha-t-il, amer. Goth disait vrai. Les Humains sont mauvais. Ils nous capturent pour nous étudier. Ils savent comment insuffler dans nos esprits des images identiques à nos cartes sonores. Et maintenant, ils nous ont largués dans la jungle.

Quelque chose cliqueta derrière lui, et il se retourna d'un bond. Rien. Sans doute une goutte d'eau heurtant une feuille.

– Il faut qu'on se tire. Je suis quasiment certain que c'est d'ici que viennent les cannibales.

– Comme Goth ?

Ombre hocha la tête en se demandant s'il avait bien fait de raconter ça. Mais à quoi bon dissimuler la vérité ? Il en avait assez de mentir, et, s'ils voulaient survivre, l'aide de Chinook ne serait pas de trop.

– Il va bientôt faire jour, dit ce dernier d'un air malheureux en regardant le ciel. Tu crois qu'il y a aussi des chouettes ?

– Je ne sais pas.

– Les étoiles sont différentes.

Ombre s'étonna qu'il l'ait remarqué. Jamais il n'aurait cru que Chinook fût très observateur. Mais il était vrai que celui-ci l'avait surpris plus d'une fois ces dernières heures.

– Comment allons-nous nous orienter?

– Par rapport au soleil levant. Il nous indiquera l'est, d'où on déduira le nord. Nous volerons assez haut pour suivre la lueur à l'horizon aussi long-temps que possible. On réajustera notre chemin tous les soirs.

Ce n'était pas l'idéal, mais il n'avait pas trouvé mieux pour le moment.

Clic.

De nouveau ce bruit. Cette fois, Ombre vit une feuille bouger légèrement, comme si quelqu'un venait de la toucher. Il fronça les sourcils. Cette brin-dille n'était pas là tout à l'heure. Elle s'était rappro-chée. Impossible! Impatienté, il la fixa âprement. C'était une brindille bien grasse avec un bout bos-selé. Un petit mouvement convulsif l'agita. Sou-dain, elle se déplia, déroulant un cou hideusement long au-dessus de son corps ailé surmonté d'une tête en fer de lance. Des épines dentelées se hérissè-rent sur ses pinces. C'était l'insecte le plus énorme qu'Ombre ait jamais vu – presque trente centimètres de long, deux fois la taille d'une Aile d'Argent! Son camouflage était si habile qu'Ombre avait pris son corps et ses membres pour des brindilles. Il avait de gros yeux globuleux et sans expression, deux antennes ondulaient sur sa tête, et sa bouche se

terminait par un bec. Avant qu'Ombre ait pu lâcher
son perchoir, l'insecte lui sauta dessus, le clouant
sur place à l'aide de ses quatre pattes squelettiques,
puis il recula, pinces ouvertes, pour lui écraser la
tête. Ombre le gifla de son aile, mais une pince se
referma sur son avant-bras gauche, l'immobilisant.
La deuxième pince fléchit et s'approcha de son cou.
Alors, dans un tourbillon de fourrure à pointes
d'argent, Chinook se jeta sur l'insecte et planta ses
dents dans le maigre cou. Il y eut un *chkrounch!* et
la bestiole tomba, coupée en deux, ses membres
et ses pinces continuant à battre l'air.

– Eh bien! dit Ombre en tremblant violemment.
Celui-là, c'était un sacré morceau! J'ai failli y
passer. Chinook, tu...

Il s'interrompit et regarda son compagnon.

– Tu m'as sauvé la vie! s'exclama-t-il, stupéfait.

Yeux figés, Chinook était pétrifié.

– Hé, ça va?

– Cette chose a failli nous bouffer! hurla le caïd,
comme si soudain sa peur se réveillait.

– Chut! Pas si fort! Il ne faudrait pas qu'on...

– Des insectes qui mangent les chauves-souris!
Mais qu'est-ce que c'est que cet endroit? Il faut
que tu nous sortes d'ici.

– Chinook...

– C'est ta faute, tout ça ! On aurait pu rester tranquillement dans la forêt, mais tu n'as pas arrêté de te plaindre, disant que ce n'était pas bien, et... et... tu as rendu les Humains furieux contre nous ! Et regarde un peu ce qui nous arrive ! Il y a des chauves-souris cannibales et des poissons géants, et des insectes plus gros que nous qui peuvent nous boulotter la tête d'un seul coup de dents !

Paniqué, il racontait n'importe quoi et allait ameuter toute la jungle. Ombre le gifla de son aile, pas trop fort, mais suffisamment pour qu'il se taise. Une colère subite brilla dans les yeux de Chinook ; Ombre se demanda s'il avait bien agi.

– Il faut que tu te reprennes, d'accord ? chuchota-t-il d'une voix pressante. Tu es une chauve-souris grande et forte. Regarde ce que tu viens de faire ! Moi, j'étais tétanisé, mais pas toi. Tu as tué cet insecte !

Chinook ne répondit rien, se contentant de le fixer en haletant.

– Tu as tué cet insecte ! répéta Ombre.

– Ouais, marmotta Chinook.

– Tu n'as pas réfléchi. Tu as juste agi. Par instinct. Tu as toujours eu de superréflexes, mon pote !

Aucune Aile d'Argent ne te vaut, ni au vol ni à la chasse.

– Mais on va se faire dévorer!

– Pas question, mon gars! Tu sais quoi? Je suis content que tu sois là.

– Vraiment?

– Drôlement content! insista Ombre, qui se rendit compte, étonné, que c'était bien vrai. Tu m'as sauvé la vie. Maintenant, je veux que tu te calmes, parce que j'ai besoin de toi pour partir d'ici. Nous allons nous tirer de cette jungle vivants.

– Pas si vous continuez à faire un boucan pareil!

Ombre sursauta. Une chauve-souris tournait au-dessus d'eux. Heureusement, ce n'était pas une cannibale, mais un mâle du nord, le plus gros cependant qu'Ombre eût jamais rencontré. Sa fourrure épaisse était sombre, il avait de petites oreilles rondes et des incisives presque aussi redoutables que celles de Goth. Le plus surprenant, c'était sa queue. Pas un petit moignon comme celle d'une Aile d'Argent, mais un vrai fouet, pointu comme une queue de rat.

– Vous ne m'avez pas entendu? dit l'étrange congénère. Ç'aurait pu être n'importe qui. Une chouette, un serpent, un cannibale. Et vous seriez morts. Vous n'êtes plus dans le nord.

Il se tut et les examina.

– Vous avez arraché les disques, reprit-il. Bien. Vous n'êtes pas idiots.

– Qui es-tu ? demanda Ombre.

– Caliban, des forêts du nord-ouest. J'ai survécu, moi aussi. Et il y en a d'autres. Maintenant, taisez-vous et suivez-moi !

Au fur et à mesure qu'il s'enfonçait dans la jungle, Goth remarquait de vastes cratères et sillons provoqués par le feu. Apparemment, les Humains ne s'étaient pas contentés de ravager la ville – il avait vu les immeubles écroulés et noircis, les rues défoncées. Le silence inhabituel de la forêt le frappa. On aurait dit que la multitude de créatures la peuplant avait été réduite au silence ou, plus simplement, qu'elle avait fui. Pourtant, Goth se réjouissait de son retour dans la jungle, avec ses odeurs et sa chaleur. La maison, enfin ! Zotz l'avait ramené chez lui.

Le disque suspendu à son ventre était lourd, mais Goth savait qu'il atteindrait sans difficulté la pyramide. Le problème de s'en débarrasser sans risquer sa peau ne l'inquiétait pas trop. Il ferait venir les meilleurs tailleurs de pierre du royaume. Ceux-ci se servaient de leurs dents comme d'outils et les avaient aiguisées et façonnées de manière qu'elles puissent mordre la pierre et la sculpter, comme les portes des cellules où étaient enfermées les victimes sacrificielles. Il leur faisait confiance pour le libérer de cette bombe.

Là-bas ! Surplombant la jungle, se dressait la pyramide, demeure de la famille royale des Vampyrum Spectrum. Ses gradins étaient cachés sous un manteau de plantes rampantes, de fougères et de palmes qui avaient réussi à prendre racine dans les pierres disjointes. Les Humains l'avaient construite des centaines d'années auparavant en l'honneur de Cama Zotz, le dieu chauve-souris des Enfers qu'ils semblaient avoir désormais oublié. Ils avaient laissé la jungle engloutir l'édifice, même si de petits groupes d'Hommes et de Femmes continuaient à se frayer un chemin jusqu'ici pour déposer des offrandes sur les premières marches du grand escalier. Creusé dans la façade est, ce dernier menait à la Salle Royale, qui couronnait la pyramide – le foyer de Goth. Il y avait une deuxième entrée, à mi-hauteur de l'édifice, et le géant aperçut des compagnons qui s'y dirigeaient, à cette heure où les lueurs de l'aube commençaient à filtrer à travers les arbres. Ses frères et sœurs. Il aspira un grand coup.

— Je suis rentré ! beugla-t-il. C'est moi, le prince Goth ! Me voici de retour !

Sa voix roula sur les arbres et les pierres, tel le rugissement du tonnerre, faisant taire le chant des oiseaux et des insectes alentour.

— Je suis rentré ! hurla-t-il une seconde fois.

Des Vampyrum vinrent tourbillonner autour de lui, et il fut bientôt complètement encerclé. Après tant de mois, c'était un tel plaisir de retrouver les siens, ces chauves-souris grandes et puissantes ! Pourtant, elles n'étaient pas aussi grosses qu'avant. Beaucoup avaient maigri et semblaient affamées. Leurs côtes saillaient sous la fourrure. Cela n'empêcha pas Goth de goûter leur plaisir de le retrouver.

— Prince Goth !

— Où étais-tu passé ?

— Nous t'avons cru mort !

— Hé, tout le monde ! Le prince Goth est rentré !

— Salut, ô roi Goth !

Le cannibale tourna vivement la tête, cherchant celui qui venait de parler :

— Qui m'a appelé roi ?

— Excuse-moi, Seigneur, répondit l'autre, déconcerté par la férocité qui se lisait sur le visage du géant. Mais ton père est mort. Désormais, tu es roi.

Les mots de Cama Zotz resurgirent dans la mémoire de Goth. « Exécute mes ordres et tu seras roi. »

– Quand ? aboya-t-il. Quand cela s'est-il passé ?

– Il y a seulement quatre nuits, pendant un des déluges de feu. Il était sorti chasser.

– Voici ce qui les provoque, ces déluges ! rugit Goth en soulevant ses ailes pour dévoiler le disque cousu à son ventre. C'est le feu des Humains qui ravage notre jungle. Ils ont utilisé les chauves-souris du nord pour le transporter jusqu'ici. Ils ont cru qu'ils pourraient se servir de moi pour détruire d'autres Humains et m'éliminer par la même occasion. Mais nous retournerons ce feu contre eux, j'en fais le serment. Ils nous ont insultés, ainsi que Cama Zotz, et ils doivent être punis. Je vengerai la mort de mon père !

– Vive le roi Goth ! cria un congénère.

Son vivat fut repris par les autres en un chant qui martela délicieusement les oreilles de Goth.

– Bien, déclara-t-il en donnant ses premiers ordres. Envoyez chercher les sculpteurs. Je veux qu'on m'ôte cette bombe et qu'on la conserve soigneusement.

– Votre Altesse, je vous attendais.

C'était Voxzaco, qui s'approchait en battant l'air de ses ailes estropiées. Grand prêtre, il avait été le plus proche conseiller de son père. Goth le trouvait aussi répugnant cesoird'hui que dans son enfance. Son dos bossu rendait son vol malhabile. Avec l'âge, presque toute sa fourrure était tombée, laissant des plaques miteuses et grisâtres sur sa chair nue. Son haleine empestait à cause des baies et des feuilles délétères qu'il avalait pour provoquer ses visions. Même Goth avait du mal à soutenir son regard, parfois, tant ses yeux, énormes sur cette tête décharnée, semblaient vous engloutir. Il avait toujours ressemblé à ça, aussi loin que le géant se rappelait.

– Tu m'attendais ? répéta Goth, surpris. Tu savais donc que je reviendrais ?

– Oui. C'est inscrit dans la Pierre.

Le vieux prêtre remarqua alors le disque métallique. Il laissa échapper un petit cri et fut agité de tremblements si violents qu'il faillit tomber à la renverse.

– Que t'arrive-t-il ? demanda Goth, alarmé.

– Ça y est, murmura Voxzaco, le regard toujours rivé sur l'explosif. Je le vois maintenant. Ça correspond parfaitement.

Puis il fixa Goth et ajouta vivement :

– Viens, je vais te montrer.

Une fois à l'intérieur de la Salle Royale, le nouveau roi se dirigea vers le profond lit de feuilles moelleuses que les tailleurs avaient préparé à son intention. Ailes battant à tout rompre, il déposa doucement le disque dessus.

– Débarrassez-moi de ça ! ordonna-t-il.

Les sculpteurs se mirent aussitôt à l'ouvrage, attaquant la chaîne de leurs dents aiguisées. Faire du surplace était éprouvant. Par bonheur, les artisans ne mirent pas longtemps à scier les chaînons, et Goth, soulagé, alla se poser plus loin. La boucle d'acier était toujours fixée à son ventre, mais il n'était guère pressé qu'on la lui arrache, même si c'était un des chirurgiens royaux qui s'en chargeait.

– Bon, dit-il en se tournant vers Voxzaco, qui avait observé anxieusement l'opération, montre-moi la Pierre.

Rectangulaire, la Salle Royale était construite en énormes blocs de granit. Près du plafond, des sculptures incrustées de bijoux la décoraient : jaguars au regard d'onyx étincelant, serpents à plumes d'argent et, à chaque coin de la pièce, une paire d'yeux inquisiteurs. Dans le mur est, un large portail donnait sur l'escalier extérieur, mais le passage était presque obturé par des lianes, des fougères et des éboulis de pierres. Le haut plafond plat était percé d'une ouverture ronde, constamment entretenue par le grand prêtre afin de conserver une bonne vue sur les étoiles et la lune. Juste en dessous se trouvait la Pierre, disque épais d'un diamètre deux fois plus grand que l'envergure de Goth. Elle était posée à même le sol, et sa surface était sculptée d'un lacis d'étranges hiéroglyphes représentant des Humains, des oiseaux, d'autres animaux, des chauves-souris, ainsi que Cama Zotz en personne, dont les yeux à peine entrouverts semblaient regarder dans toutes les directions à la fois. C'étaient les Humains qui avaient façonné cet autel; et ses dessins étaient noircis et polis par le temps. Partant du bord extérieur de la Pierre, ils descendaient en spirales jusqu'en son centre, creusé d'un trou. Goth, qui avait passé la plupart de sa vie dans la Salle Royale, n'avait jamais prêté beaucoup d'attention à l'autel. Se pencher sur les minuscules images et en gratter la mousse et la poussière séculaires était le travail de Voxzaco. On disait que, grâce à la Pierre, le grand prêtre pouvait prédire les saisons, la durée des nuits et les phases de la lune. Son devoir consistait aussi à y exécuter les sacrifices : arracher les cœurs des victimes et les offrir à Cama Zotz. Les hiéroglyphes étaient à jamais tachés de sang.

Voxzaco entraîna fébrilement Goth au centre de la Pierre.

— Regarde ! Voici l'ici et le maintenant. Tout est inscrit. Ta capture par les Humains, les déluges de feu...

Goth balaya impatiemment l'autel de son sonar, mais ne vit qu'une série de gribouillis dentelés. Ce truc-là, c'était une chauve-souris ou des flammes ?

— Ici, il y a les épreuves que vit le royaume, continuait le prêtre. La faim à laquelle nous sommes confrontés.

— Pourquoi cette famine ? demanda Goth en se rappelant la maigreur de ses congénères.

— Beaucoup d'animaux et d'oiseaux ont fui les bombes et se sont cachés ou réfugiés plus au sud, voire au nord. La chasse est devenue très difficile. Mais les petites chauves-souris sont apparues.

Voxzaco enfonça une griffe squameuse dans un autre dessin. Goth se rapprocha, tordant le nez pour échapper à la mauvaise haleine du prêtre qui dégageait la même odeur de viande pourrie qu'une des plantes de la jungle. Le roi distingua la forme de nombreuses petites ailes de chauves-souris. Il pensa à Ombre. Bizarrement, l'idée que ces minables congénères du nord soient gravés sur l'autel le rendit mal à l'aise.

– Ce sont des proies faciles, déclara Voxzaco. Nous en avons enfermé plusieurs dizaines dans le donjon. Nous les sacrifions à Zotz avant de les manger en priant pour des temps meilleurs.

– Bien, dit Goth en se demandant si Ombre avait survécu.

Il se remémora le rêve dans lequel il l'étripait. Si cet avorton était quelque part dans la jungle, Goth le dévorerait lui-même. Pour lui, les Humains et les chauves-souris du nord étaient liés à jamais – les deux espèces avaient osé le défier et lui en avaient fait baver.

– Nous allons exterminer les Humains et les petites chauves-souris, annonça-t-il. Je peaufine mon plan depuis ma capture. Nous lèverons une armée et partirons vers le nord. Nous anéantirons les chauves-souris et nous combattrons les Humains avec leurs propres armes.

– Oui, répondit Voxzaco avec un sourire supérieur. Ça aussi, c'est inscrit dans la Pierre. Mais nous devons d'abord accomplir une chose.

– Fais voir !

Goth n'appréciait guère la condescendance du prêtre à son égard. Il aurait pu l'égorger s'il l'avait voulu. C'était lui, le roi. Il n'avait pas besoin de cette carcasse pourrissante pour lui lire le futur. On disait que Voxzaco s'entretenait directement avec Zotz. Mais Goth aussi. Et ce, sans l'aide de baies ou de potions hallucinogènes. Pourtant, une espèce de frisson agitait ses entrailles : il voulait en savoir plus.

– Que vois-tu ici ? lui demanda le prêtre.

– Un cercle. Le soleil.

– Regarde plus près.

– Il est incomplet.

– Et là...

Voxzaco montra l'image suivante, où un grand quartier de soleil manquait.

– Qu'est-ce que cela signifie ?

– Qu'une éclipse totale va avoir lieu, révéla le prêtre, la voix tremblante d'excitation. Une nuit noire en plein jour !

Il entraîna Goth le long des différents dessins concentriques qui descendaient en cercles de plus en plus resserrés jusqu'au milieu de l'autel. Le soleil représenté diminuait progressivement avant de disparaître, remplacé par un œil entrouvert

– l'œil de Zotz. Et là, les images étaient avalées par le centre de la Pierre : ne restait qu'un trou noir.

– Saisis-tu l'importance de tout ceci ?

Sans répondre, Goth jeta un regard hautain à son grand prêtre.

– C'est que tu ignores tout des dieux, alors.

– Je connais Zotz, gronda le roi.

– Peut-être, mais que sais-tu de Nocturna ?

Goth se hérissa de fureur.

– Une petite chauve-souris, Ombre, il m'a parlé de Nocturna. Elle existe donc ?

– Au même titre que Zotz. Ils sont jumeaux. Nocturna préside au monde terrestre. Elle déclenche le crépuscule, mais apporte aussi l'aurore. Créature de la nuit, elle tire pourtant sa souveraineté du soleil. Égoïste, elle confine son frère Zotz aux Enfers. Car elle sait que, s'il remontait sur terre, ses pouvoirs menaceraient son hégémonie.

– Personne ne surpasse Zotz, insista Goth.

Il enrageait à l'idée que son dieu ait un rival et s'indignait encore plus de l'avoir ignoré. Dire que ces minables créatures du nord adoraient Nocturna !

– Il fut un temps où Nocturna et Zotz étaient à égalité, expliqua Voxzaco. Malheureusement, les fidèles de Zotz se sont peu à peu détournés de lui.

Les Humains qui ont construit ce temple et sculpté cet autel l'honoraient, puis ils l'ont délaissé, peut-être pour vouer un culte au soleil. Cependant, les âmes sont plus nombreuses aux Enfers qu'ici, crois-moi, et elles aspirent à revenir à la surface du monde. Nocturna se sert du soleil pour empêcher Zotz de remonter. L'éclipse va nous donner l'occasion de ramener notre dieu dans ce monde, et il régnera enfin sur toute la création.

Pour la énième fois, Goth se demanda, stupéfait, si son grand prêtre ne déraillait pas. Trop de potions, trop de visions. Quoique... lui aussi avait eu des visions, se remémora-t-il en pensant à la grotte.

– De quelle manière ça va se passer? demanda-t-il.

Voxzaco arpentait la Pierre.

– Une opportunité s'est déjà présentée, que nous n'avons pas su saisir, il y a trois cents ans. Ce fut la dernière éclipse totale, mais le prêtre d'alors n'était pas prêt, il n'y connaissait rien. Nous serons ceux qui réussiront.

– Comment? insista Goth en grinçant des dents.

– Je n'en étais pas sûr jusqu'à ce que je te voie, ô mon roi. Maintenant, je sais.

Voxzaco voleta jusqu'au disque métallique et, avant que Goth ait pu l'en empêcher, s'en saisit et le rapporta jusqu'à la Pierre.

– Non ! hurla le géant. Il va exploser s'il touche quelque chose.

L'autre l'ignora. Tanguant à droite et à gauche, il déposa la bombe dans le trou de l'autel. Elle s'y adaptait parfaitement, comme si elle n'avait été conçue que pour le combler.

– Tu vois, haleta le grand prêtre. L'heure est venue. Cet objet complète l'autel. Il en est la touche finale. Il est aussi la fin du monde, la fin des temps. Maintenant, nous devons procéder à un double sacrifice pour demander à Zotz de nous indiquer la façon de détruire le soleil.

Deux petites chauves-souris furent remontées de l'Ossuaire, fermement encadrées par des gardes. Goth les dévisagea, espérant reconnaître Ombre, mais il fut déçu. D'ordinaire, on immolait des oiseaux – des chouettes. Lors des cérémonies exception-nelles, c'était un des leurs, un Vampyrum, qui avait l'immense honneur d'être choisi comme offrande.

– Placez celui-ci sur l'autel, ordonna Voxzaco.

La première victime, terrifiée, fut soulevée et plaquée sur la Pierre, ailes écartées. Le grand prêtre s'approcha, yeux fermés.

– Non ! lança Goth soudainement. Je vais m'en occuper personnellement.

La stupéfaction tordit le visage de Voxzaco.

– Seul un prêtre préside aux rites, protesta-t-il, un rictus aux lèvres. Tu vas fâcher Zotz et...

– Zotz m'a déjà parlé! Et il me parlera de nouveau.

– Ah oui? Tu te crois plus proche de Zotz que moi, qui lui ai consacré ma vie entière? Moi, le grand prêtre?

– Il m'a choisi comme serviteur, gronda Goth. Il m'a envoyé des visions, m'a fait roi, a soigné mes ailes. C'est moi qui exécuterai ce sacrifice!

Et, sans barguigner davantage, il plongea et arracha le cœur palpitant du sacrifié.

– Zotz! hurla-t-il. Je t'offre ceci. Dis-moi, à moi, ton fidèle adorateur, comment tuer le soleil!

Se dressant sur ses éperons, il se mit à tournoyer, les ailes gonflées.

– Zotz! cria-t-il de nouveau. Je suis ton serviteur. Parle-moi!

Il y eut alors un grondement monstrueux, suivi d'un énorme bruit de succion. L'assemblée se figea dans un silence absolu. Des coins de la pièce surgit un vent si puissant qu'on aurait dit un gémissement, un chœur d'anges noirs chantant sur différents tons. Goth vacilla, et Voxzaco se cacha la tête sous une aile. Terrifiés, les gardes qui tenaient le deuxième prisonnier tombèrent à la renverse. La petite chauve-souris en profita pour filer et se jeter dans une crevasse du sol. « Aucune importance ! » pensa Goth. Ce qui comptait, c'était le spectre dont il percevait la présence dans la Salle Royale, porté par cette marée de sons. Soudain, cette présence ne fut plus autour, mais à l'intérieur de lui. Une force implacable ouvrit grandes ses mâchoires et l'air s'engouffra dans sa gorge.

— Pose ta question ! beugla-t-il à Voxzaco.

Goth comprit qu'il ne s'agissait pas de sa propre voix, mais de celle de Zotz, qui s'exprimait à travers lui. Le grand prêtre, toujours caché sous son aile, leva les yeux vers lui en tremblant violemment.

— Pose ta question ! hurla-t-il une seconde fois.

— Que devons-nous faire, Seigneur Zotz, pour tuer le soleil ?

— Donnez-moi plus de vies ! s'entendit rugir Goth. Cent vies, cent cœurs. Pendant la durée de l'éclipse.

— Et qu'arrivera-t-il, alors, Seigneur Zotz ?

Goth sentit ses poumons se gonfler un peu plus. Puis il se remit à parler :

— Je viendrai. Cesoird'hui, je n'apparais que sous la forme d'une voix, murmure de ma puissance.

Mais tuez le soleil, et les Enfers prendront possession de l'univers. Goth, tu conduiras mes armées sur la face du monde. Tu débarrasseras la planète des Humains qui ont voulu te détruire. Tu seras le dirigeant suprême de toute chose, oiseaux, autres animaux, chauves-souris. Ton empire s'étendra jusqu'au nord et englobera celui des Ailes d'Argent, des Ailes de Lumière et de toutes les espèces connues. Le royaume des chouettes sera également tien. Tu domineras le monde des vivants comme celui des morts. Nous traverserons les océans pour conquérir de nouvelles terres. Telle sera ta récompense pour m'avoir bien servi.

Une nouvelle goulée d'air fut insufflée dans les poumons de Goth.

– Tu aideras les Humains à achever le travail qu'ils ont entrepris en les exterminant. Le disque qu'ils t'ont donné servira à notre premier assaut. Il existe un endroit appelé Bridge City, où tu le jetteras. Là-bas vivent des millions de chauves-souris et autant d'Humains. C'est leur plus grande ville, et tu la détruiras !

Soudain, Goth fut soulevé de terre et plaqué sur la Pierre. C'était comme si une immense bête l'avait saisi dans l'étau de sa gueule avant de le relâcher. Suffoquant, il essaya de retrouver son souffle. Ses côtes étaient douloureuses.

– Je suis navré, Votre Altesse, pleurnicha un garde, mais le deuxième prisonnier s'est échappé.

– Retrouvez-le, alors ! rétorqua Goth.

Mais ses pensées étaient ailleurs.

– Cette éclipse, combien de temps dure-t-elle ? demanda-t-il à Voxzaco.

– Pas plus de sept minutes.

Sept minutes pour cent sacrifices !

– Et, d'après la Pierre, elle aura lieu dans seulement trois nuits, ajouta le grand prêtre.

Goth se retourna vivement vers les gardes.

– Envoyez immédiatement nos soldats ! Qu'ils capturent des chouettes, des oiseaux et autant de chauves-souris du nord que possible et les rapportent ici. Nous avons trois nuits pour trouver cent offrandes. Si vous n'atteignez pas ce chiffre, vous finirez vous-mêmes sur l'autel. Compris ?

– Oui, ô roi.

– Alors, au travail. Et vite !

Le Sanctuaire

Chaque battement d'ailes déclenchait de douloureux élancements dans le ventre meurtri d'Ombre,
qui luttait pour suivre Chinook et Caliban. Silencieux et rapides, ils survolèrent la ville terriblement
endommagée : immeubles éventrés, rues jonchées
de décombres, vastes espaces où ne subsistait qu'un
cratère béant. Ils passèrent au-dessus de maussades
bâtiments en pierre aux toits de tuile, pour la plupart
en ruine. À l'ouest, des flammes vives dévoraient
encore le grand édifice que les chauves-souris
avaient bombardé, et des plaintes de sirènes transper-
çaient l'air âcre. Ombre se demanda si les Humains

d'ici utilisaient également ses congénères pour transporter leurs armes. À l'est, le ciel s'éclaircissait : l'aurore se levait.

Volant derrière Caliban, Ombre voyait nettement l'hideuse cicatrice de son ventre. Lui aussi avait dû arracher son disque. Il était grand, plus que Chinook même, mais ses côtes saillaient, et son visage était si émacié qu'il avait presque l'air mauvais. Depuis combien de temps était-il ici ? Quelles épreuves avait-il endurées ?

Ombre risqua une question :

— Tu appartiens à quelle colonie ?

— Les Molosses, répondit abruptement Caliban sans se retourner.

Manifestement, il n'avait pas envie de parler. Chinook, lui, n'avait rien dit depuis qu'ils avaient quitté la jungle. Il se contentait de voler, fixant le lointain d'un regard hébété. Ombre, qui ne savait même pas où ils allaient, essaya de se réconforter avec ce que leur avait révélé Caliban plus tôt : des congénères arpentaient les alentours de l'immeuble pour retrouver des survivants. Parmi eux, peut-être, les parents de Chinook. Et pourquoi pas son père à lui ? Il s'interdit cette pensée, se maudissant d'espérer encore. Il avait déjà tant rêvé et avait été si souvent déçu ! Que voulait-il de plus ? Soudain, derrière eux, le ciel s'illumina d'une intense lumière, et la nuit céda le pas au jour.

– Ne vous retournez pas ! leur ordonna le Molosse d'une voix sèche.

Ombre désobéit. Un énorme tourbillon de feu et de fumée montait à l'horizon. Bien qu'il eût fermé les yeux pour échapper à la souffrance et à l'horreur de la scène, l'image de cette monstrueuse tornade dansait encore derrière ses paupières. Quelques instants plus tard, la terre et l'air tremblèrent tandis que leur parvenait le bruit d'une déflagration.

– C'était une chouette, expliqua leur guide.

– Pardon ?

– À nous, ils mettent de petits disques. Mais les chouettes en transportent de bien plus gros.

Alors, Ombre se rappela les Humains pénétrant dans la forêt artificielle des chouettes avec leurs baguettes métalliques et emprisonnant les oiseaux drogués. Il repensa au hibou-de-chou plastronné d'éclairs blancs, et son cœur se serra. Rien qu'à voir la taille du nuage embrasé, il eut la certitude que personne ne pouvait survivre à une telle explosion.

– Les Humains choisissent des espèces qui volent la nuit, dit doucement Caliban par-dessus son aile. Des chauves-souris, des chouettes. Nous avons en commun notre vision sonore. C'est important. C'est comme ça qu'ils nous dirigent sur les cibles. J'ai vu une chouette morte, une fois. Elle avait une sirène – vous savez, ce clou métallique – dans l'oreille, exactement comme nous. Les Humains nous font faire leur sale travail pour ne pas être blessés. Les rapaces provoquent des explosions bien plus puissantes que les nôtres, comme celle qui vient de se produire. Heureusement pour nous, leurs objectifs se trouvent généralement hors de la ville. Du moins, c'était le cas jusqu'à maintenant.

Ombre se souvint du disque de Goth. Est-ce que celui-ci pouvait déclencher une déflagration aussi énorme ? En tout cas, Goth survivrait. Comme toujours. Il devait être quelque part là-bas dans la jungle avec sa bombe, catastrophe volante.

– Nous approchons, les avertit Caliban avec un brusque geste du menton. C'est juste là.

C'était le dernier endroit au monde où Ombre aurait cherché refuge. Sur un promontoire surplombant la ville se dressait une immense statue de métal figurant un Homme aux bras ouverts en un geste de supplication. Son bras droit avait été arraché au-dessus du coude par un explosif, à en juger l'aspect fondu et tordu du moignon.

– Le Sanctuaire ! annonça leur guide en les conduisant vers le sommet.

Ombre examina le visage de la statue, empreint d'une infinie bonté. Cela le rendit furibond. De quel droit les Humains se permettaient-ils de se représenter ainsi après ce qu'ils leur avaient fait ? C'était un mensonge ! Les Humains étaient mauvais. Ombre ne voulait pas s'approcher, mais Caliban plongea en direction du bras amputé et les deux Ailes d'Argent suivirent. Il y avait une petite ouverture au milieu des débris d'acier fondu. Ombre replia étroitement ses ailes pour atterrir. Pendant la manœuvre, il capta dans son sonar deux chauves-souris en sentinelle. Surpris, il constata qu'elles étaient équipées de bâtons diaboliquement acérés. Caliban cria quelque chose aux gardes, qui retirèrent promptement leurs baguettes. Ombre, qui n'avait jamais entendu parler de congénères capables de façonner des armes, frissonna : de quelles terribles épreuves ces compagnons devaient-ils ainsi se protéger ! L'insecte qui avait failli le manger était déjà très effrayant. Il en imagina toute une horde à l'assaut de la statue : les chauves-souris avaient vraiment besoin de ces armes.

Il se posa près de Caliban et se poussa plus avant pour faire de la place à Chinook. Il examina les sentinelles, une Aile de Lumière et une Aile Cendrée. Toutes deux étaient usées par la faim, mais leurs visages témoignaient d'une détermination féroce.

– Heureux de vous voir, déclara l'une d'elles à Ombre quand il la dépassa.

Le passage grimpait en pente douce à l'intérieur du bras jusqu'à l'épaule de la statue, où il débouchait sur une caverne vertigineuse qui rappela à Ombre, très furtivement, le Berceau des Sylves. Une nostalgie gonfla dangereusement sa gorge tandis qu'il percevait l'écho d'ailes froufroutantes et de voix aiguës.

– Combien êtes-vous, ici ? demanda-t-il à Caliban.

Il ne se résolvait pas à parler de son père de but en blanc, trop effrayé à l'idée de voir le Molosse secouer la tête en marmottant des condoléances. Cela était arrivé bien trop souvent.

– Trente-six, vous deux compris, soupira Caliban avec lassitude.

Visiblement, il avait l'habitude de compter quotidiennement ses troupes, cependant que le nombre de cette colonie de fortune évoluait, en mieux ou en pis selon les nuits.

– Mais espérons qu'ils trouveront des survivants dans l'immeuble.

Un groupe pitoyable de congénères les attendait au pied de la statue. Ombre les balaya de son sonar, cherchant désespérément un mâle Aile d'Argent bagué. Bien des présents avaient encore un bout de chaîne pendant à leur ventre. Certains avaient les ailes cruellement entaillées, d'autres de grands morceaux de peau nue scarifiée par d'épouvantables brûlures.

Tous avaient le même aspect décharné et malade. Aucun n'était son père, il en était certain. Cassiel, comme tant d'autres, avait péri dans les flammes. Il fut surpris – et honteux – de ressentir si peu d'émotion. Il eut l'impression d'être une colossale grotte vide, sans même un écho pour l'animer. Que se passait-il ?

Deux nouveaux venus débouchèrent du bras. Caliban les interpella aussitôt :

– Des rescapés ?

– Nous avons fouillé partout. Personne.

La vie se retira des yeux de Chinook, qui parut même rapetisser. Comment se faisait-il qu'Ombre éprouvât si peu de peine à l'idée de la mort de son propre père, mais que le chagrin de son compagnon lui fût quasiment intolérable ? Il aurait donné n'importe quoi pour retrouver l'ancien Chinook

– le vantard qui se pavanait dans les airs en le traitant de minus.

– Je suis navré, dit-il en enfouissant le nez dans le cou de son ami.

– Je savais bien que je les avais vus, murmura celui-ci.

La colère se mit à bouillonner dans les veines d'Ombre, qui se traita d'imbécile. Contrairement à Marina, et maintenant à Chinook, lui au moins avait toujours sa mère. Et les autres : Frieda, Marina et Chinook. Il avait une famille, mais ça ne lui avait pas suffi. N'aurait-il pu rester tranquillement à Hibernaculum, entouré de ses proches, et se contenter de ce qu'il avait ? Que lui restait-il à présent ?

– Vous avez perdu famille et amis, déclara Caliban d'une voix neutre. Comme nous tous. Mais nous survivrons.

– Depuis combien de temps êtes-vous ici ? lui demanda Ombre.

– Ça dépend. Certains depuis plusieurs semaines, d'autres depuis plus de deux mois. C'est mon cas.

– Vous n'avez pas essayé de repartir vers le nord ?

– C'est un long voyage, répliqua le Molosse avec un rire rauque. Tu as vu à quoi ressemble la jungle. L'insecte qui a failli te boulotter n'était rien du tout. Il y a des chouettes, et des serpents suffisamment gros pour te gober entier et te laisser tout loisir d'examiner leur gosier avant de te broyer. Il y a des aigles, des faucons et des vautours. Et des chauves-souris cannibales. Par milliers.

Même s'il s'en était douté, entendre Caliban le dire remplit Ombre de terreur. Goth tout seul était déjà drôlement effrayant. Des milliers comme lui, ça dépassait l'entendement.

– Je les connais, déclara-t-il.

– Ah oui?

– Il y en avait un, chez les Humains, là-haut dans le nord. Il s'appelle Goth. Ils l'ont capturé et mis dans le même bâtiment que nous. Ils lui ont aussi accroché un disque de métal, mais très gros. Il a été parachuté avec nous cette nuit.

– Avec un peu de chance, il est mort, alors. Ça en fait toujours un de moins.

– Il est immortel, rétorqua calmement Ombre.

Caliban lui jeta un regard surpris.

– Ça n'a pas d'importance, de toute façon, dit-il. Il en reste assez pour régner sur le ciel. Même les chouettes les fuient. C'est le monde à l'envers, ajouta-t-il en secouant la tête. Des oiseaux effrayés par des chauves-souris! Les rapaces ont tué quelques-uns des nôtres, mais ce n'est rien comparé au nombre que les cannibales nous ont pris. Ils chassent en meutes. Il y a seulement quelques semaines, nous étions presque cinquante, ici.

— Nous devons rentrer dans le nord, dit Chinook.

Ombre se tourna vers lui, ébahi. Il avait été tellement silencieux jusqu'à présent !

— Il faut essayer de prévenir les autres avant qu'il ne soit trop tard, continua son ami. Frieda, ta mère. Et Marina aussi, peut-être.

— Je n'ai rien contre, répondit Caliban. Nous serions déjà partis si nous n'avions pas encore des blessés. Nous avons attendu que tout le monde guérisse. Personne ne sera abandonné ici. C'est la règle : nous restons tous ou nous partons tous.

Ombre hocha la tête, rempli d'admiration pour ce petit groupe si déterminé.

— Vous devez vous reposer, maintenant, si vous souhaitez nous accompagner. Il existe des baies dont j'ai pu observer qu'elles accélèrent la cicatrisation. Vous en aurez besoin pour soigner vos blessures.

— Merci.

Ombre voulait dormir. D'un sommeil profond qui le ramènerait des semaines et des mois en arrière, jusqu'à ce qu'il puisse se réveiller ailleurs, en sécurité. Il fut étonné de constater à quel point il se sentait soulagé. Quelqu'un d'autre avait pris les choses en griffe ; d'instinct, Ombre faisait confiance à Caliban. Il ne souhaitait plus élaborer aucun plan, il se contenterait de suivre des instructions. De toute sa vie, il n'avait jamais obéi à personne, doutant systématiquement de ce que les autres lui disaient. Et voilà où ça l'avait mené ! Mais c'en était fini. Il allait faire une pause dans l'héroïsme. Marina avait raison. L'idée même qu'il puisse réfléchir le fatiguait.

Caliban revint avec une baie dans la bouche. Il entreprit de la mâcher pour la transformer en une pâte, qu'il étala sur le ventre de Chinook.

– Régulièrement, dit-il, de nouvelles chauves-souris sont parachutées sur la ville. Chaque fois, nous allons vérifier s'il reste des survivants. Avant, ça arrivait. Parfois, les disques n'explosaient pas ; ou les chauves-souris se détournaient des cibles à temps.

Il eut un sourire amer et ajouta :

– Les Humains s'améliorent, on dirait. Je suis étonné que vous deux en ayez réchappé. Heureusement que je vous ai trouvés ! L'endroit où vous vous étiez posés était un nid d'insectes. D'autres seraient venus. Je les ai déjà vus s'entre-dévorer pendant l'accouplement. La femelle arrache tout bonnement la tête de son compagnon! Enfin, ils n'ont pas trop mauvais goût.

— Vous les mangez! s'exclama Chinook.

— Quand on peut. Il y a plein de viande, dessus. C'est pratique, parce que la chasse par ici est loin d'être facile. Nous sortons par groupes de deux ou trois et restons aux alentours du Sanctuaire. Sans cet endroit, nous n'aurions pas tenu une nuit dans la jungle.

Caliban mâcha une autre baie et l'appliqua sur la blessure d'Ombre.

— Nous étions prêts à partir il y a quelques nuits, mais nous avons perdu notre chef. Si quelqu'un pouvait nous ramener sains et saufs dans le nord, c'était bien lui. Je ne suis qu'un pâle suppléant. Il a été un des premiers à être largué ici. Il m'a secouru quand je suis arrivé à mon tour. Il était resté des mois dans la forêt des Humains et il avait vu ce qu'ils nous faisaient subir. Des tests.

— Quelle sorte de tests?

— S'assurer que nous étions assez forts pour porter les disques, déterminer la façon de les faire sauter, mettre au point les sirènes et les fixer à nos oreilles. De nombreux compagnons sont morts, dans ce bâtiment. Brûlés vifs, ou les ailes tellement roussies qu'ils ne pouvaient plus voler. Lui a survécu à tout. Mais la jungle a été la plus forte. C'était une chauve-souris courageuse. Cassiel a sauvé beaucoup d'entre nous.

– Cassiel Aile d'Argent?

Ombre s'entendit poser la question comme s'il avait plané très haut, s'observant de loin.

– Oui.

– Que lui est-il arrivé?

– Les cannibales l'ont mangé.

Caliban le regarda étrangement et, l'espace d'un instant, sembla perdre contenance:

– Tu le connaissais?

– C'était mon père.

Marina volait plein sud.

Chaque nuit, de nouveaux réfugiés chassés de leurs dortoirs d'hiver par les chouettes venaient grossir le convoi d'Achille Aile Cendrée. Marina était rassurée de voler avec tant de compagnons, même si elle savait qu'un seul peloton d'oiseaux bien entraînés suffirait à décimer leurs rangs. Elle et Ariel tentaient d'interroger les nouveaux venus, leur demandant s'ils avaient vu une machine volante des Humains, à terre ou se dirigeant vers le sud. Mais les réponses étaient vagues. Le ciel était sillonné de part en part par ces engins. À l'heure qu'il était, Ombre pouvait être partout. N'importe où.

Il faisait de plus en plus chaud. Ils avaient laissé la neige derrière eux et, la nuit précédente, le cœur de Marina avait bondi quand elle avait revu de l'herbe, et même quelques fleurs. Cependant, en dépit du temps, Frieda battait de l'aile. Elle se traînait, le souffle court. Les autres avaient décidé de se relayer pour la prendre sur leur dos. Marina était stupéfaite de sa légèreté, comme si ses vieux os avaient commencé à devenir creux. Le jour, l'Aînée dormait sans interruption d'un sommeil lourd.

Marina regarda Ariel par-dessus son aile. Cette dernière continuait à la coiffer, à être aux petits soins pour elle, à lui demander si elle avait assez chaud, si elle avait faim. Au début, Marina s'était sentie embarrassée – elle qui avait tant connu la solitude n'était pas habituée à ces attentions. Elle ne pouvait cependant nier que cela lui plaisait. Par ailleurs, cette proximité avec la mère d'Ombre la réconfortait; c'était un peu comme être près de lui.

— J'aurais dû partir avec lui, répéta-t-elle pour la dixième fois, découragée. On ne le retrouvera jamais, comme ça !

— Tu as eu raison de ne pas entrer dans cet engin, répondit Ariel en secouant la tête. Ombre a fait ses choix. Tu n'es pas responsable de ses actes. Il est arrivé à Cassiel d'agir d'une façon que je ne comprenais pas — de la pure stupidité, j'imagine.

Marina rit avant de détourner le regard, sourcils froncés.

— J'aurais dû... Je regrette de ne pas avoir été plus gentille avec lui, ces derniers temps. Je jouais à l'ignorer, en quelque sorte.

Ariel ne dit rien, mais son silence n'équivalait pas à une question. Elle attendait, tout simplement.

— En fait, je l'ai vraiment ignoré, lança Marina, apaisée par cet aveu. Mais seulement parce que, de son côté, il me snobait. Il ne faisait que fureter partout et broyer du noir. On aurait dit que plus rien n'existait et... même si, eh bien, il avait raison, pour la forêt. Mais...

— Il n'est pas facile de s'effacer devant une grande cause. Cassiel était pareil, si enfermé dans le secret des anneaux et la Promesse qu'il semblait ne voir rien d'autre.

– C'est ça ! opina Marina, soulagée. Ombre avait la grosse tête. Il ne m'a pas facilité la tâche quand j'ai intégré votre colonie. Vivre seule n'était pas si terrible – il suffit de se résigner, de créer ses propres règles, de s'installer dans le train-train qu'on a inventé soi-même ; mais Ombre est arrivé et m'a donné une deuxième chance. J'avais tellement peur de la perdre !

Ariel acquiesça.

– Bon, d'accord, j'ai tout fait pour l'agacer, reconnut l'Aile de Lumière, incapable de retenir un sourire. Chinook me faisait la cour, et... ce n'était pas du tout désagréable.

– Bien sûr !

– Je ne comprends pas pourquoi Ombre ne s'en est pas rendu compte, ajouta Marina, furibonde. Ça n'a fait que le mettre encore plus en colère. Il a beau être intelligent, il lui arrive de se comporter très bêtement !

Elle se rappela le corps de son ami glissant au fond de l'abominable cuve, et son sourire s'évanouit.

– Il est très fort dès qu'il s'agit de survivre, affirma-t-elle, mais en scrutant Ariel comme si elle guettait une approbation. Il a réussi à rejoindre Hibernaculum, ajouta-t-elle. Cela dit, j'étais là pour l'aider. Je doute qu'il y serait parvenu sans moi. Tu sais comment il est : il ne réfléchit pas et fait des âneries, parfois.

— Je sais, répondit doucement Ariel. Ne t'inquiète pas. Nous allons le retrouver.

À l'aurore, ils se nichèrent à la cime d'une forêt de cèdres. Marina s'enveloppa dans ses ailes, ivre de sommeil. Elle remarqua Frieda, seule sur une branche, à l'écart des autres, complètement immobile, observant intensément le ciel brillant. Que contemplait-elle ainsi ? Ariel dormait déjà, et Marina ne voulut pas la réveiller. Sans bruit, elle fila se poser derrière l'Aînée, suffisamment loin pour ne pas la surprendre.

— Les vois-tu ? lui demanda Frieda sans se retourner.

Marina suivit le regard de l'Aîné et aperçut, au-dessus d'une lointaine rangée d'arbres en fleur se découpant sur la pâle lueur du ciel, une masse chatoyante. De quoi s'agissait-il ? C'était trop gros pour des insectes, bien trop petit pour des volatiles. Mais il y en avait des dizaines, voletant de fleur en fleur.

— Des oiseaux-mouches, dit Frieda.

— Des oiseaux, ça ?

Le visage de l'Aînée était grave. Ce n'étaient certainement pas ces volatiles minuscules qui l'inquiétaient.

– Que se passe-t-il? souffla Marina.

– Je me demande ce que ces colibris font ici. Normalement, ils passent l'hiver beaucoup plus au sud. Il a dû arriver quelque chose de vraiment grave. Viens avec moi, mais doucement. Qu'ils nous voient approcher.

Les deux chauves-souris s'envolèrent.

– On va parler à des oiseaux?

– Ceux-ci sont différents des autres. Ils sont si petits qu'ils ne se sentent pas à l'aise avec leurs congénères et vivent de leur côté. Ils se nourrissent d'insectes, comme nous. Et de fleurs.

– De fleurs?

– Ils en boivent le nectar. Eux aussi se méfient des chouettes. Ils ne se sont jamais battus contre nous, et aucun conflit ne nous oppose.

Elles prirent de l'altitude, volant à découvert, bien au-dessus des cimes, de façon à ce que les oiseaux-mouches les aperçoivent.

– Je suis Frieda Aile d'Argent, se présenta l'Aînée lorsqu'elles eurent rejoint les colibris. Mes intentions sont pacifiques, je souhaite vous parler.

Un instant, les colibris parurent se figer dans l'air, leurs petites têtes tournées vers elles. Puis, plus rapides que le sonar de Marina, ils disparurent.

– S'il vous plaît, reprit Frieda en tournant autour d'un arbre. Nous voulons seulement discuter.

– N'approchez pas, Ailes d'Argent !

Stupéfaite, Marina découvrit, au-dessus de sa tête, un colibri, si vif qu'elle n'arrivait pas à le suivre des yeux. Il voletait en tous sens – à droite, à gauche, en haut, en bas. Il pouvait même voler à reculons.

– Pourquoi prenez-vous le risque de braver le couvre-feu de l'aurore ?

Le petit oiseau avait une voix légèrement maussade, aiguë, qui semblait vibrer au même rythme que ses ailes. Marina se demanda à quelle vitesse ces dernières battaient. En tout cas, bien plus rapidement que les siennes, peut-être cent battements à la seconde. Quelle merveilleuse créature c'était ! À peine plus petit qu'une chauve-souris, l'oiseau-mouche paraissait voler à la verticale. Un plumage blanc immaculé couvrait sa poitrine et s'évasait autour de son cou en un collier de plumes multicolores. Son bec était aussi fin qu'une aiguille de pin et sa pointe était élégamment recourbée vers le bas. Les autres sortirent des arbres et se remirent à butiner. Marina comprenait pourquoi ils n'avaient pas à craindre les chauves-souris, ni aucune autre créature d'ailleurs. Ils étaient si agiles, se déplaçaient si vivement, si légèrement, qu'ils semblaient ne rien peser et être une espèce aérienne plutôt que des créatures de chair et de sang. Ils pouvaient voler sans s'arrêter. Elle ressentit une pointe d'envie.

– Comment se fait-il que vous soyez si loin de vos quartiers d'hiver ? demanda Frieda.

– Ils ont été détruits.

– Par qui ?

– Par les Humains et leur guerre interminable. Ceux du nord envoient leurs machines volantes et répandent le feu. Nos arbres ont presque tous brûlé. Nous avons dû quitter la jungle, et nous ne sommes pas les seuls. Beaucoup ont fui. Vous n'en avez pas entendu parler ?

L'oiseau avait dit cela d'un ton mordant, tête penchée. Il fit quelques petits sauts en arrière.

– Non, répondit l'Aînée.

– Pourtant, les rumeurs vont bon train, reprit l'autre de sa voix stridente.

– Quelles rumeurs ? dit Marina, le cœur battant la chamade.

– Au début, les Humains du nord sont venus avec des engins qui volaient bas dans le ciel et qui crachaient eux-mêmes le feu. Mais les nôtres les ont abattus avec leurs armes. Alors, il y a quelques mois, les autres ont envoyé des machines qui volaient au-dessus des nuages, là où on ne pouvait pas les atteindre. On dit que les Humains utilisent maintenant des oiseaux et des chauves-souris pour transporter leur feu.

– Tu en as vu ? demanda Marina, la bouche sèche.

– Pas moi. Mais d'autres oui. Vous ne savez vraiment rien de tout ça ?

Marina regarda Frieda, incapable de prononcer un mot.

– Si ce que tu dis est vrai, déclara l'Aînée, sache que c'est indépendant de notre volonté. Les Humains capturent les nôtres et les chouettes. Ils les dotent de disques métalliques, puis les embarquent dans leurs machines.

– Ce sont ces disques qui provoquent les explosions, d'après ce qu'on m'a dit.

– Et après, qu'arrive-t-il aux chauves-souris ? voulut savoir Marina.

– Je n'en sais rien. Elles doivent mourir, au moins la plupart, car les déflagrations sont énormes.

– Mais tu as bien vu des chauves-souris vivantes, dans la jungle ?

– Il y en a toujours eu. Bien plus grosses que vous. Des Vampyrum.

– Des Vampyrum, répéta Marina, qui voyait très bien ce dont le colibri parlait. Un mètre d'envergure ? Carnivores ?

– Oui.

L'Aile de Lumière ferma si fort les yeux qu'ils lui firent mal. Goth et Throbb étaient venus du sud. Les Humains emportaient ses congénères vers la patrie des cannibales !

– Ces géants nous ignoraient. Mais maintenant que leurs réserves de nourriture se sont amenuisées, ils se sont mis à nous chasser. C'est une autre des raisons de notre présence ici. Je suis désolé de vous raconter tout ça. Les Humains sont des monstres de vous utiliser de cette façon.

– Merci, colibri.

– Nous savons que les chouettes vous ont déclaré la guerre. Nous ne combattrons pas à leur côté.

– Nous t'en sommes très reconnaissants.

– Bon vent ! lança l'oiseau-mouche.

En une fraction de seconde, lui et ses compagnons disparurent.

– Quelles magnifiques créatures, murmura Frieda pour elle-même.

Derrière elle, Marina regagnait les cèdres, battant des ailes sans entrain.

— Ceux de ma colonie disaient vrai, lança-t-elle, au bord des larmes. Ils ont eu raison de me bannir quand j'ai reçu mon anneau. Toutes ces histoires idiotes sur des chauves-souris baguées disparaissant ou brûlant vives ! Ils devaient l'avoir appris, je ne sais pas comment, mais ils avaient vu juste. Les Humains sont diaboliques.

— Au moins, nous savons désormais où ils emportent les nôtres, dit Frieda. Les colibris passent l'hiver sur l'isthme du grand sud. C'est là que nous retrouverons Ombre.

S'il vivait encore. Aucune des deux n'eut besoin de formuler cette pensée.

— Demain, nous atteindrons Bridge City, reprit l'Aînée. Tâchons de trouver un peu de réconfort dans cette perspective.

Cependant elle semblait aussi lasse et découragée que Marina.

Bridge City

Ombre espérait bien qu'il passait sa dernière nuit dans la jungle. Il chassait distraitement, plus à l'affût des dangers que des insectes qu'il essayait d'attraper. Accompagné de Chinook et Caliban – qui avait insisté pour se joindre à eux –, il restait dans les parages du Sanctuaire, gobant prudemment toute bestiole qui ne semblait pas pouvoir l'avaler, lui. Il évitait celles qui étaient trop grosses, armées de trop d'antennes, qui sentaient bizarre ou portaient d'étranges signes. Il se gardait également des arbres, à cause des chouettes, des serpents et des insectes comme celui qui avait voulu lui arracher la tête. Il fuyait le sol, infesté de chats géants et de Nocturna savait quoi d'autre.

Demain soir, ils partiraient.

Ainsi en avaient-ils décidé. Ça faisait trois jours qu'ils en discutaient, au crépuscule et à l'aube, à l'intérieur du Sanctuaire. Ombre savait que s'en aller était leur seule chance de survie à tous. Pour une raison inconnue, la jungle était devenue encore plus dangereuse qu'à leur arrivée. Deux nuits plus tôt, ils avaient perdu un compagnon et, la veille, trois autres. C'étaient les cannibales ! D'ordinaire, ils chassaient seuls, mais ces derniers temps, ils s'étaient organisés en meutes et parcouraient la forêt, poussés par une sorte de fringale meurtrière. Accroupi un soir à l'entrée de la statue, Ombre les avait vus écumer la cime des arbres tout proches. En frissonnant, il avait reconnu la forme de leurs larges ailes.

Ils avaient tué son père.

C'était là une des multiples réflexions qu'il n'arrêtait pas de ressasser : Cassiel, vivant, l'avait précédé de peu ici. Ombre aurait voulu se débarrasser de cette pensée obsédante et cruelle, qui enserrait son cœur comme un étau. Pour la première fois depuis qu'il avait plongé dans le ruisseau de la forêt artificielle, il avait le temps de réfléchir aux choses, et ces dernières le brisaient telle une tornade, ne lui laissant que chagrin et colère. Il avait à peine l'énergie de parler à Chinook ou Caliban. Il s'était replié sur lui-même. Même le sommeil ne lui apportait pas de soulagement. Les mauvais rêves qu'il faisait à Hibernaculum s'étaient transformés en cauchemars encore plus inquiétants. Il voyait une nuit éternelle, sans aurore et sans espoir de soleil pour la réchauffer. Il voyait des vents violents ravager la surface de la terre, porteurs des sons les plus atroces qu'il eût jamais entendus. La nuit précédente, il s'était réveillé en tremblant après avoir rêvé que le soleil était brutalement éradiqué par un œil sombre sans pupille, inerte et pareil à un trou noir ouvrant sur d'insondables ténèbres.

Fuir la jungle était la seule perspective où il puisât un peu de réconfort. Tel avait été le vœu de son père, et il avait eu raison. Il fallait retourner au nord, retrouver la forêt, prévenir les autres. Si seulement il avait connu avec certitude le sort de Marina ! Il espérait qu'elle n'avait pas été attrapée, qu'elle avait pu avertir Ariel et Frieda, et que toutes trois avaient réussi à s'échapper. Sinon, à l'heure actuelle on les embarquait peut-être dans une machine volante, oreille cloutée et ventre lesté d'un disque... Ombre vivait dans l'angoisse de nouvelles explosions sur la ville. Heureusement, pour l'instant, rien ne s'était produit.

Il ne pensait qu'à partir, et se reprochait qu'ils restent là par sa faute. Caliban lui avait annoncé qu'il n'était pas question de s'en aller tant que sa blessure n'aurait pas cicatrisé. Chinook aussi devait guérir. Personne ne quitterait cet endroit sans eux. Ombre se remettait, mais si lentement! Quelques nuits plus tôt, il avait pris peur en voyant ses poils tomber par touffes entières. Terrifié à l'idée que ce fût le symptôme de quelque épouvantable maladie, il en avait parlé à Caliban. Ce dernier avait souri, pour la première fois avait noté Ombre qui, lui, trouvait qu'il n'y avait vraiment pas de quoi rire. « Ça s'appelle la mue, lui avait expliqué le Molosse. C'est normal, avec cette chaleur. D'habitude, ça se produit l'été. »

Ombre avait hoché la tête, regrettant l'absence de Marina. Elle l'aurait prévenu! Jamais encore il n'avait mué. Et ça lui arrivait au beau milieu de l'hiver et en pleine jungle! Il faisait une telle touffeur, dans ce pays, qu'Ombre en arrivait parfois à regretter les grands froids nordiques.

Il attrapa un autre insecte et jeta un coup d'œil à Chinook. Depuis qu'ils étaient ici, ils ne s'étaient guère éloignés l'un de l'autre, dormant côte à côte, chassant ensemble. Ils discutaient peu, mais Ombre trouvait du réconfort auprès de son nouvel ami. Il savait que c'était en partie dû au fait que Chinook était le seul lien qui le rattachait à chez lui. Mais quel chez-lui? Où se trouvait-il? Le Berceau des Sylves avait été entièrement détruit. Ariel, Marina et Frieda étaient prisonnières des Humains, ou pire. Il se reprit – il s'était juré d'arrêter de remuer ces sombres pensées.

– Tu crois que Marina va bien? chuchota Chinook.

– Je l'espère.

– Parce que je me sens responsable. Je veux dire, c'est moi qu'elle cherchait, hein? Là-bas, sans le bâtiment des Humains. Elle a pris tous ces risques pour moi.

– Eh bien... en partie, oui, mais...

– Elle est tellement fidèle! continua Chinook en secouant la tête d'un air languissant.

Pour la première fois depuis longtemps, Ombre se sentit irrité, et presque content.

– Elle voulait aussi découvrir ce qui se passait, s'empressa-t-il de préciser.

— Mais je lui manquais. Je m'en doutais ! Est-ce qu'elle t'a dit quelque chose ? Tu sais... sur moi.

Ombre grinça des dents. Beau ! Elle le trouvait beau. Comment aurait-il pu l'oublier ?

— Franchement, je ne me rappelle pas, marmotta-t-il.

— Ah bon ! En tout cas, elle parlait de toi tout le temps.

Sur des charbons ardents, Ombre attendit qu'il poursuive, mais Chinook n'ajouta rien.

— Et ? insista Ombre au bout de quelques secondes.

— Oh, elle disait seulement que tu étais bouffi d'orgueil.

Les oreilles d'Ombre se dressèrent d'indignation.

— Bouffi d'orgueil ? Qu'est-ce que ça veut dire, ça ? Bouffi d'orgueil !

Ça rappelait drôlement un pigeon vaniteux gonflant ses plumes. Marina l'accusait-elle de ridicule ?

— Elle pensait seulement que tu te trouvais trop bien pour les autres. Un grand héros. J'ai essayé de te défendre, mais elle était sacrément en colère.

— Tu m'en diras tant !

— Il faut que je la retrouve. Que je la sauve.

— Elle se débrouille très bien toute seule, marmonna Ombre.

– J'allais lui demander d'être ma compagne, avoua Chinook. Je crois qu'elle aurait accepté. Qu'est-ce que tu en penses ? Comme vous êtes amis depuis longtemps, je me suis dit que je pouvais t'en parler.

Ombre en avala de travers et se mit à tousser, les yeux remplis de larmes. Marina, la compagne de Chinook ! Il croyait rêver ! Le caïd n'avait donc pas imaginé que lui, l'avorton, avait aussi des vues sur l'Aile de Lumière ? Dire que l'ancien Chinook, l'abruti, lui avait manqué ! Là, il revenait en force !

– Je ne sais pas, réussit-il finalement à dire. Difficile de répondre à sa place. Elle est un peu... spéciale.

– Vraiment ? Je n'avais pas remarqué.

– Tu verras !

– En tout cas, elle a un rire vraiment super, tu sais. Si...

– Cristallin ?

– Ouais, c'est ça. Cristallin.

– Merveilleux, renchérit Ombre.

À cet instant, Caliban les rejoignit et leur fit signe qu'il était temps de rentrer au Sanctuaire. Ils ne se risquaient jamais à l'extérieur plus d'une heure d'affilée, ce qui suffisait à peine à empêcher l'estomac affamé d'Ombre de gargouiller le reste de la nuit. Comment, dans ces conditions, espérer conserver des forces pour le long voyage qui les attendait ? Ici, toutes les chauves-souris étaient si maigres ! Heureusement, lui et Chinook vivaient sur les réserves qu'ils avaient accumulées pendant leur séjour dans le bâtiment des Humains. D'ailleurs, la faim serait, supputait-il, le moindre de leurs soucis. Leur seule protection contre les cannibales était le Sanctuaire ; une fois privés de lui, ils seraient affreusement vulnérables.

Ombre s'inclina sur l'aile et repartit vers l'immense statue. Dans les arbres plantés sur la crête du promontoire, il distingua un tourbillon d'ailes. Il lança une onde sonore qui dessina dans son esprit l'image d'une chouette. Il ne lui en fallut pas plus. Il avait déjà vu de ces rapaces du sud : ils avaient d'aveuglants cercles blancs autour des yeux et poussaient des cris perçants encore plus terrifiants – si c'était possible – que ceux de leurs cousins du nord. Ombre courba les épaules et accéléra, espérant de pas avoir été repéré.

– Attends !

Il lui fut impossible de ne pas se retourner, tant l'appel était désespéré. La chouette s'envola au-dessus de la cime des arbres. C'était un jeune oiseau avec un blason d'éclairs blancs sur la poitrine. À son ventre était accroché un grand disque métallique.

– Ombre, sauve-toi ! cria Caliban.

– Je le connais !

– Arrête tes sottises !

La chouette ne le prit pas en chasse, se contentant de tournoyer en le regardant tristement. Ombre était incapable de détacher ses yeux du disque, qui avait la même taille que celui de Goth. Il savait la menace qu'il représentait.

– Aide-moi ! demanda le hibou-de-chou.

La voix vibrante de colère, Caliban appela encore une fois Ombre. Ce dernier hésita. Il ne voulait pas désobéir au Molosse, qu'il respectait et en qui il avait confiance. Et il s'était juré qu'il suivrait dorénavant les instructions des autres pour éviter les ennuis. Mais il ne pouvait pas abandonner l'oiseau.

– Je vous rattraperai ! lança-t-il.

Sans attendre de réponse, il bifurqua sèchement et fila vers la chouette.

– Écoute ! lui cria-t-il. Ce disque...

– Je sais. Il ne fonctionne pas.

– Quoi ?

— Il n'a pas explosé. J'ai atterri sur ma cible, mais il ne s'est rien produit. Pas comme les autres.

Ombre fixa la bombe, toujours méfiant. Il sursauta, car Chinook surgit soudain à ses côtés.

— Retourne auprès de Caliban! lui lança impatiemment Ombre.

— Je reste avec toi.

— File!

— Non!

Ombre fut surpris de la détermination qui se lisait sur le visage de son ami.

— Pourquoi?

— Ça me rassure, marmonna Chinook. Je me sens en sécurité, près de toi, ajouta-t-il, presque en colère. Tu comprends? C'est les seuls moments où ça m'arrive.

L'agacement d'Ombre s'évanouit. C'était incroyable! Le caïd avait-il bien dit que lui, l'éternel minus, le rassurait? Il sourit, tout content:

— C'est réciproque, crois-moi.

— J'espère que vous savez ce que vous faites, Ailes d'Argent! cria Caliban derrière eux. En tout cas, quelles que soient vos intentions, dépêchez-vous! L'aube ne va pas tarder.

Sur ce, il fila.

– Pourquoi es-tu tout seul ? demanda Ombre au hibou-de-chou.

– Les autres chouettes qui vivent ici me fuient. Elles ont failli me tuer quand elles ont vu le disque. Elles ont peur qu'il saute.

Ombre ne pouvait pas le leur reprocher : l'objet risquait en effet d'exploser d'un moment à l'autre.

– Les Humains me l'ont fait aussi, dit-il. À toutes les chauves-souris. Regarde.

Il exhiba la blessure de son ventre :

– C'est pour ça qu'ils nous avaient enfermés dans les forêts artificielles. Ils se sont servis de nous tous.

– Je veux rentrer chez moi, déclara l'autre d'une voix misérable. Mais je ne sais pas où ça se trouve.

– Un petit groupe des nôtres a survécu, lui apprit Ombre. Nous partons demain. Joins-toi à nous.

Remarquant le regard terrifié de Chinook, il comprit qu'il jouait gros, leur vie peut-être. Mais il n'agissait pas ainsi uniquement par gentillesse, et l'invitation était intéressée. Un groupe de chauves-souris était une proie facile dans ces cieux ; escortées d'une chouette, elles pourraient sans doute éviter l'attaque d'autres oiseaux et – pourquoi pas ?

– des cannibales. Caliban comprendrait certainement la logique de ce plan.

– Vous connaissez la route du nord ? demanda le hibou-de-chou.

– Oui.

Apparemment, les chouettes n'avaient pas autant de talent que les chauves-souris pour lire les étoiles.

– Ce disque pèse trop lourd, se plaignit le volatile. J'ai failli me faire manger par un serpent, la nuit dernière. J'ai juste eu le temps de décoller avant qu'il ne me gobe.

– Tu es sûr qu'il ne fonctionne pas ?

– J'ai touché l'immeuble brutalement, et il ne s'est rien passé.

Ombre respira profondément.

– Écoute. Je peux te l'enlever. C'est très douloureux. Il faudra que j'arrache les points cousus dans ta peau. D'accord ?

– Pourquoi m'aides-tu ?

– Tu m'as sauvé la vie.

– Mais tu m'avais secouru le premier. Pourquoi ?

– Tu semblais si effrayé ! répondit simplement Ombre.

– Ce monstre, cette chauve-souris géante qui se trouvait dans le bâtiment des Humains, c'est elle qui a tué les pigeons ?

– Oui, soupira Ombre, soulagé d'un énorme poids. C'est ce que j'ai essayé de te dire depuis le début. Nous n'avons pas entamé les hostilités, ce sont ces cannibales.

– Je te crois, maintenant.

– Peux-tu te poser sur cet arbre ? Ça me sera plus facile si tu ne bouges pas.

Observant le hibou-de-chou se nicher sur une haute branche, il se tendit lorsque la bombe rebondit plusieurs fois de suite contre l'écorce. Mais elle semblait effectivement désamorcée. Malgré tout, si l'oiseau devait les accompagner, mieux valait l'en débarrasser. Chinook et lui atterrirent près de la chouette, n'en revenant pas de se retrouver si près d'un de leurs ennemis héréditaires. Ombre n'aurait pas été jusqu'à dire qu'il en appréciait l'odeur, et il supposait que c'était réciproque. Les plumes lui chatouillaient le nez.

– Bon, je vais te faire mal, prévint-il, mais ce ne sera pas exprès. D'accord ?

– Vas-y !

– Garde l'œil ouvert, au cas où quelque chose voudrait en profiter pour nous attaquer. Toi aussi, Chinook.

– Je fais le guet, répondit celui-ci.

Ombre se mit au travail, enfonçant délicatement
ses dents dans le carré de peau que les Humains
avaient plumé sur le ventre de la chouette.

– C'est quoi, ton nom ? demanda celle-ci d'une
voix tendue.

Il retira sa tête pour respirer et répondit :

– Ombre. Et lui, c'est Chinook.

– Moi, je m'appelle Oreste. Vous ignorez qui je
suis, hein ? ajouta-t-il après un court silence.

Ombre grommela que oui. Son nez était plein de
sang de chouette qui, chose bizarre, avait presque le
même goût que celui des chauves-souris.

– Je suis le fils du roi Boréal.

Ombre sursauta. Non seulement il était en train
de mordre un hibou-de-chou, mais de plus celui-ci
se révélait être le prince du plus puissant royaume
rapace des forêts septentrionales.

– Où se trouve ton père ? le questionna-t-il en
reculant la tête pour voir où il en était. Est-ce qu'il
était avec toi dans le bâtiment ?

– Heureusement, non ! Il m'avait éloigné, le
temps de...

– De quoi ?

– De préparer nos armées pour la guerre, murmura Oreste.

Ombre détourna les yeux. La guerre contre eux, évidemment. Il eut soudain envie de partir et de laisser le hibou-de-chou se débrouiller tout seul. Pourquoi l'aider alors que Boréal s'apprêtait à exterminer les chauves-souris ?

— Tu veux la guerre, toi ? demanda-t-il froidement à Oreste.

— Je ne sais pas. Et toi ?

— Non, mais je refuse qu'on nous exile à jamais de la lumière du jour.

Il poussa un soupir. Tout cela semblait si lointain ! Comme si ça avait concerné le sort de quelqu'un d'autre. Pour l'instant, il était dans la jungle, et c'était tout ce qui comptait. Rester en vie, s'en sortir vivant. Pour ça, il avait besoin de cette chouette.

— Puis-je te faire confiance ? reprit-il. Quand j'aurai enlevé ce truc, tu nous escorteras vers le nord ? Tu nous protégeras contre les chouettes que nous rencontrerons ?

— Oui.

Ombre observa les gros yeux du volatile et pensa qu'il n'avait aucun moyen de savoir si ce dernier disait vrai. Mais il choisit de le croire. Que pouvait-il faire d'autre ? Il se remit au travail, arrachant les points jusqu'à ce qu'il n'en reste plus qu'un.

– Quand j'enlèverai celui-ci, attrape la chaîne entre tes griffes, recommanda-t-il. Il faut éviter que le disque tombe. C'est juste une précaution.

Oreste acquiesça. Ombre fit sauter le dernier point, et l'oiseau se saisit de la chaîne avec une surprenante agilité.

– Va le poser lentement par terre.

Perché sur l'arbre, il attendit, tandis qu'Oreste descendait à travers la ramure.

– Tu lui fais confiance ? chuchota Chinook.

– Il faut bien.

– Il pourrait revenir et s'allier aux autres chouettes, maintenant. Leur dire où nous nous cachons.

– En effet, acquiesça Ombre, irrité par cette suggestion.

Le hibou-de-chou remonta vers eux, enfin libre de ses mouvements.

– Merci.

– Viens, je vais te montrer où nous vivons.

Il balaya la chouette de son sonar.

– Tu arriveras certainement à te glisser dans le Sanctuaire, ajouta-t-il.

– Tu vas devoir te montrer drôlement convaincant !

Ombre lui fit un grand sourire.

Soudain, une rangée de griffes fondit sur eux et s'enfonça dans le dos emplumé d'Oreste, qui fut happé par un énorme cannibale. Au même instant, une tache noire apparut au-dessus d'Ombre qui, instinctivement, se laissa tomber. Des serres sifflèrent et s'emparèrent alors de Chinook. Ombre l'entendit l'appeler d'une voix où se mêlaient terreur et douleur. À travers les feuilles, il regarda les deux monstres s'éloigner avec leurs proies. Pétrifié, il resta là jusqu'à ce qu'ils aient disparu. Rien, il n'avait rien fait. Il n'y avait rien eu à faire.

«Je me sens en sécurité, près de toi», lui avait dit son ami. Ombre se mit à trembler. Pour la première fois depuis sa capture par les Humains, il pleura sans retenue. Il était stupide et faible, il avait tout perdu, absolument tout. Aveuglé par ses larmes, il repartit d'un vol incertain vers le Sanctuaire.

La ville était coupée en deux par une large rivière qu'enjambait un haut pont. Même de loin, Marina aperçut l'agitation qui régnait en dessous. Tout à coup, d'immenses vrilles allongées et chatoyantes tourbillonnèrent dans le ciel, partant dans toutes les directions, tournoyant, se déployant au-dessus de la ville comme de sombres arcs-en-ciel. Des chauves-souris. Par millions. Ils étaient arrivés à Bridge City.

Marina fut submergée par une vague de fierté. Jamais elle n'avait imaginé visiter cette cité légendaire, où ses congénères dominaient le ciel et semblaient, plus que les Humains qui l'avaient construite, présider à la destinée du lieu. Elle ressentit aussi du soulagement. Ils touchaient au bastion le plus puissant de l'espèce, le foyer des colonies occidentales des Queues-Libres, les plus grosses chauves-souris du nord. S'il restait un seul endroit au monde qui fût sûr, c'était bien ici. Pourtant, la présence des Humains lui donnait la nausée. L'idée de vivre si près d'eux la révoltait désormais. Comment les siens se protégeraient-ils des hideuses machinations des Humains ?

Ce n'est qu'en approchant un peu plus que Marina comprit comment un tel nombre de congénères parvenait à s'abriter sous le pont. C'était une structure métallique gigantesque, soutenue à intervalles réguliers par d'épais piliers de pierre qui plongeaient profondément dans l'eau. Le dessus servait aux Humains de route, à cette heure éclairée par les lumières de leurs bruyantes machines, qui allaient et venaient. Mais l'envers de l'ouvrage, avec ses multiples saillies et niches, offrait des perchoirs sur toute sa longueur, d'une rive à l'autre.

Des escadrons vinrent les accueillir, les encer-
clant joyeusement, et Marina éprouva un sentiment
proche de l'exultation. Appartenir à une telle com-
munauté, c'était être invincible ! Tout était possible,
dorénavant : vaincre les chouettes ; sauver Ombre.

Les heures suivantes filèrent à toute vitesse, tandis que Marina, Ariel et les nouveaux venus étaient
conduits dans différents endroits du pont et qu'on
leur montrait des nids où se reposer. L'Aile de
Lumière apprit que la colonie avait énormément
grossi depuis deux mois. Le lieu était devenu le
foyer de toutes les espèces, de la côte ouest à la côte
est. Les dortoirs étaient surpeuplés, et tout le monde
paraissait très en verve, racontant aventure sur
aventure, des échappées belles aux attaques traî-
tresses, en passant par les combats désespérés pour
la liberté.

– Tu devrais dormir un peu, conseilla Ariel à
Marina. Nous avons parcouru un million de battements d'ailes à un bon rythme.

– Quand poursuivrons-nous vers le sud ?

– Il faudra interroger Frieda. Mais je me fais du
souci pour elle, ajouta Ariel en fronçant les sourcils.

L'Aînée et Achille Aile Cendrée avaient été
convoqués au rapport par Halo Queue-Libre, le

chef des Aînés du pont. Marina aussi s'inquiétait de la santé de Frieda. Au fil des nuits, elle avait dû de plus en plus souvent s'appuyer sur les autres ; sa respiration sifflait constamment ; même ses yeux brillants semblaient légèrement troubles, et son regard se perdait dans des horizons lointains.

– Ce dernier voyage aura été de trop, dit Ariel.

– Elle va se remettre, protesta Marina en secouant la tête, alarmée. Elle a juste besoin de se reposer.

L'Aile de Lumière ne voulait surtout pas entendre parler de mort. Ariel ne répondit pas.

Marina dormit bien, en dépit de l'activité incessante autour d'elle et malgré l'impatience qui coulait dans ses veines. La fatigue l'emporta. Quand elle se réveilla, Frieda était à leurs côtés. Marina lui fit un grand sourire.

– Il y a conseil de guerre dans une heure, lui annonça l'Aînée en étouffant une quinte de toux. J'aimerais que vous m'accompagniez, toutes les deux. Il se pourrait que vous me serviez de voix.

Le conseil se tint au sommet du plus haut des piliers qui surplombaient le pont. C'était là que nichaient Halo Queue-Libre et les autres Aînés, ce qui leur offrait une vue plongeante sur la ville et les vastes plaines qui s'étendaient à l'infini. Marina était horriblement mal à l'aise ; elle se sentait déplacée au milieu des Aînés, très nombreux : des centaines, issus de différentes colonies, aux visages plissés et ridés, aux paroles graves. Comme tous les Queues-Libres, Halo était une géante, bien plus grosse qu'une Aile d'Argent ou une Aile de Lumière, avec une poitrine large et cette queue particulièrement longue, qui lui donnait une incroyable agilité en plein vol.

– Achille Aile Cendrée vient de nous rejoindre, de même que Frieda Aile d'Argent, déclara-t-elle. Nous en sommes très heureux. Bienvenue à vous deux.

Un chœur de salutations s'éleva parmi les Aînés.

– Nos éclaireurs nous ont informés, ajouta Halo, que les chouettes se rassemblaient au nord, à quelques nuits de vol de Bridge City. J'en suis peinée, mais nous devons admettre que la guerre est une menace réelle.

L'Aînée poussa un soupir, puis reprit :

– Certains d'entre vous ont mis toute leur foi dans les enseignements de la Promesse de Nocturna et ont espéré que les Humains viendraient à notre aide à l'heure du combat. Mais, grâce à Frieda Aile d'Argent, j'ai cru comprendre que ces espoirs étaient vains.

Frieda raconta alors, d'une voix lente et souffreteuse mais non dénuée de force, le bâtiment des Humains et ses différentes forêts. Quand elle se tourna vers Marina en la priant de poursuivre, celle-ci crut s'évanouir, tant son cœur battait vite. Tous les regards étaient fixés sur elle. Rapidement, elle relata ce dont elle et Ombre avaient été témoins – le traitement que les Humains réservaient aux chauves-souris – et ce que les colibris avaient dit – leur tragique destin dans le sud. Quand elle eut terminé, un silence morose s'abattit sur l'auditoire.

– Je ne peux affirmer, déclara enfin Halo, que nous, les Queues-Libres, ayons vraiment cru à la Promesse. La nuit nous convient, et nous n'avons jamais rêvé de la lumière du jour, contrairement à d'autres.

Ce disant, elle parut s'adresser directement à Frieda et Achille.

– Nous n'avons jamais jugé nécessaire de nous battre contre les chouettes pour le soleil, et je sais que nombreux ici sont ceux qui nous en ont voulu pour ça. C'est pareil pour les Humains. Nous vivons à leurs côtés depuis un siècle et n'avons aucune raison de nous méfier d'eux ou de leur faire confiance. Ils n'ont pas dérangé nos nichoirs et ne nous ont pas bagués. Mais ces nouvelles, Frieda, me perturbent beaucoup. Si les Humains se servent de nous pour transporter des armes, nous devrons les considérer comme des ennemis et être plus vigilants, y compris ici. Cependant, pour l'instant, je suis d'avis que toute notre énergie doit se concentrer sur les chouettes.

Un froufroutement d'ailes salua cette dernière proposition.

– Nous pouvions accepter notre bannissement de la lumière du jour, mais leurs récentes exactions – la prise de nos lieux d'hibernation ou les attaques surprises pendant la nuit – sont intolérables. Ces méfaits prouvent leurs intentions belliqueuses. Les chouettes ne nous laissent qu'une solution : nous battre.

Regardant Frieda, Marina constata à quel point l'Aînée était épuisée. La fatigue se lisait sur son visage tiré et sur tout son corps, si fragile. Effrayée, elle détourna les yeux.

– Les chouettes sont puissantes, mais nous avons ici une armée d'une importance jamais égalée. Sachez qu'il se pourrait que nous ayons à lutter pour notre survie, rien de moins.

– Ça sera terrible, dit Frieda avec un tel accent d'horreur que personne ne parla pendant un moment.

– Tu me surprends, répliqua Halo d'un ton badin, destiné à détendre l'atmosphère. Il y a quinze ans, pendant la rébellion, tu étais une des plus vindicatives. Aurais-tu perdu le goût du combat ?

– Il faut croire que oui. Parce que j'ai compris que ceci n'est pas une bataille que nous pouvons gagner. Pas seuls...

– Mais nous n'avons pas d'alliés, protesta quelqu'un d'une voix amère. Tu as dit toi-même que les Humains n'étaient pas nos amis. Quelle alternative avons-nous ?

– Nous devrions au moins essayer de parler aux chouettes pour les convaincre qu'il est sans doute dans notre intérêt à tous de passer un pacte.

– Contre qui ?

– Les créatures les plus puissantes de cette terre, les Humains. Ils nous ont utilisés les uns et les autres pour accomplir leurs desseins démoniaques.

– Certes, mais eux ne nous délogent pas systématiquement de nos dortoirs ! rétorqua impatiemment Halo. Et pour ce qui est des chouettes, je leur ai envoyé il y a quelques semaines une ambassade qui a été obligée de se sauver avant même d'avoir été reçue par le roi Boréal. Parlons à ces volatiles, d'accord, si nous pouvons. En attendant, il faut se préparer au combat, en sachant que nous serons seuls.

Soudain, un mâle Queue-Libre surgit, tout essoufflé d'avoir grimpé si vite au sommet du pilier.

– Halo, annonça-t-il, une délégation de rats a creusé son chemin jusqu'à l'un des piliers du pont. Elle apporte des gages de paix et prétend que le roi Romulus demande audience.

À ce nom, Marina tressaillit de surprise et de joie. Était-ce le même Romulus que celui qu'elle et Ombre avaient rencontré à l'automne ? À cette époque, il était loin d'être roi. Emprisonné dans un donjon boueux par son frère, le prince Remus, il avait réussi à leur épargner la noyade à laquelle, comme espions, ils étaient promis. Si Romulus était devenu roi, cela ne pouvait être qu'une bonne nouvelle. Mais l'assemblée fut agitée par une colère mêlée de peur.

– Comment osent-ils creuser sous nos piliers ! s'exclama quelqu'un.

– Ils doivent être de connivence avec les rapaces, dit un autre.

– Leur parleras-tu ? demanda Achille à Halo. Ça pourrait être un piège.

– Une tentative pour nous affaiblir avant l'arrivée des chouettes ! cria un Aîné particulièrement anxieux.

– Non ! laissa échapper Marina.

Elle cria plus fort pour se faire entendre :

– Je ne pense pas. Je le connais.

– Toi ? demanda Halo, ses sourcils broussailleux levés en signe de doute.

– Je crois bien.

Brièvement, Marina raconta comment elle et Ombre avaient rencontré le prince Romulus.

– Il nous a sauvés, conclut-elle. Il nous a indiqué comment sortir des égouts. À mon avis, il est l'ami de toutes les chauves-souris.

– Alors, viens avec nous ! ordonna Halo avant de se tourner vers son messager : Convoque cinq de mes meilleurs gardes. Ils m'accompagneront. Alerte aussi les garnisons. Si c'est un piège, il faut qu'elles se tiennent prêtes.

En chemin, la délégation fut rejointe par cinq formidables soldats Queue-Libre. Ensemble, ils filèrent jusqu'à la base du pilier sud, un énorme tas de rochers flanqué en terre.

Ils n'y trouveraient qu'un amas de bâtons et de paille. Lorsqu'ils se rapprochèrent, un rat en surgit cependant, qui s'accroupit prudemment. Le tas de paille cachait astucieusement le trou creusé jusque-là. Les moustaches du rongeur tremblotèrent quand les chauves-souris se posèrent sur un rocher en surplomb à une distance raisonnable. Marina était partagée entre aversion et suspicion. Romulus excepté, elle n'avait pas gardé un très bon souvenir des rats.

– Merci d'être venue, Halo Queue-Libre, déclara le messager. Notre roi est ici et souhaite te parler.

Sans plus de tralala, un gros rat blanc sans escorte sortit du couvert de paille et leva les yeux vers l'assistance. Lorsqu'il se dressa sur ses pattes arrière et écarta les bras en guise de salutation, Marina constata avec soulagement que c'était bien le Romulus dont elle avait gardé le souvenir. Car il était en partie chauve-souris. Une fine membrane s'étendait entre ses pattes avant et sa poitrine, telles des ailes atrophiées, et ses jambes étaient reliées à son ventre par d'étranges pans de peau, ébauches d'ailes elles aussi.

– Je te remercie de me recevoir, Halo Queue-Libre, dit-il. À toi et tous les Aînés, je présente mes plus sincères salutations.

– Qu'est-ce qui t'amène à Bridge City ?

– Nous avons eu connaissance de la colère des chouettes à votre égard. La jugeant sans fondement, nous vous soutiendrons lors d'éventuels pourparlers.

– Merci, roi Romulus, de cette offre des plus aimables. Nous l'acceptons volontiers, bien que les chouettes, jusqu'à présent, ne semblent guère enclines à la diplomatie.

Le rat blanc acquiesça, puis ajouta :

– Si elles refusent de vous écouter, nous combattrons à vos côtés.

Un silence abasourdi plana sur l'assemblée, vite rompu par des exclamations de joie. Marina sourit.

– Voici une promesse extrêmement amicale, répondit Halo. Es-tu certain de vouloir engager tes compagnons dans cette aventure ?

– Nous nous affrontons depuis trop longtemps. Il est temps de laisser parler notre passé commun.

Sur ce, Romulus déploya de nouveau ses drôles de demi-ailes pour les montrer à tous.

– Car, reprit-il, je suis sûr qu'il fut une époque où nous étions faits sur le même modèle.

– Sais-tu pourquoi les chouettes ont décidé de nous déclarer la guerre ?

– Elles vous accusent d'avoir déclenché les hostilités en tuant des pigeons de la ville, puis d'autres oiseaux dans les forêts du nord. Vous n'êtes en rien responsables de ces meurtres. J'ai vu les coupables de ces massacres, des chauves-souris de la jungle.

Je sais qu'elles ne sont pas vos amies – elles ne sont amies de personne, d'ailleurs. Je crains que cela ne soit, de toute façon, qu'un prétexte. À défaut, les chouettes en trouveraient un autre. Leur bellicisme remonte au Grand Conflit des Animaux et des Oiseaux. Mais, je le répète, s'il doit y avoir une guerre, nous serons vos alliés, sur et sous terre, dans les arbres et sur le sol.

Une salve d'acclamations monta des rangs des Aînés, à la fois ravis et soulagés. Marina ne put se retenir plus longtemps :

– Te souviens-tu de moi, roi Romulus ? demanda-t-elle en descendant le rejoindre.

Une onde de chuchotements surpris agita les Aînés, et elle comprit qu'elle enfreignait ainsi une loi tacite sur les distances à conserver entre différentes espèces. Mais elle avait côtoyé les rats de plus près que cela. Soucieuse de marquer son respect, elle se posa assez loin de Romulus.

– Voici un visage que je me rappelle bien, s'écria ce dernier en souriant. Vous avez donc réussi !

– Grâce à toi.

– Mais où est ton ami Aile d'Argent ?

– Eh bien, c'est une longue histoire.

– Raconte-la-moi, je te prie.

Timidement, Marina s'exécuta et lui narra leurs aventures après leur fuite des égouts. Le rat semblait triste quand elle conclut sur Ombre enchaîné au disque et emporté par les Humains.

– Nous connaissons ce bâtiment, dit Romulus. Nous n'avons jamais osé entrer. J'ai bien peur qu'il en existe d'autres.

– Tu es sûr ?

Horrifiée, Marina jeta un coup d'œil à Frieda.

– Ça serait compréhensible, intervint celle-ci. Les Humains ont sans doute besoin de beaucoup des nôtres pour mener leur guerre.

– Des rumeurs provenant de nos cousins là-bas sont arrivées jusqu'à nous, reconnut Romulus. Jusqu'à présent, je ne savais pas trop quoi en penser. C'est effroyable. Je vais immédiatement envoyer des messagers afin de voir si nous pouvons saper ces bâtiments en creusant dessous. Les Humains n'ont jamais su comment se débarrasser définitivement de nous. Les machines dont ils sont si fiers, ajouta-t-il en souriant, ne sont après tout que des morceaux de métal et de plastique qui n'attendent que d'être rongés.

– Nous comptons partir vers le sud pour retrouver Ombre, déclara Marina.

Romulus la contempla avec une lueur d'admiration dans les yeux :

– Tu es courageuse de tenter ce sauvetage...

Il s'interrompit et réfléchit.

– Je ne peux t'accompagner, reprit-il enfin, mais j'ai sans doute les moyens d'accélérer ton voyage.

L'Aile de Lumière le regarda, reconnaissante, sans comprendre toutefois comment des rats pouvaient aller plus vite que des créatures ailées.

– Rien n'est plus rapide que le vol, admit Romulus, comme s'il avait deviné ses pensées, mais les cieux du sud risquent d'être moins hospitaliers que ceux-ci. Plus ennuyeux encore, tu es obligée de faire des haltes. Ma barge royale, elle, peut naviguer d'une traite sur nos canaux souterrains.

Marina se rappela le labyrinthe de tunnels aquatiques qui les avaient conduits, elle et Ombre, jusqu'au palais du prince Remus.

– Ils s'étendent aussi loin vers le sud ? demanda-t-elle, stupéfaite.

– Oh oui ! Il me semble même qu'il y a une dérivation qui... Ça fait si longtemps que nous ne l'avons pas utilisée. Mais elle vous mènerait à bon port, oui.

– Tu es vraiment un ami, répondit Marina. Merci.

– Le bateau sera à ta disposition quand tu voudras.

– Tu viens avec nous, n'est-ce pas ? demanda Marina à Frieda.

Sans parvenir à se l'expliquer, l'Aile de Lumière se sentait incomparablement plus en sécurité en compagnie de l'Aînée, malgré sa faiblesse, comme si elle avait dégagé une espèce d'aura protectrice autour d'elle. Frieda sourit tristement et écarta les ailes.

– Chaque chauve-souris, dit-elle, est née avec un capital de battements d'ailes. Il m'en reste trop peu. Et je crois qu'on a besoin de moi ici, dorénavant.

Marina détourna la tête d'un air coupable. Elle était tiraillée entre deux extrêmes : rester à Bridge City et se battre, ou partir à la recherche d'Ombre. Elle savait vers quelle voie la poussait son cœur. Était-ce égoïste ? Les autres la prendraient-ils pour une froussarde qui essayait d'échapper à la guerre ? Tant pis ! Elle irait dans le sud.

– Tu dois y aller, déclara Frieda comme pour la rassurer.

Regardant Ariel, elle ajouta :

– Toi aussi.

Marina la contempla avec gratitude ; elle fut soudain submergée par le pressentiment qu'elle ne la reverrait jamais.

– D'accord, dit-elle en baissant les yeux sur ses griffes.

L'Aînée effleura sa tête de son aile arachnéenne.

– Bon voyage ! murmura-t-elle. Ramenez-le-nous. Ainsi que Cassiel.

Marina se força à sourire, dit au revoir et suivit Ariel en contenant son émotion. Elle détestait partir presque autant qu'être laissée en arrière. Un messager des rats les attendait au pied du pilier sud.

– Le roi Romulus est là, déclara-t-il. Suivez-moi.

Ces rats étaient de loin plus polis que ceux qu'elle avait connus avec Ombre. Elle se dit que Romulus devait les avoir dressés quand il avait accédé au trône. Elle n'aimait pas les tunnels, dans lesquels elle avait l'impression de ne pas pouvoir respirer et qui gênaient ses mouvements, l'obligeant à coller ses ailes, inutiles, contre elle. Mais le trajet fut court ; elle entendit bientôt le clapotis de l'eau.

Romulus était installé sur une grande pierre plate émergeant d'un torrent rapide, à laquelle était accrochée la barge royale. C'était une embarcation de bois merveilleusement sculptée. Marina se douta

qu'elle avait été fabriquée par les Humains. Même
les rats artisans n'auraient su ciseler quelque chose
d'aussi minutieux. Elle se demanda cependant à
quoi elle avait pu servir aux Humains. Le temps
qu'elle avait passé sur son île, Marina avait observé
leurs bateaux. Celui-ci n'aurait même pas contenu
un de leurs enfants.

– Cette barque, nous l'avons trouvée il y a des
décennies sur un dépotoir des Humains, expliqua
Romulus. Elle est étonnamment étanche, et elle
m'est très utile. Elle vous conduira vers le sud sans
risque.

– Merci, répondit Marina.

– Voici quelques-uns de mes serviteurs les plus
capables et les plus fidèles, continua le roi. Il m'est
impossible hélas de vous en donner davantage.

Il leur présenta Ulysse, le capitaine du navire,
qui connaissait les canaux du monde mieux que
n'importe quel poisson. Deux gros soldats viendraient également avec eux. De même que Harbinger,
un des principaux ambassadeurs de Romulus.

– Vous allez largement franchir les limites de mon
royaume. Je ne peux pas vous garantir la façon dont
vous serez reçues par mes cousins du sud. Nos relations sont quelque peu... tendues, ces derniers temps.
Mais avec Harbinger, vous serez traitées au mieux.

Se tournant vers son équipe, Romulus ajouta :

— Prenez soin d'elles. Respectez-les comme moi-même.

— Oui, Votre Altesse.

— Ne t'inquiète pas, chuchota le roi à l'oreille de Marina. Tu ne crains rien avec eux. J'ai procédé à des changements depuis le règne de mon frère.

— Que lui est-il arrivé ?

— Tu crois que j'ai fini par le détrôner ? demanda le roi avec un faible sourire. Non, il s'en est chargé tout seul. Il a fui le royaume, convaincu qu'on complotait son empoisonnement. Il a laissé notre empire dans un tel état qu'il ne m'a pas été compliqué de prendre la suite pour restaurer l'ordre. Bon voyage !

Les deux chauves-souris grimpèrent sur la barge. Les rats larguèrent les amarres, et le bateau fut happé par le courant. Le cœur de Marina bondit à l'unisson. Ils étaient partis pour un nouveau voyage ! Elle ne pouvait s'empêcher d'éprouver une certaine jubilation. Direction : plein sud. Mission : retrouver Ombre.

Troisième partie

Ismaël

À l'intérieur du Sanctuaire, en proie à l'insomnie, Ombre, mollement suspendu à son perchoir, observait les premières lueurs du jour filtrer à travers le bras de la statue. Il avait presque failli ne pas rentrer, tant il avait eu honte et peur de raconter à Caliban ce qui s'était passé.

– Ton ami a payé ton imprudence de sa vie, s'était contenté de dire ce dernier, qui l'avait écouté d'un air sombre.

L'Aile d'Argent n'avait pas eu l'énergie d'expliquer pourquoi il avait parlé à la chouette, ce qu'il avait espéré obtenir d'elle. Il ne cessait de repenser au Berceau des Sylves où, chauve-souriceau, il avait défié Chinook d'enfreindre la loi en venant regarder le soleil avec lui. Il l'avait fait pour clore le bec à ce petit prétentieux et lui prouver combien lui aussi était brave. Ça avait eu des conséquences désastreuses. Il avait bien aperçu une mince tranche du soleil levant, mais les chouettes avaient failli l'attraper et, plus tard, en représailles, avaient mis à feu la pouponnière.

« Je lui ai pourtant conseillé de retourner auprès de Caliban », se désolait-il. Mais Chinook se sentait en sécurité avec lui. Le souvenir de son ami prononçant ces paroles l'emplissait de désespoir. Jaloux, Ombre avait été méchant avec Chinook, et pourtant celui-ci lui avait fait confiance, l'avait choisi plutôt que Caliban et la sûreté du Sanctuaire. Ces sombres pensées furent soudain interrompues par une clameur excitée à l'entrée de la statue. Voyant Caliban se réveiller et s'envoler aussitôt de son nichoir, Ombre craignit le pire : une attaque d'insectes, de chouettes, voire de cannibales. Il ne put toutefois se retenir d'aller aux nouvelles et suivit. Mieux valait savoir de quoi il retournait, plutôt que se ronger les sangs à essayer de deviner.

– Est-ce Ismaël ? demanda l'une des sentinelles.

– Je ne... Qui d'autre ?

Ils examinaient un mâle Aile d'Argent effondré à l'entrée, haletant, la tête cachée sous une aile. Il était à peine plus épais qu'un squelette ; sa peau et sa fourrure, tendues sur les os saillants, faisaient peine à voir. Caliban s'assit à côté de lui et se pencha vers lui.

— Ismaël ? murmura-t-il.

— Oui, répondit une voix épuisée. C'est moi.

Ombre n'avait jamais entendu parler d'Ismaël. Il en conclut que c'était un des malheureux qui avaient disparu avant son arrivée. Stupéfait, Caliban jeta un coup d'œil aux gardes. Puis il s'adressa à Ombre :

— Aide-moi à le rentrer.

Il fallut presque une heure au rescapé pour reprendre ses forces. Ils lui avaient apporté une feuille mouillée de rosée afin qu'il se désaltère.

— Nous t'avons cru mort, lui apprit Caliban. Ramiel avait vu deux cannibales t'enlever.

— C'est bien ça, croassa Ismaël. Ils m'ont emporté jusqu'à leur pyramide.

D'une voix hachée, il leur décrivit l'immense édifice de pierre enfoui dans la jungle, avec ses gradins qui montaient presque aussi haut que les plus grands arbres.

— Des milliers de ces géants vivent là-bas.

Ombre sentit un frisson courir sous sa fourrure. Ismaël toussa, but une nouvelle gorgée d'eau, puis reprit, son chuchotement résonnant dans l'immense statue :

— Je n'étais pas seul.

— Que veux-tu dire ? Qui d'autre était là ? demanda brusquement Caliban.

— Ceux des nôtres qui ont disparu. Beaucoup sont encore emprisonnés dans une niche au pied de la pyramide. Des Humains ont dû être enterrés là-bas, car il y a de gros os et des morceaux de métal et de pierre taillée.

— Pourquoi vous ont-ils enfermés ?

Ombre se posait la même question. Pour quelle raison les chauves-souris de la jungle ne les avaient-elles pas mangés tout de suite, comme le faisaient Goth et Throbb, qui dévoraient leurs proies sur-le-champ ? Un pincement au cœur l'avertit que quelque chose d'abominable se préparait.

— Ils se servent d'abord de nous, répondit Ismaël, les yeux étincelants.

Ombre se rendit soudain compte qu'il tremblait et que sa peau était moite et froide. « Tais-toi ! » eut-il presque envie de crier à Ismaël. Mais il devait écouter ce que leur misérable compagnon avait à dire.

– Ils venaient, presque chaque jour, et prenaient l'un des nôtres. Seulement un.

Ombre visualisait la scène – les gardes cannibales surgissant, et toutes les chauves-souris reculant, essayant de se tapir les unes derrière les autres, tâchant de se rendre invisibles. « Prenez celui-ci, celle-là, mais épargnez-moi ! » Quelle chance avait l'héroïsme face à une terreur aussi intense ?

– Ceux-là ne revenaient jamais. Nous avons supposé qu'ils étaient dévorés. Mais la réalité était bien pire. Il y a trois jours, ils sont revenus en chercher deux : Hermès et moi. Nous sommes passés devant plusieurs prisons remplies d'autres créatures. Je les ai entendues. Des chouettes, j'en suis sûr. Des rats aussi. Ils nous ont traînés dans une salle qui doit se trouver en haut de la pyramide, parce qu'il y avait une ouverture dans le plafond. Je me souviens d'avoir levé les yeux, il y avait des étoiles. Une partie de moi s'est enfuie par là pour ne plus réfléchir. Ça n'a servi à rien. J'ai tout vu.

Ombre écoutait, comme pris dans l'étau d'un horrible cauchemar et incapable de s'en extirper.

– Deux cannibales nous attendaient. Un vieux mâle, une sorte d'Aîné, et un autre, beaucoup plus jeune, énorme, avec un anneau noir à l'avant-bras.

Ombre sut de qui il s'agissait avant même qu'Ismaël ne prononce son nom. Évidemment, le géant avait survécu. Il commençait vraiment à croire qu'il était immortel. «Goth», chuchota-t-il.

– Oui, le roi Goth, c'est ainsi que le vieillard l'appelait.

Le survivant rit faiblement:

– Le roi de tous ces monstres.

Ombre aurait voulu l'interroger sur le disque de métal. Goth le portait-il encore? Était-il désamorcé, comme celui d'Oreste, ou avait-il dû l'ôter de son ventre? Mais Ismaël poursuivait son récit:

– Il y avait une pierre sur laquelle les gardes ont jeté Hermès. Le roi Goth a dit: «Zotz, je t'offre ceci» et il arraché le cœur d'Hermès qui battait encore. Et il l'a mangé!

Dans la statue, le silence était assourdissant. Ombre ferma les yeux, essayant de chasser l'image de son esprit. Zotz. Il se souvenait de Goth lui parlant de ce dieu – les puissants se nourrissent des faibles; en les mangeant, ils s'approprient leurs forces. Zotz était le seul dieu, avait dit Goth.

– Les soldats me menaient vers la pierre quand il s'est produit quelque chose. Goth avait le cœur d'Hermès dans la bouche et, soudain, la pièce s'est emplie de bruit. Jamais je n'avais entendu ça...

Ismaël dut s'interrompre pour reprendre sa respiration. Ses flancs palpitaient.

— Bois, lui dit doucement Caliban.

L'autre obéit, puis reprit :

— Il y avait quelque chose, dans cette salle. Une espèce de présence qui tourbillonnait comme une tornade. Ça a eu l'air d'entrer dans la gorge de Goth, et il s'est mis à parler d'une voix qui n'était pas la sienne. Les gardes étaient terrorisés. Ils sont tombés par terre, et je me suis sauvé. Avant qu'ils aient pu me rattraper, je me suis faufilé dans une crevasse du sol. Elle donnait sur d'autres cavités, qui s'enfonçaient plus bas, et j'étais assez maigre pour me glisser dedans comme un insecte. Tout ce que j'entendais, c'était le bruit, au-dessus. J'ai rampé ; mes pattes étaient en sang.

Il les souleva pour que ses compagnons voient. L'estomac d'Ombre se noua. Ismaël n'avait presque plus de griffes.

— J'ai découvert un réseau de puits d'aération, trop étroits pour les cannibales. J'ai attendu, je ne sais pas combien de temps, le moment de filer. Il m'a fallu trois nuits pour revenir ici. Il y avait des géants partout. J'ai cru que je n'y arriverais jamais.

Son histoire terminée, Ismaël s'effondra. Ses sanglots ne ressemblaient à aucun des pleurs qu'Ombre avait entendus : brusques et laids, ils paraissaient ciselés dans les os mêmes du rescapé. Quatre ou cinq compagnons se posèrent près du malheureux et l'enveloppèrent de leurs ailes jusqu'à ce qu'il soit complètement dissimulé aux regards et ses sanglots étouffés par leurs corps. Quelques minutes plus tard, le groupe se disloqua, et Ismaël réapparut, calmé.

– Les autres, encore là-bas, souffla Caliban, qui sont-ils ?

Ombre sentit chacun se tendre dans une expectative abominable tandis qu'Ismaël récitait une suite de noms d'une voix hoquetante. L'Aile d'Argent écoutait à peine, focalisé sur ce qu'il espérait entendre. La liste était interminable, plus de vingt et un prisonniers, des noms qui n'étaient rien d'autre que des bruits cruels pour Ombre.

– ... Lydia, Socrate, Mousson... et Cassiel. Lui aussi était là-bas.

Ombre en oublia de respirer. Il aperçut les yeux de Caliban posés sur lui, mais ne sut définir l'expression de son visage : de la peine, peut-être, mêlée d'une sorte de dureté et de détermination.

– Nous partons demain, déclara abruptement le Molosse. Nous ne pouvons prendre le risque de rester plus longtemps.

L'Aile d'Argent mit quelques instants à comprendre ce qu'il venait d'entendre.

— Qu'est-ce que tu veux dire ? s'écria-t-il. Nous devons les libérer. Chinook est là-bas, maintenant !

— C'est impossible, répondit Ismaël en tournant vers lui ses yeux hantés.

— Eh bien, moi, j'y vais !

— Nous partons demain ! lança férocement Caliban. C'est le plan, et nous n'en dévierons pas. C'est notre unique chance de survie. Les autres sont déjà perdus.

— J'irai seul, alors, répliqua Ombre.

S'adressant à Ismaël, il ajouta :

— Indique-moi le chemin.

— Il s'est déjà passé trois nuits, répondit le rescapé. Si ça se trouve, Cassiel est mort à l'heure qu'il est.

— C'est mon père !

— Et moi, siffla Ismaël, les yeux brillants de colère, j'y ai laissé mon frère ! Je n'ai même pas essayé de retourner le chercher. J'ai fichu le camp. Je me suis sauvé, et je l'ai abandonné à une mort certaine. Sais-tu ce que ça signifie, pour moi ? Mais je n'aurais rien pu faire. Ni moi ni personne. Tu entends ? Ils sont des milliers.

— Tu t'es échappé.

— C'était... ils ont commis une erreur. J'ai eu de la chance. Ça ne se reproduira pas.

— Nous décollerons demain au crépuscule, répéta Caliban. Un point c'est tout. Que Nocturna nous protège.

Ombre éclata d'un rire qui ressemblait à un aboiement de douleur :

— Nocturna ? Tu n'obtiendras rien d'elle. Si seulement elle existe !

Ce fut comme s'il avait giflé ses compagnons.

— Comment oses-tu dire ça ? fit le Molosse, choqué.

— Où est-elle, alors ? rétorqua Ombre, bouillonnant de rage. Comment savoir si elle n'est pas une légende, un mensonge, et si nous n'avons pas été des imbéciles en nous y accrochant ? Exactement comme nous avons eu la folie de croire au secret des anneaux et à l'aide des Humains. Vois ce qu'ils nous ont fait ! Où était Nocturna quand nous avons eu besoin d'elle ?

— Tu t'en es tiré, lui rappela Caliban avec un grand geste de l'aile. Comme nous tous ici. Nous devons partir maintenant. Regarde autour de toi ! Ces compagnons n'ont-ils pas assez souffert ? Tu voudrais qu'ils retournent dans la jungle avec toi dans l'espoir d'en sauver un ou deux de plus ? Non. Tu sais ce dont sont capables les cannibales. Nous n'avons aucune chance de gagner.

– Je n'ai besoin de personne, lança Ombre d'un air de défi.

– Nous ne t'attendrons pas. Je suis désolé, mais si tu t'entêtes, tu iras seul.

Bien que le soleil se fût déjà levé, Ombre continua à monter au-dessus du Sanctuaire. Grimpant en spirales serrées, il voulait aller le plus haut possible. Pas seulement pour sa sécurité – pour voir très loin. Et, si possible, entendre aussi très loin. C'était folie que de voler dans la lumière du jour, il le savait. Il y avait des aigles, des vautours, et peut-être des machines volantes des Humains. Mais il désirait être seul afin de s'éclaircir les idées et prendre les décisions qui s'imposaient. Cela faisait longtemps qu'il ne s'était pas déplacé dans la splendeur du soleil. Les jours passés dans la forêt artificielle sous une lumière filtrée ne comptaient pas. Il sentait la fourrure de son dos rôtir de manière déplaisante. Mais, avec l'altitude, l'air fraîchissait.

Toujours plus haut ! Quand finalement il baissa les yeux, il aperçut la ville qui s'étalait sous lui, à une distance rassurante. La statue, des collines, puis la tache sombre de la jungle, à perte de vue. À l'est, il y avait de l'eau, une longue côte qui s'étendait vers le nord en une courbe paresseuse. Tel serait le chemin du retour vers chez eux. Vers ce qu'il en restait.

Que faire ? Comme il aurait aimé qu'Ariel, Frieda, et surtout Marina, fussent là ! Elles l'auraient aidé à prendre une résolution. Tout avait été si simple, jusqu'à présent ! Fuir vers le nord avec les autres était la seule solution. Désormais, les cannibales détenaient Chinook. Et son père était toujours vivant – du moins il l'avait été trois nuits plus tôt. Les raisons qui avaient poussé Ombre à parcourir des millions de battements d'ailes venaient de resurgir, prenant son cœur au piège. Comment partir sans avoir au moins essayé de le sauver ? En même temps, s'il retournait dans le nord, il devait être à même de retrouver le bâtiment des Humains et de prévenir les autres avant qu'ils ne soient emportés vers la mort. Il sauverait alors la vie de milliers des siens, y compris Ariel, Frieda et Marina. Nez au vent, il goûta la caresse de sa fraîcheur sur son visage brûlant. Au-dessus de lui, des bancs de nuages filaient en direction du nord-est, et son cœur partait avec eux. Comme il leur était facile de voyager, sûrs qu'ils étaient d'arriver sains et saufs au but ! Il aurait voulu s'envoler maintenant, rentrer chez lui et oublier cette jungle hideuse. Mais si Marina avait averti les leurs, ce voyage devenait inutile. Si ça se trouvait, ils s'étaient peut-être déjà enfuis. Il n'avait aucun moyen de s'en assurer. À moins que...

Il regarda de nouveau vers le nord. Le son était un don chez lui, semblait-il. D'après Frieda, il savait écouter et percevait ce qui restait hermétique aux autres. Zéphyr, le Gardien de la Flèche albinos, prétendait qu'avec une ouïe assez fine on entendait même les étoiles. Mieux que ça, il était possible de capter les sons passés et futurs, de saisir des voix anciennes et d'autres, encore à naître. Ombre doutait de savoir piéger les chuchotis d'autrefois, ceux à venir ou l'écho des étoiles lointaines. Serait-il néanmoins capable d'envoyer sa voix vers le nord, à des millions de battements d'ailes d'ici, et d'intercepter une réponse ? Quelle absurdité ! À sa connaissance, ce genre d'exploit ne s'était jamais produit. Mais Zéphyr avait de si bonnes oreilles : il détecterait peut-être son appel au secours ? L'albinos l'avait aidé une fois, pourquoi pas une deuxième ?

Alors, Ombre se tourna vers le nord et cria. Il ne tenta pas de forcer sa voix, mais l'imagina projetée dans l'espace, comme si le son avait eu des ailes pour se porter lui-même. Il imagina la ville, la cathédrale et le clocher où vivait Zéphyr; il imagina la fourrure blanche et les yeux encore plus blancs de l'albinos, ainsi que ses oreilles, se déployant pour capter sa voix. Il s'arrangea pour que son message fût le plus bref possible. Il raconta à Zéphyr comment il s'était retrouvé dans le sud et pourquoi il avait été séparé du reste de sa colonie. Il lui demanda s'il avait des nouvelles d'Ariel, Frieda et Marina. Étaient-elles en sécurité? Devait-il, lui, repartir vers elles ou rester ici et tenter de secourir son père?

Ses derniers mots prononcés, Ombre se sentit comme un nouveau-né pleurant pour qu'on le console. Il était seul, haut dans le ciel, en terre étrangère, et il devrait se débrouiller seul. Telle était la dure réalité. Pourtant, une part de lui continuait à espérer. Il déplia toutes grandes ses oreilles, mais ne distingua que le murmure du vent. Il se demanda si Caliban avait raison à propos de Nocturna. Les protégeait-elle? Leur avait-elle sauvé la vie? Et les morts, alors? Y avait-il une bonne raison à leur disparition? À son avis, non. Les survivants avaient seulement eu de la chance. Quant à ses rêves puérils d'apporter le soleil à sa colonie et de tenir la

Promesse... Il avait eu tant d'espoir ; il avait été si certain que ça se terminerait bien et si convaincu de son propre rôle !

Combien de temps mettait le son pour voyager ? Et combien de minutes devaient s'écouler avant que sa voix ne meure, ne s'évapore dans le vent comme autant de minuscules perles de rosée sur les feuilles des arbres ?

« Chhhhhhhuuuuuuttttttt, chantait le vent. Chhhhhhhuuuuuuuttttttt... » Comme Ariel, lorsqu'elle essayait de l'endormir, au Berceau des Sylves. Il était tellement fatigué ! Il fallait qu'il rentre. Inutile de rester ici à rêver qu'un autre résolve ses problèmes. Plus il traînait, plus il risquait de se faire attraper. Sa voix n'était pas assez puissante, ou bien ses oreilles n'étaient pas assez sensibles pour saisir une réponse. Car il n'entendait rien, sinon le grand vide du ciel. « Chhhhhhhuuuuuuttttttt. » C'était tout ce que l'air lui soufflait.

Puis, soudain :

– Oooooommmmbre.

Son nom ? Ou juste un mauvais tour du vent ? Il déploya ses oreilles au maximum.

– Oooooommmmbre, écouuuute attentiiiiiii-vement.

Était-ce la voix de Zéphyr? Elle était si floue qu'il n'aurait su le dire. Mais il s'y accrocha, virevoltant dans le ciel pour trouver le meilleur angle de réception.

— Je t'envoiiiiiie mes saluuuuuutations de la Flèèèèèèche.

Zéphyr! C'était Zéphyr! Ombre fut tellement surpris et heureux qu'il rit tout fort, avant de se taire aussitôt, par peur de manquer un mot.

— Aaaaaariel... Mariiiinaaa... vieeeeeennent vers toiiiiii.

Il fronça les sourcils. Il était si concentré qu'il en avait mal à la tête. Elles venaient vers lui? Et Frieda?

— Je ne comprends rien! hurla-t-il.

Puis il se souvint que ceci n'était pas une conversation, mais un message porté par le vent. Il ne l'entendrait qu'une fois. Qu'est-ce que Zéphyr essayait donc de lui dire? Que sa mère et son amie étaient dans une machine volante avec un disque fixé au ventre? Ou qu'elles étaient en route pour le retrouver? Dans ce cas, comment avaient-elles su où le chercher?

— Zzzzotzzzz régneeeeeeera... à moins queeeeeee... Reeeesssste... et sssssauve le sssssoleillll.

Ombre retint son souffle de peur de rater une seule syllabe.

– Pour le momeeeeeent... pèèèèèère est viiiii-vaaaaant.

Yeux fermés, l'Aile d'Argent attendit des précisions ; mais le message était terminé. « Vivant. Pour le moment. » Voilà qui n'était pas très rassurant. Cela signifiait-il que Cassiel était tout près de la mort, que sa vie ne tenait qu'à Ombre, qu'il devait se dépêcher sous peine d'arriver trop tard ? Il en ressentit de l'irritation. Il était bien avancé, maintenant ! Il ne savait toujours pas si Marina et les autres s'étaient échappés. Quant au salut du soleil... Il secoua la tête et grogna :

– Le soleil va bien, merci pour lui ! Il est même en pleine forme, ici. Je n'ai pas l'impression qu'il risque quoi que ce soit. Par contre, moi... Moi et un million de chauves-souris.

Sauver le soleil. Et puis quoi encore ? Un brusque accès de colère le fit trembler. Est-ce que c'étaient des manières, de demander pareille chose ? Pourquoi Nocturna ne pouvait-elle s'en charger puisque c'était si important ? Qu'elle s'occupe un peu des trucs difficiles, pour changer, au lieu de refiler le bébé à de petits avortons de chauves-souris !

Il redescendit rapidement vers la statue. Il en avait assez qu'on se serve de lui. Goth, les Humains. Il avait eu sa dose. Il essaierait de délivrer son père, Marina, sa mère et Frieda. Eux seuls comptaient, désormais. Plus de grandes idées, plus de promesses.

Survivre, c'était tout.

Pourtant, le message semblait dire que préserver l'astre du jour et libérer son père allaient de pair. Comment? Ombre n'en avait aucune idée. Cependant les images de rêves récents commençaient à lui revenir à l'esprit. Une pupille cachant le jour; puis la nuit, une nuit éternelle. Il jeta un regard vers le soleil, installé bien au-dessus de l'horizon maintenant. Juste un bref coup d'œil, à cause de la douleur. Derrière ses paupières refermées, son disque flamboya. Ombre fronça les sourcils.

Il en manquait un morceau. Petit. À peine visible, sauf à regarder très attentivement. Pourtant, une petite tranche avait bien été découpée dans sa rondeur. Cela rappelait la lune qui se rétrécissait, au cours du mois. La lune revenait toujours. Mais le soleil?

— Nous arrivons au bout de notre réseau de navigation, annonça Ulysse, planté derrière la barre. Les canaux suivants appartiennent aux Royaumes Méridionaux.

Depuis déjà plusieurs heures, Marina avait remarqué l'état de délabrement des tunnels qu'ils empruntaient. Leurs murs suintants n'étaient plus faits que d'une boue molle. À un endroit, l'eau avait même complètement disparu dans un trou, et les deux chauves-souris avaient dû descendre du pont pour aider les rats à tirer la barge à travers un long banc d'immondices. Souvent, la lumière était si chiche que Marina mettait son sonar au service d'Ulysse pour le guider dans les couloirs de plus en plus labyrinthiques.

C'était leur seconde nuit à bord. Ils ne s'étaient arrêtés que deux fois. Ulysse avait attaché l'embarcation à une paroi avant de creuser jusqu'à la surface pour vérifier leur chemin grâce aux étoiles. Puis ils avaient chassé quelques heures. Marina et Ariel restaient prudentes en ces parages inconnus à l'atmosphère de plus en plus tiède. Lors de leur dernière incursion à l'air libre, elles n'avaient vu qu'un paysage de sable s'étirant à l'infini et planté de grands cactus grêles, mais le ciel avait grouillé d'insectes.

Sur le bateau, les deux chauves-souris n'avaient pas grand-chose d'autre à faire que dormir. Le corps de Marina semblait se souvenir de l'hibernation interrompue. Elle passait donc de nombreuses heures à sommeiller, doucement bercée par les remous de l'eau. Au début, une partie de son esprit était restée en alerte, car elle se méfiait des rats. Mais ces derniers étaient aimables et préoccupés avant tout de satisfaire les désirs de leur gentil roi. L'Aile de Lumière appréciait spécialement Harbinger, l'ambassadeur au visage vif et astucieux, dont les moustaches s'agitaient férocement lorsqu'il parlait.

— As-tu déjà été dans le sud ? lui avait demandé Ariel peu de temps après leur départ.

— Non. Aussi loin que je me souvienne, nous avons eu peu de relations avec nos cousins méridionaux. Ils n'ont jamais beaucoup aimé nos rois et ont préféré se tenir à l'écart. Le général Cortez est, sauf erreur de ma part, l'actuel dirigeant de ces contrées. C'est un rat qui sait ce qu'il veut.

Harbinger avait dû remarquer le regard soucieux que Marina avait échangé avec Ariel, car il avait ajouté :

— Je ne pense pas cependant que vous ayez des raisons de vous inquiéter. Ils peuvent décider de ne pas nous aider, mais je doute qu'ils s'opposent à votre présence alors que vous êtes sous notre protection.

Quand elle ne dormait pas, Marina discutait doucement avec Ariel de ce qui les attendait et de la façon dont elles s'y prendraient pour retrouver Ombre ; elles abordaient parfois d'autres sujets – les temps meilleurs qu'elles avaient connus dans le nord, leurs dortoirs et leurs gagnages favoris...

Marina devait s'être assoupie, car un grincement la réveilla en sursaut. Déclenchant son sonar, elle constata que le canal s'était terminé, purement et simplement. Depuis quelques heures, le courant avait laissé place à une eau stagnante, et les rats avaient été obligés de pousser la barge à l'aide de longs bâtons. Le bateau venait de s'échouer sur les hauts-fonds d'une large flaque boueuse, qui s'étalait dans une caverne. Marina prit tout à coup conscience de la chaleur qui y régnait. Sa fourrure la démangeait.

– Terminus, annonça Ulysse. Nous sommes arrivés.

Harbinger, flanqué des deux soldats, sauta et pataugea jusqu'à la terre ferme. Marina et Ariel suivirent.

– Nous devons annoncer notre présence au général Cortez, déclara l'ambassadeur, puis...

– Stop !

L'ordre, lancé d'un ton bourru, parvenait d'un tunnel bas creusé dans une des parois de la grotte. En quelques secondes, une dizaine de rats surgit et encercla les nouveaux venus. C'étaient des créatures dépenaillées, râblées, aux museaux carrés et pâles.

– Des chauves-souris ! siffla le chef du détachement à Harbinger. Vous vous baladez avec des chauves-souris !

– Elles sont sous notre protection, répondit froidement l'ambassadeur. Nous sommes ici sur ordre du roi Romulus et...

– Romulus ! grommela l'autre. On s'en fiche, nous, de votre roi. Ce n'est pas le nôtre.

– ... et nous demandons audience au général Cortez.

Malgré l'attitude menaçante des rats du sud, Harbinger ne flancha pas, et sa voix resta ferme. Marina en fut impressionnée. Elle était à deux griffes de se sauver.

– Nous sommes une délégation diplomatique, reprit Harbinger. Ces deux soldats sont ma seule escorte.

– Je sais. On surveille votre bateau depuis six heures. J'ai pu constater que vous étiez seuls.

– Nous ne représentons donc aucun danger. Je te demande de nous mener au général.

Le soldat eut un sourire méprisant et leur tourna le dos.

– Suivez-moi ! lança-t-il d'un ton sec.

Le général Cortez ne ressemblait absolument pas à ce à quoi s'était attendue Marina. Étant donné l'allure de ses soldats, elle avait imaginé un gros rat négligé, vautré sur un tas d'ordures. Mais le chef du sud, installé dans une citadelle rocheuse à la surface du sol, était mince et presque élégant. Ses moustaches et les poils de son menton étaient si fournis qu'ils lui dessinaient un bouc triangulaire bien net. Le plus frappant chez lui étaient ses yeux, incroyablement clairs et translucides, à la différence de ceux des autres rats que l'Aile de Lumière avait rencontrés. Ses pupilles étaient pareilles à deux diamants capables de couper les matières les plus dures. La lumière du jour filtrait à travers les crevasses des murs de la forteresse, faits de pierres et de brindilles. Marina était contente de retrouver la surface, même si l'épaisse touffeur était inconfortable. Elle aurait aimé pouvoir muer sur commande.

– Général Cortez, déclara Harbinger, je suis envoyé par le roi Romulus. Il m'a demandé d'escorter ces deux chauves-souris jusqu'à toi, dans l'espoir que tu les aiderais à retrouver les leurs, parachutés ici par les Humains.

– Nous ne sommes guère enclins à la bienveillance envers ces créatures, répliqua Cortez en dévisageant Ariel et Marina avec dédain. Vos cousins cannibales ont dévasté la jungle et ont chassé bien plus qu'il ne leur était nécessaire, violant ainsi toutes les lois de la nature. Rien que ces cinq dernières nuits, nous avons perdu un nombre incalculable de nouveau-nés. Parmi eux, le dernier de mes fils.

Se tournant vers Harbinger, le général ajouta :

– Je suis surpris que ton roi mette tant d'empressement à secourir des créatures aussi répugnantes.

– Général, je suis navré pour ton fils, mais ces amies n'y sont pour rien. Elles ignorent tout des agissements des cannibales dans ton royaume.

– Ignorent-elles également que les leurs ont bombardé la ville et la jungle avec le feu ?

– Nous sommes au courant, intervint Marina. Sache que ce sont les Humains qui nous y ont obligés.

– Vraiment ? répondit froidement Cortez, apparemment pas du tout convaincu.

– Nous deux nous sommes enfuies. Mais des compagnons – des milliers, peut-être – ont été expédiés ici par les Humains dans leurs machines volantes. Ils avaient des disques métalliques fixés au ventre et ont explosé en touchant terre.

– Mon fils fait partie de ceux-là, renchérit Ariel. Et je veux le retrouver. S'il est encore vivant.

– Son fils, ajouta Harbinger, est un ami personnel du roi Romulus, qui attache beaucoup d'importance au retour d'Ombre Aile d'Argent dans sa patrie.

– Il n'y a guère de survivants, leur apprit Cortez d'une voix moins glaciale.

– Mais certains en ont réchappé ? demanda Marina, pleine d'espoir.

Cortez se tourna vers l'un de ses soldats :

– Rodriguez, tu as parlé d'un endroit où se regroupaient ces chauves-souris du nord.

– Elles ont installé leurs quartiers à l'intérieur de la statue, sur le promontoire. Nous les surveillons depuis le sol.

– Menez-nous-y ! supplia Marina.

Cortez ne répondit pas.

– Le roi Romulus se considérerait comme ton débiteur, insista Harbinger. Il te devrait quelque faveur. Maintenant ou plus tard. Il serait ravi de t'aider à son tour.

— Très bien ! déclara sèchement Cortez. Mais à la seule condition que vous emmeniez ces chauves-souris loin de mon royaume. Moins j'aurai de ces créatures ici, mieux je me porterai. Entendu ? Bon. Rodriguez, conduis-les chez leurs amis.

La nuit éternelle

– Une voix dans le vent! cracha Caliban. Le vent joue des tours, tu devrais le savoir. Il te dira ce que tu as toujours voulu entendre ou ce qui t'effraie le plus. Il est déraisonnable d'y prêter attention.

Rentré au Sanctuaire, Ombre avait trouvé le Molosse suspendu à son perchoir et lui avait parlé du message de Zéphyr – du moins, de ce qu'il pensait être un message de l'albinos. Il fut presque soulagé par la réaction de Caliban. Sans doute n'était-il en effet que le jouet de son désespoir et de l'altitude. Mais ce qu'il avait vu l'avait trop effrayé pour qu'il renonce aussi facilement.

– Le soleil est bizarre, insista-t-il.

– Voler tout seul en plein jour ! grogna Caliban, furibond. Tu n'as donc rien appris, Aile d'Argent ? Sais-tu à quel danger tu t'exposes ? Pas seulement toi, mais nous tous. En te faisant repérer, tu aurais pu conduire nos ennemis droit ici.

– Tu as raison, et je suis désolé, murmura Ombre, avant d'ajouter, tenace : Tu peux dédaigner mes rêves et ignorer la voix, d'accord. Mais va jeter un coup d'œil sur le soleil.

– Je n'ai pas besoin de le regarder, siffla le Molosse en se hérissant et en montrant les dents.

Pour la première fois, Ombre eut peur de lui et comprit combien il était déterminé à quitter la jungle. Il avait survécu deux mois ici, et il savait que ce sursis miraculeux ne durerait pas.

– Nous partirons à la brune. Reste si tu veux, mais je t'interdis d'essayer de convaincre qui que ce soit d'autre. Sinon, je te ferai taire moi-même. entendu ?

Ombre avala sa salive et se sentit affreusement seul. Peut-être Caliban avait-il raison. Il était devenu dangereux, non seulement pour lui, mais aussi pour les autres. Il suffisait de se rappeler ce qui était arrivé à Chinook. Pour commencer, sans lui, aucune des

Ailes d'Argent ne serait jamais allée dans le bâtiment des Humains. C'était lui qui les avait conduites à leur sombre Promesse. Le cou puissant de Caliban se détendit. Il détourna les yeux et ajouta plus doucement :

– Le soleil n'est pas notre affaire.

– Si ! L'Aile d'Argent a raison.

Ombre se retourna et eut la surprise de voir Ismaël haletant, les yeux écarquillés, qui avait suivi la conversation.

– Tu dois te reposer, lui lança le Molosse, quelque peu irrité, en jetant un regard d'avertissement à Ombre.

– Je viens de m'en souvenir ! chuchota le rescapé. Après avoir assassiné Hermès, Goth a dit quelque chose comme : « Que devons-nous faire... pour tuer le soleil ? »

– Et quoi d'autre ? souffla Ombre.

– Eh bien, tu comprends, je me sauvais... Et puis il y avait tant de bruit et de vent ! Mais il a aussi parlé d'éclipse et de sacrifices supplémentaires.

– Qu'est-ce que c'est, une éclipse ? voulut savoir Caliban.

– Le soleil qui disparaît, répondit vaguement Ombre en se rappelant ses rêves, où l'astre du jour était peu à peu grignoté. Quand doit-elle se produire ? demanda-t-il en tremblant malgré la chaleur.

Ismaël secoua la tête en signe d'ignorance.

– Mais il y a autre chose, dit-il. Une ville. Bridge City. Il est question de la détruire avec le feu.

– Le disque ! s'écria Ombre, épouvanté. Il l'a toujours. Tu as vu s'il le portait encore ?

– Je n'arrive pas...

Ismaël plissa le front et ferma les yeux, s'efforçant de retrouver un souvenir. Ombre se sentait coupable de l'obliger à revoir d'aussi atroces images.

– Je... Non, rien à faire, finit par lâcher le rescapé, la respiration sifflante.

Harassé, il se laissa pendre mollement. Ombre regarda prudemment Caliban, guettant sa réaction.

– Zéphyr a prédit le règne de Zotz si nous ne sauvons pas le soleil, dit-il au bout d'un moment.

– T'as une solution, gamin ? rétorqua lugubrement le Molosse. Les prophéties et les devinettes ne m'ont jamais passionné.

– Je n'en suis pas fana non plus, répliqua Ombre avec un rire amer. Pas plus que toi, je n'aime celle-ci, crois-moi.

Caliban se détourna.

– Je ne suis pas le chef que ton père était, soupira-t-il. Lui aurait sans doute su quoi faire. Pas moi.

Tout ce que je veux, c'est ramener un maximum d'entre nous dans le nord. Chez nous.

Ces deux derniers mots serrèrent le cœur à Ombre. Lui aussi en rêvait, même s'il savait qu'ils n'avaient plus de chez eux.

– Mais l'endroit où nous irons n'aura plus d'importance si Zotz tue le soleil ! objecta-t-il. Étant le dieu des cannibales, il doit être fort, plus fort que Nocturna. Sinon, elle l'aurait arrêté elle-même, non ?

Soudain, au pied de la statue résonna le bruit faible mais distinct de terre et de cailloux remués. Caliban et Ombre l'entendirent en même temps.

– Suis-moi ! lança le Molosse en s'envolant.

Ensemble, ils descendirent le long du torse de la statue, puis s'engouffrèrent dans sa jambe gauche, légèrement fléchie. À hauteur du genou, Caliban ralentit et se mit à tourner en rond. Ombre scruta les tréfonds obscurs de leur repaire.

– Un rat ! murmura son compagnon, dégoûté.

Dans son sonar, Ombre distingua la tête du rongeur qui émergeait d'une fissure étroite. Levant le nez, l'animal renifla en plissant les narines, découvrant ses dents acérées. Puis il disparut d'un seul coup. Ombre se demanda si d'autres allaient suivre, anxieux, même s'il les savait incapables d'escalader les parois lisses de la statue. Aurait-il d'ailleurs tenté le coup, les chauves-souris n'auraient eu qu'à s'envoler pour prendre la poudre d'escampette. Un deuxième rat se tortilla à travers le trou et secoua soigneusement la terre de sa fourrure. Ses gestes vifs, presque élégants, parurent familiers à Ombre. Il remarqua la fourrure d'une brillance si particulière, bien plus épaisse et à l'aspect bien plus doux que celle des autres rongeurs qu'il avait rencontrés. C'est alors que le nouveau venu déploya ses ailes et les remua vigoureusement avant de les refermer. Ombre hoqueta. Comment cela était-il possible ? Une chauve-souris en compagnie de rats ! Se trompait-il ? Il poursuivit son examen, bombardant la créature d'ondes sonores. Quand il vit ses yeux, il n'eut plus de doutes. Aussitôt, il descendit en trombe, sans tenir compte de Caliban qui lui criait d'être prudent et de remonter. Le Molosse lui semblait à un million de battements d'ailes de là.

– Marina ! Marina !

Ils tombèrent l'un sur l'autre dans un enchevêtrement d'ailes, se donnant des coups de nez affectueux dans les épaules et les joues, humant avec délices l'odeur de l'autre. Puis Ombre se recula et contempla son amie, juste pour s'assurer que c'était bien elle. Pas d'erreur !

– Tu es venue me chercher ! s'exclama-t-il, stupéfait.

– Évidemment ! repartit Marina en riant, les yeux brillants. Et je ne suis pas seule.

Elle fit un signe du menton, et Ombre découvrit sa mère, qui patientait derrière. Elle prit tendrement son visage entre ses ailes. Le front plissé, elle se contenta de le regarder longuement, comme pour scanner chacun de ses traits. Puis elle aperçut la cicatrice affreuse de son ventre, et des larmes coulèrent sur ses joues. Elle paraissait si fatiguée ! Ombre fut submergé par une vague de remords et de gratitude.

– Merci, dit-il d'une voix rauque. Comment m'avez-vous trouvé ? Par quel moyen avez-vous su où...

Il les regarda tour à tour, soudain incapable de parler. C'était la première fois depuis des nuits qu'il se sentait en sécurité, et les nœuds de son estomac se dénouèrent : il se mit à trembler de tout son corps. À son tour, Marina l'enveloppa dans ses ailes, et il se laissa aller – juste un instant – à l'illusion que tout allait s'arranger.

Il les pria de lui raconter leur histoire, et Marina s'exécuta brièvement. Quand elle évoqua la santé défaillante de Frieda, Ombre ne fut pas surpris. C'était juste un triste fardeau qui s'ajoutait aux autres.

– Vivra-t-elle ? s'entendit-il demander.

Ariel secoua la tête, comme pour signifier qu'elle n'en savait rien.

– Mais nous pouvons rentrer dès maintenant, dit Marina. Le bateau nous attend.

Ombre lutta contre l'envie de simplement acquiescer et de filer en vitesse avec elles. Il souffla un grand coup et recula. Par où commencer ?

– Il y a d'autres chauves-souris, ici, leur annonça-t-il.

– Bien sûr, lança impatiemment Marina. Qu'elles viennent aussi.

Elle jeta un coup d'œil à Caliban, qui s'était prudemment posé sur le sol, à une distance raisonnable de Harbinger et de ses deux gardes.

– Combien êtes-vous ? lui demanda Ariel.

– Vingt-six, répondit le Molosse sans quitter les rats des yeux.

– Seulement ? murmura Ariel, le visage peiné. Mais ils en ont pris des centaines...

– La plupart ont été tués dans les explosions.

– Caliban m'a trouvé dans la jungle, expliqua

Ombre. Il m'a ramené ici, au Sanctuaire. Avec Chinook, ajouta-t-il tristement.

– Chinook est vivant? s'écria sa mère.

Elle parut éprouver une authentique surprise mêlée de joie à l'idée qu'une autre Aile d'Argent – un chauve-souriceau qu'elle avait vu naître et grandir – ait également survécu.

– Il n'est pas ici, dit-il avec difficulté. C'est ma faute. Les chauves-souris géantes de la jungle l'ont pris la nuit dernière pendant que nous chassions.

Il lança un bref regard coupable à Marina, guettant sa réaction. Était-elle vraiment venue pour lui, ou plutôt pour Chinook?

– Mais il se peut qu'il soit encore vivant, se dépêcha-t-il d'ajouter.

– Comment ça? demanda l'Aile de Lumière en pointant les oreilles.

– Les cannibales retiennent un grand nombre de prisonniers, expliqua Caliban. Dans leur pyramide.

– Cassiel?

C'était Ariel. Elle avait beau être préparée au pire, sa voix gardait une note d'espoir.

– Il est vivant, Maman. Les géants l'ont enlevé il y a cinq nuits, avant que j'arrive. Mais il vit.

– Comment peux-tu en être sûr?

– Zéphyr me l'a dit.

– Zéphyr est ici ! s'exclama Marina, ébahie.

– Non, mais je lui ai parlé, et il m'a annoncé que Cassiel vivait toujours. Il m'a aussi dit que le soleil était en danger, et que s'il mourait, Zotz régnerait sur les cieux à jamais.

Comprenant qu'il devait leur sembler à moitié fou – il suffisait de regarder comment l'assemblée le dévisageait –, il reprit au début, à partir du moment où il avait été attrapé par les Humains et armé d'une bombe. Tout cela lui semblait très loin. Il s'était passé tant de choses ! Depuis, il avait consacré ses jours et ses nuits à essayer de survivre. Désormais, seul l'instant présent lui paraissait réel.

– Goth a survécu ? s'écria Marina, horrifiée, quand il eut raconté l'histoire d'Ismaël.

– Et il est leur roi.

Son amie tordit le nez de dégoût :

– Tu m'étonnes ! Comme s'ils n'avaient pu trouver meilleur prétendant !

Puis Ombre parla du message qu'il avait envoyé à travers le monde jusqu'à la flèche de Zéphyr et de la réponse assourdie qu'il avait reçue : si le soleil n'était pas sauvé, Zotz régnerait.

– Mon intention était de partir ce soir, annonça Caliban. Je persiste à penser que c'est le plus sage.

Désolé pour Cassiel, Chinook et les autres, mais nous sommes impuissants. Quant au soleil, ce n'est pas notre affaire. Nous avons besoin du conseil de nos Aînés. Nous reviendrons avec des renforts.

– Il sera trop tard ! lança Ombre avec une force qui le surprit lui-même.

Sa conviction venait-elle du sentiment d'urgence laissé par ses rêves ou de l'éclipse déjà commencée ? Il l'ignorait, mais il était sûr que ce n'était qu'une question d'heures, que la nuit engloutirait bientôt définitivement le jour.

– Nous ne pouvons pas partir ! affirma-t-il.

– Qu'est-ce que ça signifie ? lança Marina sur un ton où perçait une exaspération familière. Que tu vas tirer le soleil d'affaire ? Ce n'est pas un peu beaucoup ? Même pour toi ? Tu comptes te débrouiller tout seul ?

– Parce que tu crois que ça me fait plaisir ? cracha-t-il.

– Et pas qu'un peu ! Je te fais confiance pour attirer les plus gros ennuis qui...

– Je n'ai rien attiré du tout !

– Écoute, nous avons parcouru un long chemin jusqu'ici. Ça n'a pas été facile. Tu ne veux donc pas rentrer chez nous, tout bêtement ?

– Mais les autres ? Chinook ?

– Ça suffit, vous deux ! intervint sèchement Ariel.

Ombre baissa la tête, le visage brûlant de honte. Se chamailler devant tout le monde comme des bébés ! Sa mère se tourna vers Caliban :

– Nous ne trouverons aucune aide dans le nord. Les chouettes sont en train de déclencher la guerre. Chaque chauve-souris disponible est réquisitionnée. Un million des nôtres sont rassemblés à Bridge City. Les rapaces arrivent !

– Bridge City ! s'écria Ombre. Ismaël dit que c'est là que Goth jettera son disque après l'éclipse.

Il se remémora l'explosion provoquée par celui de la chouette. Le même, bien placé, exterminerait un million de chauves-souris en un rien de temps. Il ferma les yeux si fort que des lumières se mirent à danser derrière ses paupières. Comment allaient-ils empêcher ça ? C'était trop énorme !

– Et Nocturna qui ne fait rien ! s'écria-t-il, furieux. J'ai vu ce dont Zotz était capable. Il a sauvé Goth de la foudre et soigné ses ailes. Il est en train de dévorer le soleil peu à peu. Quand est-ce que Nocturna va se manifester, à la fin ?

– Tu as survécu à l'explosion, rétorqua Ariel.

– Moi oui, mais un millier d'autres ont péri.

– Nous t'avons retrouvé.

Il grommela, peu convaincu. Était-ce là la griffe de Nocturna, ou un coup de chance?

– Et elle nous aidera à secourir Cassiel, Chinook et les autres.

Ombre fut surpris par l'assurance de sa mère. Elle ne lui avait jamais beaucoup parlé de Nocturna ou de la Promesse. D'où lui venait une telle confiance?

– Je ne pars pas, annonça-t-elle.

– N'importe quoi! s'emporta Caliban. Il y a des milliers de cannibales dans cette pyramide. Tu n'arriveras même pas à y entrer.

Hélas, le Molosse avait raison, Ombre le savait. Marina se trompait en croyant qu'il voulait devenir un héros. Il aurait préféré rentrer chez eux tout de suite, comme elle.

– Et le soleil? demanda-t-il d'un ton lourd. Le sauver, ça veut dire quoi?

– Les sacrifices.

C'était Ismaël, qui descendait maladroitement vers eux.

– Je viens de me le rappeler, croassa-t-il. Goth a dit qu'ils devaient immoler cent victimes pendant l'éclipse. C'est pourquoi ils font tant de prisonniers. Des chauves-souris, des chouettes, des rats. Ils ont besoin de cent offrandes à sacrifier à Zotz pour qu'il soit en mesure de tuer le soleil.

– Alors, dit Ombre, qui réfléchissait à voix haute, il suffirait de délivrer les prisonniers pour éviter le carnage et priver Zotz de pouvoir. Qu'en pensez-vous ?

– C'est en sauvant nos compagnons que nous sauverons le soleil, renchérit Ariel.

– J'admire votre détermination ! soupira Caliban en secouant la tête. Mais c'est infaisable. Nous ne sommes pas de taille.

– Vous seuls, non, intervint Harbinger, qui jusque-là n'avait pas pris la parole. Mais vous pourriez trouver de l'aide. Si les cannibales détiennent des rats, le général Cortez acceptera peut-être de vous fournir assistance.

– Il a perdu son fils, leur rappela Ariel. S'il pense que cela lui permettra de le retrouver...

– En effet, acquiesça le diplomate. Je vais lui soumettre cette proposition immédiatement.

Ariel le remercia tandis que, suivi de ses soldats, il disparaissait dans le tunnel.

– Tu n'es pas obligée de venir, tu sais, dit Ombre à Marina. Je comprendrais.

– Pour que tu t'arroges toute la gloire d'avoir sauvé le soleil ? s'esclaffa-t-elle. Bien essayé ! Mais, seul, tu vas encore tout gâcher. Tu as plus besoin de moi que tu ne le penses.

— Je sais, lui répondit-il avec un grand sourire.

D'une griffe hésitante, Ismaël traça un plan sur le sol sablonneux. La pyramide de Goth prit forme, avec ses pentes en gradins et son sommet aplati.

— Elle doit bien mesurer dans les soixante mètres de haut, déclara-t-il. C'est difficile à dire, parce qu'elle est recouverte par la végétation. Et puis, j'étais à moitié inconscient quand ils m'ont apporté là-bas.

— Nous connaissons l'endroit, annonça le général Cortez, les yeux fixés sur le dessin. Les Humains l'ont construit il y a des siècles, et les Vampyrum en ont fait leur lieu de résidence quand il a été abandonné. Je n'ai jamais entendu dire que quiconque en soit revenu vivant.

Ombre dévisageait le chef des rats en essayant de deviner ses pensées. Mais son expression était indéchiffrable. Ils avaient de la chance qu'il fût là! Harbinger avait réussi à le persuader de les rencontrer. Le manque de sympathie de Cortez pour les chauves-souris était ostensible. Il fronçait souvent les narines et ne les regardait jamais en face. Mais il était venu, et Ombre était déterminé à le convaincre de les aider.

– Accès ? demanda le rat en faisant signe à Ismaël.
Ce dernier survola le schéma d'une griffe.

– Je pense qu'ils m'ont fait passer par ici, expliqua-t-il en dessinant une marque, qu'il effaça aussitôt. Non, plus bas. C'était un grand portail, suffisamment vaste pour des Humains. Je n'en ai pas vu d'autre.

– Des gardes ?

– Plein. Tout autour de l'entrée, suspendus au linteau et sur les jambages.

– Et où dis-tu qu'ils t'ont enfermé ?

– Le couloir descend à pic, répondit Ismaël en fermant les yeux pour mieux se concentrer. C'est là que la plupart d'entre eux nichent. Je n'ai jamais vu une telle concentration de chauves-souris. On est passés devant un escalier en colimaçon qui conduit au sommet, mais on a continué à descendre jusqu'à une salle.

Maladroitement, il traça un long rectangle au pied de la pyramide.

– Il y avait des ossements dedans, ajouta-t-il, la gorge serrée.

Ombre déglutit.

– Des ossements ? grommela Cortez.

– Par terre. De toutes sortes – bêtes et oiseaux. Le long des murs, il y avait de grandes niches rectangulaires en granit. C'est là-dedans qu'on était enfermés. Une porte...

– Où ?

– Chaque cellule en a une. Ce sont des pierres rondes avec des glissières en haut et en bas. Pour ouvrir la mienne, les cannibales ont utilisé un bâton et s'y sont mis à deux.

– Tu disais qu'il y avait différentes espèces de créatures.

– Je suis certain d'avoir entendu des chouettes. Je les ai senties...

– Et des rats ?

– Oui, dans une autre niche.

– J'espère que tu es sûr de toi ! gronda le général.

– Autant que je peux l'être.

Tendu, Ombre comprit que Cortez les aidait uniquement à cause de son fils. Il voulait le tirer de là s'il était encore vivant. Le rat examina le plan en silence ; puis, montrant le couloir dessiné par Ismaël, lui demanda :

– Il n'y a donc que ce couloir comme accès aux prisons ?

– À ma connaissance, oui.

Ombre admirait la résistance et la patience de son compagnon. Les manières abruptes de Cortez le hérissaient. Ce rat ne se rendait-il donc pas compte de ce qu'avait enduré le malheureux ? Prisonnier des cannibales, conscient de sa mort imminente, c'était déjà admirable qu'il ait vu et entendu quelque chose. Restait à espérer que ses souvenirs fussent exacts...

— Et quand ils sont venus te chercher, continua l'autre, par où t'ont-ils fait passer ?

— Par le même chemin qu'à l'arrivée, mais cette fois on a pris l'escalier jusqu'en haut.

Ismaël traça un zigzag qui reliait le couloir au sommet de la pyramide.

— Comment peux-tu être aussi certain que tu étais tout en haut ?

— J'ai aperçu les étoiles par une ouverture ronde au plafond. C'est là qu'ils commettent leurs meurtres.

— Et en bas, y avait-il des gardes pour surveiller les niches ?

— Je l'ignore. Je n'ai rien entendu. Pourquoi posteraient-ils des sentinelles ? Il n'y a pas d'échappatoire. Le plafond de notre cellule était composé de blocs si lourds qu'il faudrait au moins dix Humains pour en soulever un seul. Le toit, le sol et les murs, tout est fait de pierres énormes. On a essayé de creuser avec nos griffes ; impossible !

– Ces monstres n'ont peur de rien, dit pensivement Cortez. Le seul qu'ils évitent, c'est le vautour.

Ombre se rappela l'oiseau énorme et gauche que Caliban lui avait montré de loin, une nuit. Il ne volait pas vite, mais ses serres et son bec crochu semblaient redoutables.

– Hors de question ! lança soudain Caliban en relevant les yeux du schéma. Une attaque est impensable. Même avec une immense armée, nos pertes seraient considérables.

– Et si on demandait aussi aux chouettes ? demanda Ombre, déçu.

– Les chouettes ? répéta le général en tournant vers lui son pâle regard inquisiteur.

– Comme nous, elles ont dû perdre pas mal des leurs. Si nous leur parlions, elles accepteraient peut-être de nous aider.

– Les rapaces ne sont ni nos amis ni les vôtres, répliqua le rat avec un mépris glacial. Penser autrement serait une erreur fatale.

– Mais nous ...

– Une fois encore, nous n'avons rien à y gagner, répéta le général, sévère. Nous avons eu vent des rumeurs de guerre vous opposant aux chouettes. Il n'y aura pas d'alliance.

Ombre se tut, furieux. Inutile de discuter! Découragé, il regarda tour à tour sa mère et Marina. Sans les rats, le sauvetage n'était pas envisageable.

– Une attaque frontale serait suicidaire, déclara Cortez. Mais il y a un autre moyen.

Il se tourna vers son chef des gardes et ajouta en faisant une marque sur le plan:

– Pouvons-nous creuser ici?

– Très certainement, mon général, répondit le soldat en collant son nez sur le schéma. Les murs et les fondations de cette forteresse se sont forcément fissurés, créant des voies d'accès. Si on part du principe que cette salle se trouve aussi près des murs extérieurs, on peut y accéder par en dessous.

Ombre se força à respirer lentement, le corps tendu d'excitation. Cortez réfléchit quelques instants avant de déclarer:

– Voici mon plan. Inutile de tenter un assaut direct. Cependant, si nous réussissons à creuser sous la salle aux cellules et si l'endroit n'est pas gardé, nous devrions parvenir à libérer les prisonniers et à les évacuer par notre tunnel.

– Merci! lança Ombre.

Cortez leva le nez pour le faire taire et reprit:

– Au cas où nous nous heurterions à une forte résistance sur place, il faudra nous retirer. Moi seul en déciderai. Compris ? Nous allons libérer mes amis et les vôtres. Un point c'est tout. Notre équipe sera petite, pour éviter le risque de nous faire repérer.

– J'en suis ! déclara Ombre.

– Également, dit Ariel.

– Pareil, renchérit Marina.

– Et moi, s'écria Ismaël, les yeux brillants.

– Tu es trop faible, objecta Caliban.

– J'ai laissé mon frère là-bas, répliqua l'autre. J'y vais. De toute façon, vous avez besoin de moi. Je suis le seul à connaître les lieux.

Ombre le remercia chaleureusement, puis se tourna vers Caliban, qui grattait le sol d'une griffe sans regarder personne.

– Cassiel serait sûrement venu à notre rescousse, finit-il par dire doucement. J'irai le chercher.

– Nous partirons à midi, décida Cortez. Les géants seront en train de dormir, ce qui augmente nos chances de les prendre par surprise. Personne n'a jamais tenté d'infiltrer leur repaire. Ils ne s'y attendent donc pas. Mais, une fois à l'intérieur, quand l'alarme aura été donnée, nous n'aurons pas beaucoup de temps avant que le gros de leurs troupes ne nous tombe sur le poil. Il faudra faire vite.

Accompagné de Voxzaco, Goth tournait en rond au-dessus de la pyramide. Le soleil se levait. Le cannibale éclata d'un rire ravi quand il le vit réduit de moitié.

– Il aura disparu dans quelques heures, annonça le grand prêtre. Tu as assez d'offrandes ?

– Cent dix.

Un peu plus tôt, Goth était descendu en personne dans l'Ossuaire afin de compter ses prisonniers. Il avait flanqué une belle frousse aux chauves-souris du nord quand il avait montré le bout de son nez ! Il avait été déçu de ne pas trouver Ombre. Un court instant, il avait vraiment cru le voir, mais après s'être rapproché et avoir cloué l'autre au sol pour l'examiner, il s'était rendu compte qu'il s'agissait d'un mâle plus âgé et bagué. Celui-ci n'était pas Ombre, mais lui ressemblait diablement. Goth fronça les sourcils. Dans son rêve, il arrachait le cœur de son ennemi juré et le dévorait sous ses yeux. Peut-être cela n'avait-il plus tant d'importance maintenant. Ce qui comptait, c'était qu'ils offrent à Zotz cent victimes avant la fin de l'éclipse pour que le soleil ne renaisse pas. Goth savait qu'il réussirait :

– Préparons-nous à la venue de Zotz.

Sur ce, il repartit vers le temple avec l'intention d'y aiguiser ses serres. Pour les sacrifices.

L'Ossuaire

Cela faisait trois heures qu'ils crapahutaient quand Cortez ordonna une halte. Ombre, soulagé, se laissa tomber sur le sol. Ramper n'était pas facile pour les chauves-souris, mais le réseau souterrain des rats était le moyen le plus sûr de traverser la jungle sans se faire repérer. Les tunnels étaient bas et étroits, juste assez larges pour un rat ou deux chauves-souris de front. Ombre détestait l'absence d'air, l'inconfort et la frustration de devoir garder ses ailes bien repliées, alors qu'il aurait voulu les déployer et s'envoler. Il avait mal aux avant-bras et aux éperons.

Ils étaient un petit groupe. À côté d'Ombre se tenait Marina, derrière lui sa mère, Caliban et

Ismaël. À l'avant-garde et en queue de peloton se trouvaient les soldats de Cortez ainsi que ses meilleurs mineurs.

– Nous sommes aussi près que possible, chuchota le chef d'équipe en tapotant le plafond de ses griffes. Au-dessus, c'est la pyramide.

Ombre eut soudain l'impression de sentir le poids écrasant de l'immense édifice. Toutes ces pierres qui dominaient la jungle et, à l'intérieur, des milliers de Vampyrum et leurs prisonniers : Chinook, Cassiel. Et Goth.

– Allez-y ! dit Cortez.

La petite escouade de mineurs se faufila à l'avant et s'attaqua aussitôt aux murs et au plafond. Leur vitesse et leur efficacité étaient stupéfiantes. Ils avaient formé une chaîne par laquelle ils évacuaient la terre, laquelle était déposée plus loin, de façon à ne pas gêner leur retraite. Ombre entendait son cœur battre la mesure du temps qui s'écoulait. Lorsqu'ils avaient quitté le Sanctuaire, le soleil avait encore diminué : un gros creux se dessinait dedans, comme s'il avait été mordu par une énorme mâchoire.

Les mineurs eurent bientôt disparu dans leur trou, faisant voler la terre derrière eux.

– Préparez-vous ! siffla le général.

Ombre et Marina se regardèrent. Il tendit son aile et caressa son amie. Il avait peur, soudain. Jamais de sa vie il n'avait eu aussi peur. Il regretta qu'elle fût là avec sa mère. Agir seul, tenter de sauver son père et le soleil était une chose ; mais maintenant tous ceux qu'il aimait se trouvaient ici et risquaient de mourir avec lui. La panique le gagna. Et si tout cela était une gigantesque erreur ? Il lui était déjà arrivé de se tromper. Il suffisait de repenser au bâtiment des Humains ! Était-il en train de les conduire tous à leur perte, comme il l'avait fait avec Chinook ? Avait-il vraiment entendu la voix de Zéphyr, là-haut ? En était-il certain ? Toutes ces histoires sur le soleil avaient-elles réellement un sens ? Il voulut parler, mais sa bouche était sèche. Marina perçut-elle son inquiétude ?

– Nous sommes ensemble, lui dit-elle tendrement. C'est bien.

– Ouais.

– En avant ! ordonna Cortez.

Aussitôt, Ombre sauta sur ses pieds, soulagé de ne plus avoir à réfléchir. Il suivit le chef des rats dans le tunnel. Encore plus étroit que les autres, celui-ci serpentait entre d'immenses blocs de pierre que les siècles avaient déboîtés. Le chemin grimpait sec, et Ombre se rendit compte qu'il haletait. Soudain, il sentit des vibrations sonores émaner de la terre et résonner dans ses griffes. La poussière épaissit l'air, et il dut s'arrêter pour réprimer une quinte de toux. Il y eut une deuxième secousse, suivie d'une sorte de souffle qui ébouriffa la fourrure de ses oreilles.

– Tu as entendu ? chuchota-t-il par-dessus son épaule.

– Non, qu'est-ce que c'était ? demanda Marina, soucieuse.

– Silence dans les rangs ! lança le général d'un ton fâché.

Mais Ombre continuait à percevoir ces tremblements de l'air et de la terre autour de lui. Si faibles qu'il aurait pu ne pas les remarquer – petits remous sonores caressant sa fourrure, glissant le long des murs boueux du tunnel et dessinant des images dans son sonar. Un long serpent à plumes, un jaguar... Son cœur battait à tout rompre. Il avait déjà vu ça, dans ses rêves ! Soudain, devant lui, des yeux s'ouvrirent, pareils à deux balafres noires crevant l'obscurité. Sous le choc, il grogna et lança une onde. Rien. Il avait des visions. Stop !

Le tunnel trembla de nouveau et, cette fois, tout le monde le sentit.

— C'est le poids des pierres, souffla l'un des mineurs. Je n'aime pas ça. Le sol est meuble, ici.

Ombre savait pourtant que cette explication ne suffisait pas. Quelque chose était avec eux dans le tunnel. Quelque chose capable de s'infiltrer à travers la roche, la terre et l'air.

— Combien de temps ça va tenir ? demanda Cortez.

— Assez pour ce que nous avons à faire, répondit le chef des mineurs. Mais dépêchons-nous.

Au-dessus de lui, Ombre entendit le bruit sourd de deux pierres s'entrechoquant.

— Nous... je ne comprends pas..., dit une voix à l'avant-garde.

Il y eut un bref silence déplaisant.

— C'est une espèce de cimetière.

Derrière le général, Ombre se glissa entre deux gros blocs de granit et sortit soudain du tunnel.

Des os ! Ils avaient atterri dans un charnier. Frissonnant de dégoût, Ombre se fraya un chemin dans le fouillis mouvant. Un fémur de rat cogna son aile, et un crâne de chauve-souris lui heurta le dos. Il y avait des plumes partout, des ailes de chauves-

souris sectionnées, des touffes de fourrure momi-
fiée. Il émergea enfin, glissant et roulant sur le sol
instable, puis aida Marina et les autres à le rejoindre.
Une minute plus tard, ils étaient serrés les uns
contre les autres, en équilibre précaire sur le tas
d'ossements.

– Est-ce le bon endroit ? demanda Cortez à
Ismaël.

Ce dernier tremblait si fort que ses jambes se
tordaient presque. Il hocha brusquement la tête,
muet d'horreur. Tout le sol de la longue salle était
couvert de dépouilles, témoignage de massacres
séculaires. L'odeur de décomposition était insoute-
nable. Les os affleurant à la surface brillaient encore ;
des lambeaux de muscles et des tendons y pendaient.
Un spasme de terreur secoua Ombre. Les restes de
son père étaient-ils enterrés ici ?

Il se détourna de l'abominable spectacle et inspecta la fosse commune de son sonar. Ils se trouvaient au fond de celle-ci. Le long des deux murs
latéraux se trouvaient les niches dont avait parlé
Ismaël, environ une dizaine de chaque côté, la première à quelques mètres à peine. Elles étaient déco-
rées, enchâssées de bijoux et sculptées de bas-reliefs
qu'il reconnut aussitôt : un serpent à plumes et un
jaguar. Il leva les yeux et retint un cri d'horreur : les

murs étaient faits de crânes humains, empilés les uns sur les autres jusqu'au plafond. Son sonar lui dessina leurs orbites béantes et leurs mâchoires ouvertes qui semblaient crier : « Intrus ! Nous te voyons, nous t'entendons ! ».

Cortez donnait déjà ses ordres.

– Ce tunnel, dit-il en montrant le puits par lequel ils étaient montés, représente notre survie. Si nous en perdons le chemin, nous perdons toute possibilité de retraite. Vous, ajouta-t-il à l'adresse de deux soldats, montez la garde et tenez-vous prêts pour notre retour.

– À vos ordres, mon général !

– Deux sentinelles de l'autre côté de cette pièce, à l'entrée du couloir. Pour surveiller la voie des airs. Vous !

Il désigna Ariel et Caliban. Ombre fixa sa mère, inquiet à l'idée de se séparer d'elle.

– Pas de discussion ! lança Cortez. J'ai besoin de chauves-souris qui exécutent mes ordres. Ismaël est trop faible, et les jeunes...

Ses yeux balayèrent Marina et Ombre, puis il reprit :

– Je n'ai pas confiance en eux. Ils n'en font qu'à leur tête.

Se retournant vers Ariel et Caliban, il ajouta :

– Vous êtes notre premier poste de surveillance. À la moindre alerte, vous devrez nous avertir.

– Tout va bien, murmura Ariel à Ombre. Je reviendrai. S'il te plaît, fais ce qu'il te dit.

– D'accord, maugréa Ombre en la regardant rejoindre son poste silencieusement.

– Tu te rappelles dans quelles niches se trouvent les chauves-souris et les rats ? demanda le général à Ismaël.

– Non, désolé.

– Bien. Toi, Ismaël, et vous, les jeunes, décollez, mais restez au-dessus de nous. Vous serez mes yeux. Sondez les recoins les plus sombres. Si quoi que ce soit bouge, prévenez-moi. Nous allons vérifier toutes les cellules. En avant, marche !

Tout content de quitter le charnier, Ombre déploya ses ailes et s'envola. Sans s'éloigner de Marina et d'Ismaël, il tourna en rond au-dessus des rats. Ces derniers semblaient plus à l'aise que lui dans les os. Agiles et rapides, ils sautèrent de place en place jusqu'à la première niche qu'Ombre survolait déjà, oreilles aux aguets. Un chant mélancolique s'en échappait. L'Aile d'Argent se tourna vers Cortez.

– Celle-ci est pleine de chouettes, annonça-t-il.

– Je les sens, dit un des soldats, le visage plissé de dégoût.

– Continuons! ordonna le chef des rats sans hésiter.

Ombre voulut protester, mais l'autre le regarda avec dureté. L'Aile d'Argent se rappela Oreste, enlevé par un monstre de la jungle. Il lui semblait cruel de l'abandonner, alors qu'ils auraient pu le sauver lui aussi.

– Avance! cracha le général. Le temps presse.

Soudain, tout excité, un rat qui se trouvait près d'une autre cellule s'écria:

– Je les entends!

Traversant la salle, Ombre descendit. Lui aussi perçut les couinements étouffés perçant les murs. Il contourna la niche et se posa près de la porte en compagnie de Marina.

– Par ici!

Les rats les rejoignirent en quelques secondes. Comme l'avait dit Ismaël, la porte consistait en une pierre ronde grossièrement découpée mais très épaisse. Elle glissait, en haut et en bas, dans des rainures. Un trou étroit percé en son milieu laissait échapper les gémissements des prisonniers. Debout sur ses pattes arrière, le général appuya son visage contre la porte.

— Nous sommes venus vous sauver, lança-t-il. Taisez-vous.

— Il devrait y avoir un bâton pour l'ouvrir, dit Ismaël.

Ombre balaya de son sonar le sol de l'Ossuaire. Au niveau des crânes humains empilés le long des murs, en équilibre sur une rangée de dents, il découvrit un long bout de bois solide. Malgré sa terreur, il suivit Marina, qui s'envolait déjà.

Ils saisirent le bâton dans leurs griffes et redescendirent gauchement. Cortez et ses rats prirent le relais et le glissèrent dans le trou.

— Faites tourner la pierre !

Quatre soldats se dressèrent sur leurs pattes arrière et poussèrent de toutes leurs forces. La porte résista un peu avant de se mettre à bouger avec un grondement sourd. Quelques secondes plus tard, la niche était ouverte. Sans perdre de temps, des rats en surgirent, les yeux écarquillés de stupéfaction. Il y en avait des dizaines, jeunes ou très vieux pour la plupart, proies faciles pour les monstres de la jungle, même si on trouvait là quelques vigoureux soldats, visiblement éprouvés par leur détention.

Le général Cortez se tenait bien droit, fouillant la petite foule des yeux. Puis son visage s'éclaira et, se laissant retomber à quatre pattes, il fendit le groupe.

– Mon fils ! s'écria-t-il en poussant du nez un jeune mâle.

Subjugué, Ombre les regarda. Il aurait tant voulu être à leur place !

Le dernier des prisonniers sorti, Cortez reprit la direction des opérations. Se tournant vers deux de ses gardes, il leur ordonna d'escorter les rats délivrés jusqu'au tunnel.

– Maintenant, dit-il ensuite aux chauves-souris, trouvons vos amis et quittons cet endroit maudit.

Ombre décolla de nouveau et se mit à survoler l'Ossuaire, à l'affût d'une voix de congénère.

– C'est cette niche-là ! déclara soudain Ismaël, qui volait à ses côtés.

Ombre plana au-dessus de la cellule, mais même tout près, il ne perçut aucun couinement familier.

– J'en suis sûr, insista le rescapé.

– Où est la porte ? demanda Marina.

Elle se trouvait de l'autre côté et elle était déjà ouverte.

– Tu dois te tromper, dit Ombre.

– Non ! murmura Ismaël, horrifié. C'est bien ici. Je me rappelle ces dessins, là, sur le linteau.

Sentant l'affolement l'envahir, Ombre passa la tête dans l'ouverture. L'onde sonore qu'il lança lui dessina l'écho d'une cellule vide. Mais son nez ne le trahit pas : il perçut l'odeur chaude des siens. Les murs ensanglantés et écorchés par les prisonniers désespérés résonnaient encore de leurs hurlements. Il ressortit frénétiquement, heurtant Marina dans sa hâte.

– Ils étaient ici à l'instant !

Incapable de se rapprocher de son ancienne prison, Ismaël était resté en l'air.

– Ils ont déjà dû les emmener là-haut ! souffla-t-il.

Il s'interrompit, mais tous pensèrent à la même chose. Là-haut : dans le temple, pour le massacre.

– Que se passe-t-il ? demanda Cortez en les rejoignant.

Il fronça les sourcils quand il vit la niche ouverte.

– Trop tard ! haleta Ombre. Il est trop tard. Nous devons aller les chercher.

– Impossible ! répliqua le chef des rats.

– Tu as retrouvé ton fils ! lui lança Ombre. Alors, laisse-moi retrouver mon père.

Un instant, le général sembla hésiter, mais il se ressaisit immédiatement :

– Rappelle-toi ce que j'ai dit. Pas d'attaque frontale. Tu as fait ton maximum. Il est trop tard pour eux. Désolé, mais nous devons nous retirer, maintenant. Va prévenir Caliban et ta mère. Nous partons.

Soudain, un long frémissement souterrain agita le charnier, entrechoquant les os dans un concert horrible. De la poussière tomba du plafond, puis un lent soupir traversa l'espace, hérissant la fourrure d'Ombre.

– Qu'est-ce que c'était? demanda Marina en décollant prudemment du sol.

– Un tremblement de terre, expliqua Cortez. Vite, il faut partir.

Mais Ombre savait que ce n'était pas une simple secousse sismique. La présence qu'il avait sentie dès le début se manifestait encore. Il scruta les hauts plafonds obscurs et crut voir une paire d'yeux s'ouvrir puis se refermer et disparaître dans les ténèbres. À cet instant, deux rats, la fourrure tachée de poussière et le visage strié de sang, claudiquèrent vers le petit groupe en hoquetant:

– Général! Le tunnel!

– Il s'est effondré! couina le deuxième soldat. Je ne sais pas ce qui s'est passé. Il y a eu un bruit, comme de l'eau qui bouillonne, puis le sol s'est affaissé. Nous n'avons rien pu faire. L'entrée a complètement disparu. Trois des nôtres ont été enterrés vivants.

– Certains ont pu s'échapper ?

– La moitié, peut-être. Ils doivent être en sécurité de l'autre côté. Les autres sont toujours ici.

– Mon fils ?

– Il est sain et sauf, mais il n'a pas eu le temps de passer. Les mineurs sont déjà au travail pour essayer de rouvrir le passage.

Ombre avala sa salive. Ils étaient pris au piège. Ismaël se mit à suffoquer. L'idée de mourir ici lui était insupportable.

– Nous devons sortir ! criait-il d'une voix suraiguë. Nous devons sortir !

– Tout va bien, le rassura Marina. Ils vont creuser un autre tunnel, ne t'inquiète pas.

– Je vais chercher Maman et Caliban, annonça Ombre à son amie. Retourne à l'entrée du tunnel.

– Tu vas revenir, hein ? demanda-t-elle en le dévisageant attentivement.

– Ouais.

– Ombre ?

– Je reviens.

– Parce qu'il n'est pas question que tu ailles où que ce soit sans moi.

– Ouais, ouais.

Il fila à ras du sol de l'autre côté de l'Ossuaire, où un pâle pinceau de lumière tranchait sur l'obscurité. N'osant appeler, il balaya les murs et le plafond de son sonar, cherchant sa mère. Elle descendit vers lui à toute vitesse, Caliban à ses côtés.

– Ils arrivent ! dit le Molosse. Nous devons partir maintenant !

Le sang battant à ses tempes, Ombre tourna sur les chapeaux d'ailes et les suivit.

– Vous l'avez trouvé ? lui demanda Ariel, pantelante.

Il comprit qu'elle parlait de Cassiel.

– Non, répondit-il abruptement. Nous sommes arrivés trop tard. La cellule était vide.

Elle ne dit rien. Tout le monde fut bientôt rassemblé. Les rats libérés se blottissaient anxieusement les uns contre les autres, tandis que les mineurs qui restaient travaillaient à creuser un nouveau tunnel.

– Les cannibales arrivent ! cria Caliban.

– Combien ? demanda Cortez.

– Plein, répondit Ariel. Ils sont en train de descendre l'escalier en colimaçon. J'ai lancé une onde, qui m'a renvoyé une mer d'ailes et de dents.

– Ils viennent chercher d'autres victimes, se lamenta Ismaël.

Le général se pencha sur le puits creusé dans les os :

– Vous en avez pour combien de temps encore ?

– Dix minutes.

– Ils seront là bien avant, dit Caliban.

Ombre regarda Cortez.

– Nous devons libérer les chouettes ! lança-t-il.

– Qu'elles restent où elles sont ! répliqua l'autre en montrant les dents. Pas question de se faire massacrer par elles.

– Si elles se battent à nos côtés, nous aurons au moins une chance ! J'en connais une. Laisse-moi lui parler.

Il se tourna de l'autre côté de l'Ossuaire, guettant le premier monstre.

– Il ne nous reste guère de temps, reprit-il.

– Il a raison, général, intervint Caliban. Nous avons besoin d'alliés. Vos rats sont trop faibles pour se battre. La plupart d'entre eux, du moins.

Agacé, Cortez remua ses moustaches.

– Bon. Faites vite, alors ! Mais seulement si elles acceptent une trêve.

Faisant signe à deux gardes, il emboîta le pas à Ombre, qui les mena jusqu'à la niche où étaient enfermés les rapaces. Marina retrouva le bâton, planté dans un crâne, et aida son ami à le glisser dans le trou de la porte. Aidé des rats, ils ne tardèrent pas à ébranler la pierre.

– Stop ! cria Cortez dès qu'une fente apparut. Parle d'abord à ton ami, Aile d'Argent.

– Oreste ! cria Ombre en se collant à l'entrée.

Il attendit que les ululements de surprise cessent, espérant de toutes ses forces qu'Oreste fût en vie. Il n'avait aucune idée de la façon dont il pourrait convaincre d'autres chouettes.

– Qui c'est ? demanda la voix du hibou-de-chou.

Son visage apparut dans la fente :

– Ombre Aile d'Argent !

– Nous allons vous faire sortir, expliqua ce dernier. Mais débrouille-toi pour que les tiens promettent de ne pas nous attaquer, ni les rats, ni les chauves-souris du nord. Et fissa, Oreste !

De l'intérieur de la prison, il entendit le jeune prince parler rapidement dans une langue de chouette qu'il ne connaissait pas. Un instant plus tard, le hibou-de-chou revint à la porte.

– Tu as leur parole, annonça-t-il.

Ombre regarda Cortez, qui hocha la tête.

– Allez-y ! ordonna-t-il.

La pierre fut roulée sur le côté. Oreste se pencha par l'ouverture.

– Merci ! dit-il.

– Ne me remerciez pas, répliqua vivement Ombre. Il va falloir vous battre pour sortir d'ici.

– Mais tu nous donnes une chance de nous en tirer.

Le général Cortez se mit à haranguer les chouettes qui sortaient les unes après les autres de leur prison.

– Nous avons un ennemi commun ! Les cannibales ont brisé toutes les lois de la jungle en attrapant plus de nourriture qu'ils n'en avaient besoin afin d'accomplir leurs sinistres sacrifices. Ils ont volé nos enfants, nos compagnes et compagnons. Que chacun donne le meilleur de lui-même !

Jamais Ombre n'aurait pensé se réjouir de voir autant de rapaces ; pourtant c'était le cas. Ils étaient des dizaines dans la cellule. Bien que nombre d'entre eux fussent de jeunes oisons encore duveteux, leur taille, leur bec crochu et leur poitrine musculeuse le rassurèrent un peu. Maintenant, ils avaient vraiment une chance de gagner ! Il entendit au loin les craquements d'une multitude d'ailes.

– Les voici, annonça-t-il.

– Il n'y a que cette issue ? demanda une chouette, un mâle avec une couronne d'un blanc étincelant autour de chaque œil, en montrant l'autre bout de la salle.

– Non, expliqua Cortez. Nous sommes arrivés par un tunnel, qui s'est malheureusement effondré. Cependant, même en le rouvrant, j'ai bien peur qu'il ne soit trop petit pour vous.

– Eh bien, tant pis ! soupira l'oiseau. Nous n'avons donc qu'un seul moyen de sortir d'ici. Nous les attaquerons de front. Bonne chance à tous !

Ombre envoya une onde sonore et retint son souffle. Une meute de dents et d'ailes volait vers eux. Soudain, un bruit sournois juste au-dessus de sa tête attira son attention.

– Tu as entendu ? demanda-t-il à Marina.

Elle aussi regardait en l'air, surprise.

– Qu'est-ce que c'est ? dit Cortez.

– Je ne sais pas, répondit Ombre. Je ne vois rien.

Mais il comprit. Il comprit qu'on les observait. Il entendait carrément respirer la mystérieuse présence, maintenant. Instinctivement, ses yeux se posèrent sur les rangées de crânes humains. Étaient-ils, par quelque magie infernale, vivants ? Leurs bouches allaient-elles crier ? Leurs orbites s'embraser ? Leurs orbites. Au fond des cavités vides, Ombre vit de vrais yeux. Puis un sombre mouvement flou. Des poils, l'éclat d'une aile de cuir. Ils avaient bien été épiés depuis le début !

– Ils sont dans les crânes ! hurla Ombre.

Alors, de longs museaux surgirent des mâchoires béantes, et les grands corps moites s'extirpèrent de leurs cachettes. Les cannibales se déplièrent, grimpèrent sur les crânes et agitèrent leurs ailes. Puis ils s'envolèrent et tournoyèrent en haut de l'Ossuaire, toujours plus nombreux, jusqu'à former un ténébreux nuage d'orage.

– Regardez ! s'écria l'un d'eux d'une voix rauque. Des os à ajouter à notre collection !

Quand ils attaquèrent, s'abattant comme des éclairs noirs, cela ne ressembla à rien de ce qu'Ombre connaissait ni n'avait imaginé. Son univers se réduisit rapidement à quelques centimètres carrés, tandis qu'il virait et roulait pour éviter les mâchoires tendues et les serres crispées. Il perçut de puissants battements d'ailes et comprit que les chouettes lançaient leur assaut. Le vacarme était indescriptible – hurlements perçants, coups sourds de milliers d'ailes en action, cris de souffrance – ; tout cela s'insinuait dans la tête d'Ombre et obscurcissait son sonar. C'était comme s'il avait été à moitié aveugle. Il était seul. Où se trouvait Marina ? Ariel ? Des ailes battaient l'air autour de lui. Quelque chose le frappa, et il mordit dedans avant de rouler une fois encore sur le côté. Soudain, il aperçut sa mère, enlevée par un cannibale. Leurs yeux se rencontrèrent l'espace d'une seconde ; mais il n'y avait rien à dire, rien à faire, parce que des dents menaçaient déjà sa propre queue. Il se retourna, bondit, plongea.

– Dans les os ! cria quelqu'un. Dans les os !

C'était Cortez. Ombre vit les rats se faufiler dans la mer d'ossements afin de s'y cacher et repartir en douce vers le tunnel. Il les imita, ailes sur les yeux afin de protéger ceux-ci des os pointus. Une fois enfoui sous la surface, sans broncher, il essaya de s'orienter. Une paire de griffes fouillèrent les os, balançant des fémurs et des crânes de tous les côtés, tentant de l'extirper de là. Ombre s'enfonça un peu plus. Il distingua des poils et un corps devant lui. Caliban.

– Hé ! souffla-t-il.

– Nous retournons au tunnel, chuchota le Molosse en rampant.

Ombre s'aperçut que son aile droite était salement déchirée.

– C'est notre seule chance, reprit Caliban en fuyant son regard.

– Où est Marina ?

– Je ne sais pas.

Toute tremblante au milieu du charnier, Marina fixait l'endroit où, une seconde plus tôt, s'était tenue Ariel. Elle avait vu les serres piquer sur Ariel et la soulever par les épaules. Des os se fracassèrent les uns contre les autres tandis que des éperons fouillaient violemment autour d'elle. Elle serait la prochaine. Où était passé Ombre ? Ses yeux repérèrent un fémur brisé à la pointe dangereusement acérée. Serrant les dents, elle s'en empara. Soudain, un trou béant s'ouvrit devant elle, l'obligeant à reculer. Le cannibale plongea. Marina eut juste le temps de brandir son arme, sur laquelle le monstre de la jungle s'empala. Il s'abattit, mâchoires mordant convulsivement l'air. Marina fila avant que les dents ne la déchirent.

– Nous avons retrouvé le tunnel !

La voix de Cortez, guère éloignée, traversa le monceau d'ossements. Dans seulement quelques minutes, Marina les aurait rejoints.

– Nous avons retrouvé le tunnel ! Retirez-vous !

Mais où était Ombre ?

Ombre entendit Cortez sonner la retraite. Il hésita, le souffle court. La retraite. Laisser son père et sa mère ? Et le soleil ? L'avaient-ils seulement sauvé ?

— Viens ! siffla Caliban par-dessus son épaule. Tu as fait tout ce que tu pouvais.

Soudain, Ismaël fut à ses côtés.

— Tu y vas ? demanda-t-il à Ombre.

— Non !

— Moi non plus. Je n'abandonnerai pas mon frère une deuxième fois.

— Comment monte-t-on au sommet de la pyramide ?

— Je connais des fissures dans la pierre. C'est comme ça que je m'en suis tiré. Mais nous devons d'abord prendre l'escalier en colimaçon.

— Montre-moi le chemin. Moi, je m'occupe du reste.

— De quelle manière ?

— Avec le son. Je vais nous cacher. Ne me demande pas comment, contente-toi de voler.

Ils se regardèrent un instant, puis émergèrent des ossements en battant follement des ailes. La scène était toujours un indescriptible chaos de chouettes et de monstres se tamponnant dans l'air et de plumes arrachées virevoltant dans un brouillard dense.

– Reste près de moi, conseilla Ombre à Ismaël.

Il les enveloppa alors d'un voile d'obscurité, délicate onde sonore qui déviait celles des autres chauves-souris. Ils étaient devenus quasi invisibles, même si ce n'était pas parfait : le son s'échappait à travers les coutures de leur fragile écrin. Heureusement, dans la panique ambiante, cela leur suffit pour louvoyer entre les combattants sans que personne ou presque ne les remarquât. Ils montèrent ainsi jusqu'en haut de l'Ossuaire, puis filèrent au ras du plafond, le bout des ailes frôlant la pierre. Ils croisèrent des cannibales qui arrivaient en renfort et quelques chouettes se battant vaillamment dans le couloir qui les ramènerait dans la jungle. Ombre espérait qu'elles réussiraient, mais il ne s'attarda pas, toute son énergie concentrée sur son manteau d'invisibilité. C'est tout juste s'il respirerait.

– On y est, déclara Ismaël.

Ils avaient atteint une série de marches qui grimpaient sec. Aussitôt, des monstres descendirent à toute vitesse, leur bloquant le chemin.

– Par ici, lança Ismaël en conduisant Ombre vers le mur.

Derrière lui, l'Aile d'Argent se glissa avec réticence dans une étroite fissure. Il soupira et le manteau d'invisibilité s'évapora.

– Suis-moi ! ordonna son compagnon.

La crevasse était si étroite qu'on s'y écorchait les flancs. Ombre rampa, toujours plus haut. Quand des rayons de lumière filtrèrent enfin entre les pierres, il devina qu'ils n'étaient plus loin du sommet de la pyramide.

– Par ici ! chuchota son guide.

Le boyau s'élargit soudain, et ils débouchèrent sur deux trous ronds baignés de la lueur du jour, faible mais presque aveuglante après les ténèbres dont ils sortaient. Ombre reprit courage. Le soleil existait encore. Il n'était ni mort ni éclipsé. Pas encore. Ils étaient posés sur un matériau crayeux blanc, qui n'était pas de la pierre. Avec un sursaut d'effroi, Ombre comprit qu'ils se trouvaient à l'intérieur d'un crâne humain. Les trous étaient des orbites, et ils se tenaient sur les dents. Il s'approcha pour mieux regarder à l'extérieur de sa cachette.

La première chose qu'il aperçut, ce fut l'ouverture circulaire dans le haut plafond, au milieu de laquelle brillait le soleil, du moins ce qu'il en restait. Ombre le voyait presque rapetisser au fur et à mesure, mangé par les ténèbres. Il avait à peine besoin de détourner les yeux. Contempler cette agonie était terrifiant.

La salle était rectangulaire. La glauque lumière du jour jouait sur les images sculptées dans les murs de pierre. Ombre ne fut pas surpris de reconnaître le serpent à plumes et le jaguar. À chaque coin de la pièce, la balafre d'un regard le suivait. Sur le sol, juste en dessous de l'ouverture ronde du plafond, il y avait un grand disque de pierre, sur lequel étaient plaqués des dizaines des leurs, ailes écartées. Autour de l'autel, des cannibales montaient la garde.

– Je vois mon frère ! murmura Ismaël à côté de lui.

Les yeux d'Ombre glissèrent sur ses congénères écartelés, prêts à être immolés. Où étaient Chinook, Ariel, son père ? Il n'eut pas le temps de les chercher, car soudain Goth apparut. Ombre le reconnut aussitôt – l'anneau noir de son avant-bras, la découpe de ses ailes, le crête de fourrure sur son crâne massif. Il était accompagné d'un de ses semblables, bien plus âgé et bossu. Celui-là semblait particulièrement préoccupé par le soleil, qu'il ne cessait d'observer à travers l'ouverture ronde du plafond.

– Allons-y ! rugit Goth.

– Pas encore, protesta l'autre. Nous devons attendre que le soleil ait complètement disparu. Rappelle-toi les paroles de Zotz. Cent offrandes *pendant* l'éclipse. Commencer maintenant serait gâcher nos précieux cœurs !

– Les intrus ont-il été capturés ? hurla Goth à un garde qui surgissait par l'escalier en colimaçon.

– Pas encore, ô mon roi. Mais ça ne saurait tarder.

– S'il nous manque une seule victime, tu serviras d'offrande ! Amène-moi les chouettes et les rats ! Nous sommes sur le point de commencer.

Cent victimes, et Zotz serait délivré des Enfers. Ombre jeta un regard angoissé vers le soleil. C'était à peine un fin croissant, maintenant, un filament de lumière suspendu dans l'espace. Le ciel s'assombrissait, et des bandes d'oiseaux, horrifiés par cette nuit précoce, filaient vers leurs nids. Combien de temps durait l'éclipse ? S'il pouvait retarder les sacrifices d'une façon ou d'une autre...

Le soleil disparut d'un seul coup.

Ombre ne s'attendait pas à cette totale obscurité. Le ciel était brouillé ; il n'y avait ni étoiles ni lune. Ombre aurait aussi bien pu être aveugle. Seul le son lui permettait d'y voir. Il ferma étroitement ses paupières et lança une onde sonore. La pièce se matérialisa dans son esprit, argentée.

La voix de Goth emplit la moiteur ambiante.

– À toi, Zotz, je fais cette première offrande, afin de te donner la force d'entrer dans notre monde et d'y faire régner à jamais les ténèbres.

Aucun cri ne retentit. Juste l'atroce bruit des os broyés. L'holocauste avait commencé.

« C'est maintenant ou jamais ! » pensa Ombre.

Le maître des sons

Il devint vautour.

Faisant le vide dans son esprit, Ombre se façonna au moyen d'ondes sonores un nouveau corps. Des ailes et des plumes poussèrent sur sa poitrine élargie, son cou s'allongea, et son visage se transforma en celui d'un vautour – petits yeux vicieux et court bec diaboliquement acéré. Immense, il s'envola de sa cachette, entretenant l'illusion sonore de toutes ses cordes vocales. Il ne pouvait cependant effacer son odeur de chauve-souris, et un bon nez dévoilerait aussitôt la supercherie. Mais qui oserait s'approcher d'un vautour ? Aussi longtemps que régnerait l'obscurité, personne ne verrait ce qu'il était réellement : un avorton de chauve-souris terrorisé.

Il plana au-dessus de la salle, ses deux mètres d'envergure semant la panique parmi la soldatesque cannibale. Il se sentait ivre de puissance, invincible. Il était un vautour. Bec ouvert, il piqua sur les monstres. Le son brouillait sa vision mentale, et il lui restait peu d'ondes à sa disposition, si bien qu'il se dirigeait à moitié à l'aveuglette. Là, un soldat recula de terreur et trébucha sur son prisonnier. Plus loin, une chauve-souris du nord se libéra et, sans perdre de temps, s'envola par le trou du plafond. L'un des siens s'en était sorti. Il avait réussi ! Et là, Goth tourbillonnait et le bombardait d'ondes sonores.

– Nous perdons du temps ! hurla le bossu, rageur. Poursuivez les sacrifices, ou l'éclipse nous échappera !

Ombre descendit encore, fonçant sur les géants qui se tenaient autour de l'autel, tâchant d'en éparpiller le plus grand nombre. La pièce était désormais prise d'une frénésie ailée, tandis que les chauves-souris – les cannibales comme celles du nord – tournoyaient de tous côtés, terrifiées.

« Filez ! hurla Ombre intérieurement. Filez tous ! Maintenant ! Chinook ! Maman ! Papa ! »

– C'est du son, seulement du son!

Le beuglement enragé fit vibrer la Salle Royale. Ombre reconnut la voix de Goth.

– Il n'y a pas de vautour! Un imposteur se cache parmi nous. Soldats! Restez près de la Pierre et ne lâchez pas vos offrandes!

Où était Goth? Sur ses gardes, Ombre tourna de tous côtés, tâchant de le repérer. Dans sa panique, il laissa son illusion se décomposer en plein vol: perdant ses rémiges, l'aile gauche tomba lamentablement, et ses serres se désagrégèrent comme un cadavre pourri. Aussitôt, Goth plongea sur lui, visant son cou de vautour, qu'il fit sauter en une pluie d'éclats sonores argentés.

– Vous voyez! rugit-il. Ce n'est qu'une apparence!

Ombre essaya désespérément de réactiver son mirage; en vain. Goth l'avait percé de ses griffes, et l'image soigneusement assemblée explosa, envoyant valser de tous côtés des morceaux du vautour dans une gerbe de vif-argent. Cette diversion permit cependant à Ombre de se réfugier près du plafond, de nouveau minuscule et essayant de se rapetisser encore. Au moins, il avait retrouvé ses capacités visuelles. Il réactiva son sonar, et toute la pièce lui apparut, cristalline.

Son sang se figea. Sur la Pierre et sur le sol, de trop nombreux compagnons restaient prisonniers des monstres. Il vit le vieux bossu se dresser sur une victime, qu'il lacéra de ses serres et de ses dents, affolé et fébrile. Quand il se releva, un cœur était coincé dans ses mâchoires. Piétinant le corps déchiré et sans vie du sacrifié, il passa au suivant. Il s'apprêtait à frapper encore, quand une Aile d'Argent amaigrie se jeta sur son dos et le renversa. Ombre mit quelques secondes à reconnaître Ismaël, qui s'abattit ensuite, masse sifflante et hurlante, sur le garde qui maintenait la prochaine offrande.

– Sauve-toi! cria Ismaël au malheureux. Sauve-toi, mon frère!

Ce dernier réussit à se libérer et s'envola. Ismaël voulut le suivre, mais il fut rattrapé par le vieux cannibale, qui lui mordit la queue. D'un seul coup de griffe rageur, il déchira la poitrine d'Ismaël. Le petit corps s'affaissa, sans vie. Horrifié, Ombre crut qu'on arrachait son propre cœur. Il se rendit compte qu'il pleurait. Il ferma la bouche et s'efforça de détourner son regard. Mais ce qu'il vit alors le fit hurler. Sur la Pierre, non loin l'un de l'autre, se trouvaient Chinook et Ariel, tous deux voués à une mort imminente. Dans moins d'une minute, ils seraient immolés. Goth retournait déjà vers l'autel, prêt à se remettre au massacre. Sans réfléchir, Ombre quitta son perchoir et plongea derrière lui, tout en se composant un autre déguisement, plus simple, plus familier, qui lui allait comme une seconde peau.

Il était Goth.

Crapahutant follement dans le tunnel des rats, Marina finit par rattraper le général Cortez.

– Ombre est parti vers le sommet de la pyramide ! s'écria-t-elle. Il faut l'aider !

– C'est son choix. Le nôtre est de vivre.

– Tu ne peux pas faire ça ! Ils ont aussi attrapé Ariel. Ombre t'a permis de récupérer ton fils. Sans lui, tu n'y serais pas parvenu.

Dégoûtée, elle lui tourna le dos et se mit à griffer désespérément le plafond du tunnel. De la poussière se mêlait à ses larmes. Elle ne savait même pas ce qu'elle faisait ; elle devait remonter à la surface et rejoindre l'endroit où on assassinait les siens.

Une patte se posa sur son épaule et la tira fermement en arrière.

– Tu vas déclencher une avalanche, lui dit Cortez avec une étonnante douceur.

Marina se dégagea et rampa vers le trou qu'elle avait commencé à creuser. De nouveau, le général la retint. Elle hurla, criant des mots à peine intelligibles. Puis, les yeux troubles, elle le vit faire un signe du menton à deux de ses mineurs, qui prirent en griffes ce qu'elle avait commencé, leurs membres puissants s'agitant efficacement.

– Très bien, fit Cortez. On y retourne.

Ombre piqua sur Goth et déploya ses ailes dans un geste de défi. L'autre leva les yeux, agacé. La confusion lui tordit le visage. Crachant l'air par son nez épaté, il se rejeta en arrière pour mieux voir son jumeau. Ses mâchoires s'entrouvrirent, laissant échapper un sifflement chaud.

– Imposteur ! lui hurla Ombre en torturant ses cordes vocales pour que sa voix soit plus grave. Gardes ! Saisissez-vous de ce menteur avant qu'il ne nous fasse perdre plus de temps.

– C'est toi le mystificateur ! feula Goth.

– Non ! rugit Ombre en le bombardant d'ondes sonores.

La poitrine de Goth se creusa violemment, et il fut projeté en l'air.

– Voyez mon pouvoir ! Comment osez-vous douter de moi ? beugla Ombre aux gardes qui contemplaient la scène, médusés. Je suis le roi !

La surprise de Goth se métamorphosa en fureur indignée.

– Toi..., siffla-t-il. C'est toi, Ombre !

– Gardes ! cria ce dernier. Emparez-vous de ce menteur. Qu'il soit notre prochaine offrande !

Quatre cannibales décollèrent, serres grandes ouvertes, pour s'emparer de leur roi. Mais juste au moment où ils allaient l'atteindre, celui-ci se jeta sur Ombre, mâchoires ouvertes. L'Aile d'Argent s'y attendait et il s'envola en une étroite spirale, Goth à ses trousses. Il savait que ce n'était qu'une question de temps avant que le monstre lacère son illusion de ses griffes. Mais chaque seconde de gagnée, c'était autant de confusion en plus, et autant de chauves-souris libérées ; c'était aussi du temps pris sur l'éclipse.

Dès que le soleil avait été englouti dans une obscurité totale, l'esprit de Voxzaco s'était transformé en une horloge décomptant la durée de l'éclipse. Quatre cent cinquante secondes... Quatre cent vingt-cinq... Ils n'avaient sacrifié que huit victimes avant que le vautour virtuel n'effraie les soldats.

Maintenant, près du plafond, deux Goth tournoyaient l'un autour de l'autre devant des dizaines de gardes interdits, qui essayaient de deviner lequel était leur roi et n'osaient attaquer ni l'un ni l'autre. Les précieuses secondes s'égrenaient, et il n'y aurait pas de seconde fois.

Dans le temple régnait la confusion la plus absolue. Certains soldats, terrifiés, avaient déjà déserté leur poste. Voxzaco était convaincu qu'ils ne parviendraient pas à arracher cent cœurs. Ils avaient perdu trop de temps, et une bonne partie de leurs offrandes s'étaient enfuies. Le grand prêtre avait toujours su que Goth ne saurait servir correctement Zotz. Il ne connaissait rien à rien, il était vain, arrogant et indigne de cette responsabilité. Il avait échoué. Tout reposait donc sur lui, Voxzaco. Il était vieux et ne connaîtrait pas d'autre éclipse de son vivant – la prochaine n'interviendrait pas avant trois cents ans. S'il voulait voir Zotz régner sur et sous terre, il devait agir. Tout de suite. Il savait ce qu'il lui restait à faire. C'était tellement évident !

Le disque de métal au milieu de la Pierre. Dès le premier regard, Voxzaco avait deviné son utilité. Le sacrifice se ferait grâce à lui. Et c'étaient eux-mêmes, les adorateurs de Zotz, qui s'offriraient en holocauste. Quoi de plus agréable à Zotz? Que pouvait-il mieux apprécier que l'offrande de leur vie – leur plus chère possession? Tout ça pour qu'il reconquière le pouvoir de régner. Quant à eux, ils seraient récompensés un millier de fois aux Enfers.

Voxzaco traversa l'autel en boitillant, escaladant gardes et chauves-souris du nord qui se trouvaient sur son chemin. Il saisit la chaîne du disque dans ses griffes. Il était âgé, mais ça, il pourrait le faire – le dernier acte de sa vie terrestre. Lentement, très lentement, il s'éleva, emportant la bombe avec lui. Il monta de plus en plus haut, inaperçu dans le chaos général. Il franchit l'ouverture du plafond et disparut dans la noirceur du jour.

Deux cent soixante secondes. Ça lui laissait plein de temps. Le disque était lourd et l'attirait vers le sol, mais Voxzaco parviendrait à monter bien au-dessus de la pyramide. Et ce serait lui qui procéderait aux sacrifices. Lui seul.

Pourchassé par Goth, Ombre fila comme un éclair au ras du sol. Il lut confusion et peur sur le visage des soldats, incapables de distinguer qui était le vrai roi, qui une simple enveloppe sonore. Beaucoup tombèrent quand il les frôla, et il se réjouit, car plusieurs compagnons en profitèrent pour s'échapper. Mais où étaient Chinook et sa mère ? S'étaient-ils eux aussi libérés ? Repassant au-dessus de la Pierre, il remarqua une chauve-souris aux poils crêtés d'argent. Elle était affaissée, immobile, alors qu'aucun monstre ne la retenait. Pourquoi ne s'envolait-elle pas ? Soudain, elle bougea, maladroite, et Ombre poussa un cri. Au poignet, elle portait un anneau.

Son père !

Ombre n'avait pas le temps d'agir maintenant. Dans un des coins de la pièce, un brillant éclair sonore attira son attention. Son sonar lui montra des yeux sculptés qui s'ouvraient, flamboyants. Il reconnut alors ces pupilles : les yeux de Cama Zotz, ceux qui hantaient ses rêves depuis si longtemps ! Une colonne d'air solide explosa contre lui et l'enveloppa. Il eut beau se débattre contre l'embrassade mortelle de Zotz ; celle-ci se resserra. Des griffes lui poussèrent qui tirèrent sur le déguisement d'Ombre.

– Ombre ! rugit Goth en s'inclinant vers lui. Je te vois, maintenant !

Avec un mugissement aigu, le souffle diabolique de Zotz arracha un lambeau de fausse peau à

Ombre. Puis un autre. L'Aile d'Argent allait être mise à nue en quelques secondes, tel un nouveau-né, sans fourrure, rose et tremblotant. Il abandonna son illusion comme un serpent sa mue. Elle resta suspendue dans l'espace puis s'effondra d'elle-même. Ombre s'envola, espérant trouver une cachette. Ensuite, il repartirait chercher son père.

Fou de rage, Goth taillada la carcasse qui miroitait dans l'air, double grotesque de lui-même. À coups de dents, il en fracassa la tête, qui éclata en un million de minuscules échos. Puis il se retourna et vit l'avorton filer vers le plafond. D'instinct, il avait su que c'était lui – ce fauteur de troubles difforme qui lui portait la poisse depuis qu'il l'avait rencontré, ce concentré d'ennuis dans un corps de minus. Mais plus pour longtemps.

Goth poignarda l'espace d'ondes sonores et finit par repérer son ennemi juré, tapi dans une crevasse du plafond. Il devait se croire à l'abri et capable de lui jouer d'autres tours. Il lui tournait le dos. Le cannibale fut sur lui en trois battements d'ailes et, avant qu'Ombre ait eu le temps de tourner la tête, il lui planta profondément ses serres dans les épaules. Puis il referma ses mâchoires autour du cou de sa

victime, mordant si fort que ses dents s'entrecho-
quèrent douloureusement. Il mâcha furieusement,
guettant le goût exquis de la chair vive de chauve-
souris. Rien ne vint. Ombre n'avait aucun goût.
Goth arracha un deuxième morceau, puis un troisième, avant de s'apercevoir qu'il déchirait de l'air
et non de la chair, qu'il se remplissait la gueule de
vide. Dégoûté et vexé, il se cabra. Dans ses griffes,
les restes d'une autre illusion se dissolurent.

– Ombre ! feula-t-il en faisant volte-face, ivre
de colère.

La gorge à vif, Ombre s'enveloppa d'un haillon
d'invisibilité et se posa près de Cassiel. Ce dernier
se traînait douloureusement vers l'extrémité de la
Pierre. Aucun des gardes encore présents ne l'avait
remarqué. L'espace d'une seconde, tout dans la
pièce parut s'effacer tandis qu'Ombre contemplait
son père pour la première fois de sa vie.

Ainsi, cette créature maigre et brisée était son
père. Il n'aurait pas dû s'étonner de le trouver si
diminué, mais ne pouvait s'en empêcher. À force
d'écouter les histoires racontées par des tiers et de
le voir dans ses propres rêveries, il s'était fabriqué
une image d'indomptable héros. Alors, cet être ava-

chi sur cet autel, émacié et sans défense... Ombre se rapprocha. Cassiel sentait fort, le fumet âcre des jours passés sans manger, dormir et se laver. Mais derrière tout ça, Ombre captait une odeur plus familière et plus réconfortante que n'importe quelle odeur au monde : il sentait la maison. Ombre aurait voulu fermer ses yeux et ses oreilles pour s'allonger à côté de lui et se blottir dans sa fourrure... Cassiel avait sans doute deviné sa présence, car il se jeta en avant, montrant les dents et sifflant. Apeuré, Ombre recula, puis, une fraction de seconde, laissa son mirage s'évaporer pour permettre à son père de le voir. Cassiel ne le reconnut pas – comment aurait-il pu ? Il n'avait jamais rencontré son fils. Mais il plissa les sourcils, étonné, et referma ses féroces mâchoires.

Alors, Ombre les enveloppa tous les deux dans son manteau. Ils étaient maintenant invisibles à tous sauf à eux-mêmes. Là-haut, Goth écumait la pièce, le cherchant, jetant des ordres à ses soldats. L'Aile d'Argent comprit qu'il devait se presser. Déjà, il entendait le souffle de Zotz balayer la salle, le traquant lui aussi pour mettre en pièces son déguisement.

– Tu ne peux pas voler ? chuchota-t-il.

Cassiel secoua la tête. Ombre vit que son avant-bras était foulé. Il se maudit. Quel imbécile ! Qu'avait-il donc cru ? Qu'il les sauverait tous ? Il était impuissant. Ils allaient mourir ensemble.

– Qui es-tu ? lui demanda son père d'une voix rauque. Je t'ai rencontré...

– Non.

– Je te connais.

– Non.

– Alors, qui es-tu ?

– Ton fils.

– Ombre ?

– Tu connais mon nom ?

– Nous te l'avons donné avant que tu ne naisses.

Une seconde, ils oublièrent le temps et s'enlacèrent dans la sécurité de leur couverture d'invisibilité.

– Nous allons ramper, déclara Ombre. Jusqu'au mur, puis nous grimperons vers le plafond.

Mais au moment même où il disait cela, il sut que son plan était condamné. La respiration de Zotz les cingla avec une fureur titanesque, et les mains griffues du dieu déchirèrent le voile protecteur.

– File ! lui cria Cassiel.

– Accroche-toi à moi.

Il doutait de pouvoir seulement décoller avec ce poids supplémentaire ; mais il n'abandonnerait pas son père ! Soudain, un choc énorme heurta sa poitrine et il fut plaqué contre la pierre par des serres puissantes, une sur chaque aile. L'haleine brûlante de Goth se déversa sur lui.

– Je savais que c'était toi, dit-il. Tu m'as empêché de tuer le soleil, mais tu ne m'empêcheras pas de te manger le cœur !

Tapie au bord du trou, sur le toit, Marina observait le maelström ailé qui secouait la pièce. À ses côtés se trouvaient Caliban et le général Cortez, ainsi qu'une dizaine de rats qui avaient réussi la difficile ascension de la pyramide. Pendant leur escalade, ils avaient entendu des hurlements s'échapper du sommet de l'édifice. De temps à autre, Marina avait saisi dans son sonar la silhouette de petites chauves-souris du nord s'envolant à tire-d'aile dans le ciel.

– Ils s'échappent ! avait-elle dit à Caliban, tout excitée. Enfin, quelques-uns.

Elle avait aussi perçu des ululements de chouettes et s'était demandé si elles avaient réussi à traverser les hordes de monstres.

Maintenant, ils étaient en haut de la pyramide et regardaient dans la salle. Le spectacle était terrifiant. Il était difficile de se faire une idée claire des choses, tant il y avait d'agitation. La bataille entre cannibales et compagnons du nord faisait rage. Marina repéra une immense pierre juste sous elle. L'espace d'un instant, elle crut y apercevoir Ombre, mais il disparut aussitôt, purement et simplement. Le pire était cependant ce qu'on ne voyait pas : un souffle de son pur, une espèce de hurlement en mouvement qui se frayait violemment un chemin à travers la pièce, giflant les murs comme un animal enragé dans les affres de la mort. Marina ne voulait pas descendre dans cette arène, mais elle devait s'assurer qu'Ombre était libre. Soudain, Ariel fut à ses côtés, pantelante. Puis Chinook les rejoignit.

– Vous vous en êtes sortis ! s'exclama l'Aile de Lumière. Où est Ombre ?

– Je pensais qu'il s'était sauvé avec toi..., répondit Ariel, le visage sombre.

– Il doit être là-dedans, murmura Marina, horrifiée.

Elle se pencha de nouveau et vit Goth plonger vers l'autel. Directement dans sa ligne de mire se trouvait Ombre.

Ombre se tortilla pour se libérer, mais c'était inutile. Il était épuisé et aussi fragile qu'une feuille sèche. Apercevant les dents pointues de Goth, il ferma fort les yeux et tenta de s'imaginer très loin de là. Puis il sentit le monstre s'abattre violemment contre sa poitrine, lui coupant le souffle. Aussitôt, tous ses instincts de vie regimbèrent. Il lança une onde sonore pour voir ce qui se passait. Goth était affalé sur lui, tête contre la pierre. Sur son dos se trouvaient Marina et Ariel, Caliban et Chinook. Ils lui avaient sauté dessus tous ensemble, unissant leurs forces ! Ombre se débattit et s'extirpa de sous le corps du cannibale. Celui-ci émit un gargouillis grave et menaçant. Il n'était pas mort. Il était immortel.

– Filons ! lui cria Marina.

– Où est mon père ?

– Ici ! répondit Ariel en regardant, médusée, Cassiel.

Ce dernier semblait avoir perdu conscience. Cependant, Ombre distingua une étincelle de ravissement surpris dans ses yeux.

– Ariel ! souffla-t-il.

– Nous allons le porter, déclara Ombre.

– Je m'en charge, proposa Caliban. Mettez-le sur mon dos. Vite !

Goth frissonna et une de ses ailes s'agita convulsivement, comme s'il ressuscitait.

– Vite ! lança Ombre à Caliban.

Le Molosse sauta de l'autel, battant follement des ailes, et s'éleva lentement, Cassiel agrippé à ses épaules. Ariel, Marina et Chinook les encadraient. Ombre bondit à son tour. Il ouvrait la bouche, s'apprêtant à envoyer un réseau d'ondes sonores qui les rendrait invisibles, quand des griffes transpercèrent sa queue et le ramenèrent en arrière. Ce fut trop rapide pour qu'il ait le temps de crier. Il se débattit et parvint à se libérer, au risque de se déchirer la queue. Alors, il fit face à Goth. Il ne ressentait plus aucune crainte, il était trop fatigué pour ça. Ne lui restait qu'une vraie rage de vivre. Il aboya du son au visage du monstre, le giflant violemment. Les yeux brûlant d'indignation, hurlant sa fureur, ce dernier plongea, arrachant un lambeau de fourrure à Ombre. Celui-ci feinta et roula sur le côté, tenant Goth en respect avec ses ondes sonores. Mais le monstre le poussait inexorablement vers le mur. Par-dessus l'épaule de son adversaire, il vit Caliban qui franchissait la porte de la liberté, puis... quelque chose de si stupéfiant qu'il crut à une hallucination.

Six boules de feu pareilles à des soleils miniatures strièrent l'obscurité du temple. Même Goth leva les yeux, surpris par cette lumière soudaine. Ombre comprit qu'il s'agissait de bâtons aux extrémités embrasées, ce qui ne pouvait signifier qu'une chose : les chouettes ! Dans un tonnerre d'ailes et de plumes, elles déboulèrent du plafond. À l'avant-garde, Oreste, ses yeux et son bec jetant des éclairs féroces. Au même moment, de longues lianes et plantes rampantes furent déroulées jusqu'au sol, et des rats en dégoulinèrent. Parmi eux, Cortez. Les rongeurs sautèrent sur les murs, le sol, le dos des géants qui ne s'y attendaient pas, plantant profondément les dents dans leur chair. Goth se redressa pour un ultime assaut contre Ombre, mais avant qu'il ait même pu ouvrir les mâchoires, Oreste et une autre chouette s'emparèrent de lui.

– Nous le tenons, Aile d'Argent ! cria le hibou-de-chou. Sauve-toi !

Sans hésiter, Ombre s'envola droit vers le ciel. Il déboucha dehors, haletant comme s'il avait émergé de l'océan.

– Ombre ! Par ici ! Ombre !

C'était Marina.

– Les chouettes viennent à notre aide. De toute la jungle !

En effet, des dizaines d'oiseaux plongeaient dans la pyramide. Ombre fut submergé par un immense soulagement.

C'est alors que, haut dans le ciel, il perçut un faible sifflement. Levant la tête, il vit dans son sonar une sorte d'éclair. Le disque métallique de Goth.

Qui fonçait droit sur eux.

Marina lui hurla de filer, mais il sut que cela ne servirait à rien. Une image surgit, venue de sa mémoire, celle de l'énorme souffle et de la gigantesque colonne de feu créés par l'explosion de ces gros disques. Ils allaient tous y passer : les chouettes et les rats encore à l'intérieur, ainsi que ceux qui se trouvaient dans un rayon de plusieurs centaines de battements d'ailes. Zotz aurait son sacrifice, finalement. Pas cent cœurs : des milliers. Ombre chercha des yeux le soleil. Toujours rien. Si la bombe éclatait pendant qu'il faisait encore noir, Zotz régnerait.

— Fais sortir tout le monde de la pyramide ! ordonna-t-il à Marina. Dis-leur que le feu des Humains arrive. Dis-leur !

— Ombre ! lui cria sa mère. Nous n'avons pas le temps. Viens avec nous !

— Je vais en trouver, du temps, moi ! répondit-il.

Grimpant droit vers le disque, il enclencha son sonar, étudiant la forme de l'objet et sa trajectoire.

Il était tellement épuisé; ses ailes pesaient comme du plomb et sa gorge meurtrie lui faisait mal. Où allait-il trouver la force? Alors, pour la première fois de sa vie, il s'adressa à elle:

– Nocturna, aide-moi!

La bombe tombait, tombait toujours, hurlant maintenant du même hurlement que le souffle de Zotz. Il n'y arriverait pas! Il le fallait, pourtant. Un glaçon à déplacer était une chose: petit, léger, inerte. Ceci en était une autre: de l'acier dégringolant à toute vitesse et qui accélérait d'un million de battements d'ailes à chaque seconde. Il visa sa cible, lança un filet d'ondes et la rata. Fermant les yeux, il la mesura de nouveau et respira. Par pitié! Il ouvrit la bouche, et le son explosa, écorchant sa gorge. C'était comme si une créature infiniment plus grande que lui s'exprimait à travers lui. Ce fut un véritable rugissement, pareil à un coup de tonnerre éclatant dans le ciel. Mentalement, il le vit foncer vers le disque et l'enserrer comme un poing. S'y cramponner.

Ombre virevolta, trempé de sueur, chantant de toutes ses forces, retenant le disque. Comme il était lourd! Il regretta de ne pouvoir regarder en bas pour voir si Marina et les autres s'enfuyaient, s'ils étaient assez loin maintenant. Il espérait qu'elle lui avait obéi. Il leva les yeux. Toujours pas de soleil. Combien de temps encore devrait-il tenir ? Il était de nouveau dans les forêts septentrionales, chauve-souriceau effrayé pelotonné contre un arbre en compagnie de Chinook, guettant le lever du soleil. Viens ! Viens ! Pourquoi ne viens-tu pas ?

Il ne savait s'il pourrait retenir encore longtemps ce disque avec sa voix. Sa gorge saignait.

– Laisse-le tomber !

Loin au-dessus de lui, le vieux bossu plongeait en direction du disque immobile.

– Tu ne peux arrêter Zotz. Laisse-le tomber !

Ombre hésita, et la bombe descendit un peu. Il se battit pour la ralentir. Lorsque le grand prêtre s'y accrocha, se suspendant à sa chaîne, l'esprit d'Ombre faillit exploser sous la charge. Dans une brume, il vit Chinook se jeter contre le cannibale pour l'arracher au disque, travaillant des ailes et des mâchoires. Le géant planta ses dents dans l'épaule de son ami, qui hurla de douleur sans pour autant lâcher prise, donnant des coups de poings et de tête à l'autre, jusqu'à ce que ses griffes se détachent de la chaîne.

Le disque tomba de quelques centimètres, et Ombre eut toutes les peines du monde à le retenir.

Tiens bon ! Tiens bon ! Encore un peu ! Il leva les yeux et vit quelque chose bouger dans le ciel tout noir. Ou plutôt, il l'entendit bouger. Le soleil !

Un mince croissant aveuglant apparut dans le ciel.

– File ! cria Ombre à Chinook.

Le disque plongea. Ombre s'envola de son côté, éreinté, espérant que Marina était loin de la pyramide. Chinook fut soudain à côté de lui, le poussant pour qu'il aille plus vite. Mais les ailes d'Ombre étaient insupportablement lourdes. Il secoua la tête, impatient, pour chasser son ami. Celui-ci resta près de lui. Derrière eux, bien trop près, Ombre entendit nettement le disque qui tombait en sifflant, d'abord au-dessus d'eux, puis en dessous. Plus qu'une question de secondes. Il s'interdit de regarder.

Il perçut l'explosion au moment même où il en sentit la chaleur féroce. Puis ce fut comme s'il était avalé par le soleil lui-même.

Sunwing

En haut du pilier le plus élevé du pont de Bridge City, Frieda contemplait le crépuscule. Ces dernières nuits, son acuité visuelle avait dramatiquement baissé ; mais même elle arrivait à voir le nuage massif de chouettes qui obscurcissait l'horizon, au nord.

Un vent vif ébouriffait sa fourrure. Elle se sentait immensément lasse et vieille. Cela faisait huit nuits que Marina et Ariel étaient parties à la recherche d'Ombre, et l'Aînée ne pouvait s'empêcher d'envisager le pire. Son intelligence et ses talents avaient-ils permis à Ombre de survivre aux explosifs des

Humains ? Avait-il résisté à la jungle et ses monstrueux prédateurs ? N'avait-elle pas eu tort de soutenir sa mère et son amie dans leur quête ?

Des questions, encore et toujours. C'était tout ce qu'elle faisait, depuis quelque temps : s'interroger. Elle se demandait si elle avait été une bonne Aînée et si elle avait contribué à une juste gestion de la colonie. Ses pensées s'étaient plus précisément orientées vers Ombre, et elle doutait avoir eu raison de l'encourager à développer les passions qu'elle-même avait nourries. Lever le secret des anneaux, accomplir la Promesse de Nocturna... Que restait-il de toutes ces aspirations ?

Dans l'immédiat, en voyant ces millions de rapaces assombrir le ciel, Frieda devait lutter contre les griffes du désespoir. Il serait impossible de vaincre les volatiles. En dépit de l'immense colonie rassemblée à Bridge City, elle craignait que leur espèce ne soit balayée de la terre.

– Nous devons préparer notre ambassade, dit Achille Aile Cendrée en se posant près d'elle. Les troupes du roi Boréal seront ici dans quelques heures.

Frieda hocha la tête avec raideur. Même un geste aussi simple la fatiguait, désormais.

– Oui, répondit-elle sans beaucoup d'optimisme. Prions pour qu'il soit d'humeur à discuter.

– Ça fait longtemps que je ne prie plus, répliqua Achille avec un sourire contraint.

– Tu as peut-être raison... Moi, chaque fois que je regarde cet horizon, je prie pour qu'on nous aide.

Frieda baissa les yeux, car un messager montait vers eux. Elle attendit qu'il reprenne son souffle et, patiente, se dit que les nouvelles ne pouvaient pas être plus mauvaises que ce qu'elles étaient déjà. Pourtant, son vieux cœur battait un peu plus vite.

– Général Achille, Frieda Aile d'Argent, haleta le messager, des chauves-souris ont été repérées venant du sud. Il y a parmi elles des Ailes d'Argent. Et... elles sont accompagnées de chouettes !

Soulagé, Ombre inclina ses ailes douloureuses et entama sa lente descente vers Bridge City. Voyager en famille était pour lui une merveilleuse nouveauté : son père et sa mère d'un côté, Marina et Chinook de l'autre, tous fendant l'air poussiéreux d'un même vol. Caliban les accompagnait, ainsi que tous ceux du nord qui avaient réchappé de la jungle. Ils rentraient chez eux.

Devant eux, une formation en pointe de flèche comprenait une dizaine de chouettes, un spectacle auquel Ombre ne s'était pas encore accoutumé, même au bout de plusieurs jours et nuits à voyager ensemble. Chouettes et chauves-souris aile à aile. Certes, chacun restait sur son quant-à-soi, nichant et chassant séparément, et les deux groupes se parlaient peu. Mais Ombre sentait que cela tenait plus à la gêne qu'à la suspicion. Il aperçut Oreste, à l'avant, et il sourit. C'était grâce au prince que les autres oiseaux avaient accepté ce convoi commun. Ombre avait eu raison : ils avaient protégé les chauves-souris. Ils étaient tous parvenus à sortir sains et saufs de la jungle et à voler de jour comme de nuit, ce qui leur avait permis d'avancer rapidement.

Vivant, il était vivant. Ombre n'en revenait toujours pas.

Après l'explosion, il ne se rappelait plus rien. Il était revenu à lui, étourdi, dans la pleine lumière du jour, écartelé sur les branches supérieures d'un arbre. Tout son corps était douloureux. Des pans de fourrure sur son ventre et son dos avaient disparu, et la membrane de ses ailes avait été sévèrement brûlée. Il avait l'impression d'avoir été rossé par quelque bête géante. Il avait l'air miteux avec ses cicatrices, mais il était vivant. Chinook aussi, par miracle.

Et le soleil brillait toujours !

C'était étrange qu'une chauve-souris se réjouisse autant de voir le soleil. Pendant des millions d'années, son espèce l'avait craint, l'avait fui ; et voilà que lui, une chauve-souris, avait tout tenté pour le sauver. Il le contempla avec soulagement et se félicita d'avoir réussi.

Marina et sa mère n'avaient pas tardé à les retrouver, lui et Chinook. Elles les avaient aidés à rentrer tant bien que mal au Sanctuaire. Dans la jungle, la déflagration avait creusé un immense cratère, et des arbres continuaient de brûler autour d'un énorme tas de pierres fumantes, les ruines de la pyramide. Il s'était demandé si Goth avait été détruit par le souffle, mais n'était pas parvenu à tout à fait s'en persuader.

Il avait été surpris du nombre de compagnons qui avaient survécu. Marina avait eu le temps de retourner prévenir tout le monde. Les chouettes avaient aidé Cortez et ses soldats à remonter en les transportant sur leur dos. Mais les pertes étaient lourdes. Ainsi d'Ismaël, même si son frère avait été sauvé. Des dizaines d'autres avaient péri à l'intérieur du bâtiment – chouettes, rats et chauves-souris. Autant de vies perdues à ajouter aux milliers qui s'étaient éteintes au moment des parachutages sur la ville des Humains.

Ombre jeta un coup d'œil à Chinook. Il n'avait plus ses parents, mais il n'était pas vraiment orphelin. Trois nuits plus tôt, Ombre avait demandé en secret à ses parents d'accueillir Chinook au sein de leur famille. Ils avaient immédiatement accepté. Le caïd avait accueilli cette proposition avec joie.

– Hé, Ombre, on est frangins, maintenant! s'était-il exclamé en lui enfonçant son pouce dans les côtes en manière de plaisanterie.

En tressaillant, Ombre s'était éloigné.

– J'ai essayé de les en empêcher, avait-il répondu, crois-moi! Mais mes parents y tenaient de tout leur cœur.

Chinook ignorait que c'était une idée d'Ombre, et ce dernier n'avait pas l'intention de le lui révéler. En soupirant, il se dit qu'il aurait droit désormais à bien d'autres plaisanteries et moqueries du caïd. Mais il ne le regrettait pas. Pas encore, du moins.

Il se tourna vers son père. Il lui semblait incroyable qu'il ait pu vivre sans lui. Il avait d'ailleurs compris que ça n'avait jamais été vraiment le cas. Même absent, Cassiel avait tellement hanté ses pensées! Alors, forcément, il devait finir un jour par se matérialiser pour répondre aux questions de son fils et s'expliquer. Au cours du voyage, Ombre avait tout appris des terribles aventures de Cassiel.

Au printemps dernier, il avait été l'un des premiers à découvrir le bâtiment des Humains abritant la forêt artificielle. Il y avait passé des mois, pendant lesquels d'autres chauves-souris l'avaient rejoint. Au début, il avait été plein d'espérance ; puis les Humains avaient commencé leurs expériences sur eux, essayant de perfectionner leurs bombes. Nombre de congénères de Cassiel avaient eu les ailes entièrement brûlées – ou pire.

– Vous ne savez pas avec quelle rage j'ai tenté de m'échapper, avait-il confié à Ombre et Ariel. Pour rentrer et vous prévenir, tous. Mais j'étais prisonnier. Je n'ai pas pensé au ruisseau, ajouta-t-il en regardant son fils d'un air admiratif. Et puis, une fois qu'ils m'ont eu transporté dans leur machine volante jusqu'à la jungle, j'ai presque perdu l'espoir de jamais rentrer. On se contentait de survivre, nuit après nuit. Pas un instant je n'ai songé qu'on viendrait nous secourir. Et encore moins que ce serait mon fils qui s'en chargerait.

– Il est encore plus fou que toi ! dit Ariel en souriant.

– Certainement plus courageux, répliqua Cassiel.

Sous le compliment, le visage d'Ombre s'embrasa de plaisir. Il regarda Marina.

– J'ai commis beaucoup d'erreurs, reconnut-il en secouant la tête. Sans toi, Maman, et sans Marina, je serais mort au milieu de la jungle. Comme nous tous, d'ailleurs.

– Tu as toujours le chic pour m'entraîner dans de ces trucs ! lança ironiquement son amie. C'est un don que je te reconnais volontiers.

– Tu me ressembles, dit Cassiel à Ombre. Nous avons tous deux soif de connaissance. Je voulais ramener le soleil à notre colonie. Je voulais percer le secret des anneaux.

– Il n'y avait pas de secret, repartit amèrement Ombre. Nous nous sommes tous trompés à propos de la Promesse et des Humains supposés nous aider.

Un instant, sa joie d'avoir retrouvé sa famille s'effaça, et il se souvint que ce voyage vers le nord était loin d'être un retour triomphal. Car la guerre menaçait. Le roi Boréal avait levé ses armées pour combattre les chauves-souris à Bridge City.

– Quand je pense que nous avons sauvé le soleil ! reprit Ombre, indigné. On pourrait croire que les chouettes nous en seraient reconnaissantes. Mais je doute qu'elles soient impressionnées. Tout ce qui nous attend, ajouta-t-il avec lassitude, c'est un autre combat.

– Eux vous aideront sans doute, lui rappela Marina en indiquant du menton Oreste et les siens.

Ombre acquiesça. C'était là un espoir qu'il partageait. En même temps, il craignait que, une fois parvenus sains et saufs à Bridge City, tout ce qu'ils avaient partagé dans la jungle ne soit oublié. Ce voyage commun vers le nord serait-il réduit à une espèce d'arrangement pratique ? Chacun retournerait-il dans son propre camp ? Ombre serait bientôt fixé.

Alors qu'ils approchaient des flèches lumineuses de Bridge City, un petit groupe de congénères vint les accueillir.

– C'est Achille Aile Cendrée, dit Marina.

Ombre observa le fameux général qui, préférant rester prudemment en retrait, leur cria :

– Est-ce de votre propre volonté que vous volez avec ces chouettes ?

Il devait les prendre pour des prisonniers, des otages peut-être, une monnaie d'échange des rapaces contre leur survol de Bridge City.

– Oui, répondit Cassiel d'une voix forte. Nous sommes avec elles de notre plein gré. Nous sommes amis.

Ombre perçut des murmures de stupéfaction parmi la délégation. Le général lança :

— Voilà qui est bien difficile à imaginer quand l'horizon est obscurci par leur armée ! Elles sont à moins d'une heure d'ici.

— Mon père est-il parmi elles ? demanda impulsivement Oreste.

— Ton père ? reprit Achille, méfiant.

— Le roi Boréal.

— C'est lui qui commande les armées, répondit le général fraîchement.

— Alors, il faut que je lui parle sur-le-champ.

— Notre ambassade est déjà partie.

Le hibou-de-chou tournoya au-dessus d'Ombre :

— Dépêchons-nous !

— Tu veux nous aider ? voulut savoir l'Aile d'Argent.

— Bien sûr ! De tout mon cœur. Ça n'était donc pas évident ?

— Père, je te serais reconnaissant de bien vouloir me laisser parler, dit Oreste au roi Boréal.

Très haut dans le ciel de Bridge City, les chefs des chauves-souris et des chouettes tournaient en rond les uns autour des autres, circonspects. Ombre se sentait déplacé, au milieu de Haro Queue-Libre, Achille Aile Cendrée et des autres Aînés. Il trouvait aussi particulièrement inconfortable de voler aussi près du majestueux roi Boréal à la magnifique tête argentée et au plastron décoré d'éclairs blancs – comme celui de son fils. Ombre savait que c'était les derniers pourparlers avant la bataille. Il regarda anxieusement Oreste s'adresser à son féroce géniteur.

– Tu t'entends bien avec ton père ? lui avait-il demandé en route pour la rencontre au sommet.

– Pas spécialement, avait répondu le hibou-de-chou.

Et, en effet, les retrouvailles du père et du fils avaient été loin de ce qu'Ombre avait imaginé : juste un salut rapide de la tête. Peut-être, se disait la chauve-souris, était-ce uniquement dû à la situation. Ce n'étaient ni le lieu ni le temps pour laisser libre vol aux émotions.

Le roi Boréal parut agacé par la requête de son fils.

– Est-ce que ceci a un quelconque rapport avec l'affaire en cours ? demanda-t-il d'une voix à vous ébranler les os.

– Oui.

– Sois bref.

– Nous ne pouvons faire la guerre aux chauves-souris, déclara nerveusement le hibou-de-chou en regardant l'assemblée de rapaces, qui réprimèrent aussitôt des rires méprisants.

– J'ai l'impression que ton fils a encore besoin d'un peu d'instruction! remarqua un des ambassadeurs chouettes.

Le roi adressa un regard sinistre au bavard, qui se tut sur-le-champ.

– Pourquoi parles-tu ainsi? demanda-t-il sévèrement à Oreste.

– Ombre Aile d'Argent m'a sauvé la vie, répondit celui-ci d'une voix chancelante. Pas une fois, mais deux! Quand nous avons interdit les cieux aux chauves-souris cet automne, nous pensions qu'elles assassinaient des oiseaux. Mais celles du nord n'y étaient pour rien! C'étaient leurs cousines des jungles méridionales.

– On nous a déjà servi ces mensonges! lança Boréal d'un ton cinglant.

– Je les ai vues en personne, insista Oreste. Et, sans Ombre, elles m'auraient tué. Il a risqué sa vie pour moi, alors que nous avions déjà déclaré la guerre aux siens.

– Bah! Acte de bravoure exceptionnel, sans doute! dit froidement le roi en posant ses yeux de lune sur Ombre. Mais hors de propos ici. En quoi cela concerne-t-il la question dont nous sommes censés discuter ?

– Les Humains ont emporté les chouettes et les chauves-souris dans le sud pour les utiliser dans leur guerre.

Oreste s'interrompit, laissant les exclamations de surprise de ses Aînés s'éteindre, avant de reprendre :

– Je vous raconterai les détails plus tard. Mais je tiens à vous dire que le sud abrite des milliers de chauves-souris cannibales qui ont emprisonné les nôtres. Sans Ombre, ces monstres nous auraient dévorés ! C'est grâce à lui que nous leur avons échappé et que nous sommes rentrés au pays.

– Encore une fois, je te le demande, pourquoi cela devrait-il me faire changer d'avis ?

– Parce que nous ne voulons pas la guerre ! lança impétueusement Ombre, ce qui lui valu un regard furibond de Halo Queue-Libre.

Boréal ricana avec dédain :

– Vous nous avez déjà fait la guerre, autrefois ! Il y a quinze ans, si je me souviens bien. Mais tu n'es pas assez vieux pour te le rappeler, Aile d'Argent.

– C'était une rébellion, intervint Achille Aile Cendrée. Nous voulions retrouver le soleil, nous libérer de votre tyrannie, du danger de mort menaçant celui qui aurait vu ne serait-ce qu'un rayon de soleil.

– Mais vous avez perdu le droit au soleil, tous autant que vous êtes ! tonna le roi. Pour avoir trahi lors du Grand Conflit des Animaux et des Oiseaux.

– Seulement parce que nous n'avons pas pris parti ! répliqua vivement Achille.

– Non, parce que vous avez changé de camp !

– Tu te trompes, Boréal. Comme tous les tiens depuis des millions d'années.

– Il est désolant de constater à quel point vous croyez à vos propres mensonges !

– Mais qu'est-ce que ça change ? explosa Ombre, furibond.

– Silence ! lui siffla Halo. Tu es censé te taire, ici.

– Et pourquoi ? demanda Oreste.

– Parce qu'il ne connaît rien à rien, répondit Boréal. Et toi non plus.

– Laissez-le parler, le défendit Achille d'une voix calme. Une de nos plus sages Aînées, Frieda

Aile d'Argent, a entièrement confiance en cette jeune chauve-souris.

Ombre se lança, rendu nerveux par tout ce monde qui l'écoutait dans un silence hostile.

– C'est arrivé il y a si longtemps ! C'est fini, même si nous ne sommes pas d'accord sur ce qu'est la vérité.

– La vérité passe avant tout, déclara Boréal.

– C'est ce que je pensais également. Je croyais que le soleil nous avait été volé, et je voulais le retrouver ; je pensais que les Humains nous y aideraient ; je pensais que nous vaincrions les chouettes au combat, vraiment.

Il hésita, se demandant s'il avait bien fait de parler ainsi. Mais il était trop tard pour s'arrêter. Il n'avait qu'à poursuivre, avant que ce qu'il souhaitait dire ne lui échappe.

– Je croyais que, tout ça, c'était la vérité. Mais je me trompais. Les Humains ne nous ont pas aidés à vous combattre ; ils ne nous ont pas apporté le soleil. Ils se sont contentés de nous utiliser. Tous, vous comme nous. C'est comme ça que j'ai rencontré Oreste, dans une de leurs forêts artificielles. Il avait sûrement envie de me tuer ; j'imagine que c'était réciproque. Mais il y avait dans cette forêt quelqu'un qui voulait nous tuer tous les deux.

— Le cannibale de la jungle, précisa le hibou-de-chou.

— Oui. Je ne sais même pas pourquoi j'ai aidé Oreste, cette fois-là. Peut-être uniquement parce qu'on l'attaquait, et que le spectacle me déplaisait. Puis, c'est lui qui m'a secouru. Voilà ce qui est important! Bien plus important que ce qui était arrivé lors du Grand Conflit, il y a des millions d'années...

Ombre avait perdu le fil et s'interrompit, confus. Il ne se rappelait même pas ce qu'il venait de dire.

— On nous a toujours enseigné que les chauves-souris étaient des traîtres, déclara Oreste à son père. Qu'on ne pouvait leur faire confiance. Mais Ombre n'est pas ainsi. Ceux de ses compagnons que j'ai rencontrés non plus. Nous avons combattu ensemble pour sauver notre peau. Nous nous sommes fait confiance.

— Il doit exister d'autres bâtiments où les Humains gardent prisonniers des chouettes et des chauves-souris, enchaîna Ombre. Nous devrions consacrer notre énergie à les libérer, pas à nous déchirer.

De ses gros yeux qui clignaient lentement, Boréal dévisagea tour à tour Ombre et son fils.

— Tout cela est d'une naïveté puérile assez pénible, assena un ambassadeur chouette.

Achille Aile Cendrée soupira et contempla les étoiles.

— Nous devrions pourtant avoir la sagesse d'en tenir compte, dit-il.

— Peut-être, déclara Boréal.

Pour la première fois, Ombre le vit regarder son fils avec tendresse.

— Je t'ai cru perdu, continua le roi. Tu m'as cruellement manqué.

— Toi aussi, tu m'as manqué, répondit Oreste en se rapprochant de son père.

— Je n'ai plus envie de cette guerre, reprit ce dernier. Faisons une trêve, si vous le voulez bien. Nous pourrons nous rencontrer cet été dans les forêts du nord afin de parler plus en détail de tout ceci. En espérant arriver à une meilleure compréhension mutuelle.

— D'accord, dit Halo Queue-Libre.

— Les cieux nocturnes vous sont rouverts. Volez-y de nouveau en paix.

— Le soleil ! murmura Ombre, incapable de se retenir.

Il avala sa salive quand la tête de Boréal pivota vers lui, yeux luisants. Avait-il tout gâché?

– Le soleil? répéta le roi, sourcils levés. Les nuits ne te suffisent donc pas?

Ombre ne put que secouer la tête.

– Il faudra que nous en discutions lors de notre prochain sommet. En attendant, je consens à une mesure provisoire. Tu m'as rendu mon fils, Aile d'Argent. En retour, je te donne le soleil.

Quand Ombre se posa près de Frieda sur la saillie abritée située sous le pont, elle était tellement immobile qu'il eut peur d'arriver trop tard.

– Elle respire? chuchota-t-il, anxieux, à Marina qui l'avait accompagné.

– Je crois que oui, répliqua l'Aînée en ouvrant les yeux et en le regardant, quelque peu amusée.

Sa voix, pourtant, sifflait légèrement sous les efforts qu'elle faisait pour parler.

– Ta mère m'a raconté en détail ta rencontre avec le roi Boréal.

– Nous pouvons rentrer chez nous! lança Ombre, tout content. Ils libèrent nos lieux d'hibernation. On va retourner dans notre forêt. En pleine lumière du soleil! Je veux aider à reconstruire un Berceau des Sylves. C'est le moins que je puisse faire, puisque c'est à cause de moi que le premier a été brûlé. Non ?

Il babillait ainsi car il avait peur du silence, de ce qu'il risquait de voir ou d'entendre.

Frieda sourit :

— Je t'avais bien dit que tu avais quelque chose de spécial. Il est si satisfaisant de constater qu'on a raison... Ce n'est pas une chose qui arrive souvent quand on est une Aînée.

Une quinte de toux l'interrompit.

— Tu as accompli ce que j'aurais voulu faire, reprit-elle. Tu as tenu la Promesse.

Difficilement, elle souleva son aile et dévoila l'anneau d'argent de son avant-bras. Ombre frémit. Cette image avait été si puissante pour lui ! Un signe d'espoir, de force. Il avait tellement désiré en avoir un. Désormais, ce serait un souvenir hideux de ce que les Humains leur avaient fait subir à tous et de l'affreuse illusion qui avait entretenu de faux espoirs pendant des siècles. Maintenant, il haïssait la seule vue des anneaux.

Frieda dut lire dans ses pensées, car elle dit d'une voix rauque :

— Non. Les anneaux ont eu leur importance.

Ombre ne sut que répondre. Comment contredire Frieda, qui était si malade ?

— Je crois comprendre, intervint Marina, étonnée. Ils ont joué un rôle.

— Lequel ? aboya son ami.

Comment osait-elle dire ça après ce qui s'était passé ?

— Ils nous ont guidés, répondit son amie. Ils nous ont permis de découvrir le vrai visage des Humains.

— Et vois où ça nous a menés !

— Il n'est vraiment pas aussi malin qu'il le croit ! lança joyeusement Marina à Frieda. Oui, ils nous ont conduits jusqu'au bâtiment des Humains et à la forêt artificielle. Et c'est là que se trouvaient les chouettes.

Ombre regarda tour à tour Frieda et Marina, perplexe. Les yeux étincelants, l'Aînée hochait la tête.

— Continue ! dit-elle à l'Aile de Lumière.

— Si tu n'avais pas rencontré Oreste, si tu ne lui avais pas sauvé la vie, que se serait-il passé ? Vous avez gagné la confiance l'un de l'autre. Je doute que le roi Boréal aurait accepté une trêve si ça ne s'était pas produit.

Ombre acquiesça d'un air penaud. Il venait enfin de comprendre !

– Les Humains nous ont rapprochés, dit-il.

– Ils nous ont unis, précisa Frieda. Nous n'aurions pas gagné le soleil en faisant la guerre. Nous l'avons gagné grâce à la paix.

Elle sourit, comme si elle avait entrevu une ultime raison de croire à un futur prometteur. Puis elle secoua ses ailes, s'enveloppa confortablement dedans et ferma les yeux pour la dernière fois.

Le Berceau des Sylves

C'était un bel arbre, un érable argenté massif aux branches fortes et hautes. À l'heure où le ciel pâlissait, annonçant la venue de l'aube, des milliers d'Ailes d'Argent, mâles et femelles confondus, étaient au travail. Ils évidaient son tronc afin de le transformer en pouponnière de la colonie. À quelques battements d'ailes de là se trouvaient les restes carbonisés de l'ancien Berceau des Sylves, l'endroit où était né Ombre et qu'il avait vu incendié par les chouettes à l'automne précédent.

Sous l'arbre, parmi ses racines noueuses, Ombre œuvrait en compagnie de son père, creusant les murs de la nouvelle Crypte aux Échos. Chaque colonie en possédait une, pièce parfaitement circulaire, aux parois de pierres si lisses qu'une voix de chauve-souris pouvait rebondir dessus pendant des siècles. C'était là qu'étaient entreposées les histoires de la colonie, échos soigneusement conservés pour que rien ne se perde. Lors de la destruction de l'ancienne pouponnière, la Crypte aux Échos avait été percée, et toutes les légendes des Ailes d'Argent s'étaient envolées comme des spectres et dissoutes dans l'air. Il allait falloir raconter les histoires une nouvelle fois.

Polissant un mur avec un caillou, Ombre pensait à la nuit où Frieda l'avait conduit dans la Crypte aux Échos pour la première fois. Il n'y avait pas seulement entendu des légendes : il les avait vues, les ondes sonores dessinant des images argentées dans sa tête. C'était comme s'il avait assisté au Grand Conflit des Animaux et des Oiseaux, à l'exil des siens ; comme s'il avait été présent quand la voix de Nocturna leur avait promis le retour à la lumière du jour. Malheureusement, Frieda était morte avant d'avoir pu assister à un lever de soleil – pas une de ces prétendues aubes de la forêt des Humains, mais une vraie aurore.

— Je regrette tellement qu'elle ne soit plus là ! soupira-t-il.

Cassiel hocha la tête, devinant de qui Ombre parlait.

– Elle aurait été heureuse de savoir que ta mère la remplace.

– Oui. Maman est un bon choix. D'accord, elle n'a pas fait exploser la pyramide des cannibales, ni sauvé le soleil, ni rien du tout, mais elle sera une bonne Aînée.

Son père le regarda, amusé.

– Quoi ? maugréa Ombre.

– Je sais que tu aurais voulu devenir un Aîné.

– Ce n'est pas vrai, répondit Ombre en détournant les yeux, embarrassé.

– Oh que si ! rigola Cassiel. Tu as à peine un an, et tu t'attends déjà à ce qu'on te choisisse pour diriger la colonie ! Tu as accompli des choses extraordinaires, mais tu as encore quelques années devant toi, fiston.

– Toi aussi, tu aurais bien aimé être élu, rétorqua Ombre en entrant dans le jeu.

Son père secoua la tête et faillit parler, puis il se ravisa et se contenta de le regarder. Ils se sourirent.

– Il vaut probablement mieux que ce ne soit aucun de nous deux, finit par dire Ombre.

– Pour toute la colonie, renchérit Cassiel. Les têtes brûlées comme nous ne font jamais de bons chefs.

Ombre se remit à polir sa paroi. C'était tellement facile de discuter avec son père! Mais encore nouveau. De temps à autre, il lui arrivait d'éprouver une joie profonde. Pour la première fois de sa vie, il se sentait complet.

Enfin, presque. Il étouffa un soupir.

– Que penses-tu de Marina? demanda-t-il, l'air de rien.

– Elle est charmante.

Depuis qu'ils étaient rentrés dans les forêts septentrionales, quelques semaines auparavant, beaucoup de jeunes membres de la colonie s'étaient appariés. Ombre les avait observés avec beaucoup de gêne. La vérité, c'est qu'il se trouvait toujours ridicule, notamment en présence des femelles. Et, ces derniers temps, même auprès de Marina, ce qui l'attristait. Ils avaient été si bons amis! Elle avait risqué sa vie pour lui, et il s'était habitué à elle, était parfaitement à l'aise avec elle. Mais les choses avaient changé, et il ne croyait pas qu'elle prendrait au sérieux sa proposition de devenir sa compagne. Cela ne faisait pas si longtemps qu'il l'avait rencontrée: il était alors un avorton de chauve-souriceau perdu et effrayé; elle avait un an de plus que lui, et ne manquait jamais de lui rappeler. Il paraissait l'impressionner si peu! Certes, on disait qu'il était un héros. Mais pourquoi n'avait-il jamais le sentiment d'en être un?

— Ouais, elle est drôlement bien! dit-il.

Il posa son caillou en soupirant:

— Moi, je ne vaux pas tellement le détour, surtout depuis que ma fourrure a été à moitié brûlée.

— Elle repoussera. Laisse-moi un peu te regarder, ajouta Cassiel en reculant et en penchant la tête d'un côté et de l'autre. Tu n'es pas mal! En tout cas, pas plus laid que ton père.

— Mais je ne suis pas aussi grand que les autres. Pas aussi... beau. Comme Chinook.

— C'est vrai, tu n'es pas aussi beau que Chinook.

— Ouais, maugréa Ombre, vexé que son père ne proteste pas plus que ça.

— Tu sais quoi? Je ne crois pas que ça ait tant d'importance pour Marina.

— Vraiment?

— Non, elle est au-dessus de cela.

— Je vais me dégourdir les ailes, déclara Ombre tout à trac.

— Prends ton temps.

Ombre jaillit de la Crypte aux Échos, traversa une grande grotte, puis fila à quatre pattes le long du tunnel qui sinuait à la base du nouveau Berceau des Sylves.

Tout autour de lui, les Ailes d'Argent travaillaient, taillant des saillies et des nichoirs dans le bois tendre. Il grimpa le long du tronc évidé, cherchant son amie avec son sonar. Près de la cime, il aperçut sa mère, qui supervisait l'aménagement du nid des Aînés, lequel devait se trouver tout en haut de l'érable.

– Ombre ! le salua-t-elle en frottant sa joue contre le nez de son fils.

– Tu as vu Marina ?

– Elle est sortie chasser, me semble-t-il.

Sans attendre, il se précipita dans la nuit finissante. Comme tout cela lui avait manqué, ces derniers mois ! On était au début du printemps, et l'air était encore frisquet. Un soupçon de gel scintillait dans les branches et l'herbe. Mais la nature entière renaissait, les feuilles commençaient à se dérouler, et les boutons s'épanouissaient. Ombre se demanda s'il se sentirait le même le jour et la nuit et comprit que non. Les nuits garderaient toujours un petit quelque chose de spécial.

Il chercha son amie en gobant quelques moucherons au passage.

– Marina !

Il crut l'apercevoir et changea de cap sans cesser de l'appeler.

– Hé, attends-moi, s'il te plaît !

– On fait la course jusqu'au ruisseau ! lui lança-t-elle par-dessus son épaule.

– C'est indispensable ?

Mais elle ne s'arrêta pas. Ah non ! Elle n'allait pas le battre ! Il aiguisa ses ailes et fonça derrière elle, coupant à travers les branches d'un énorme châtaignier – un raccourci qu'il connaissait bien. Surgissant de la ligne des arbres, il rasa la surface du ruisseau et en profita pour se désaltérer.

– J'ai gagné ! cria-t-il en se posant sur une branche qui surplombait l'eau.

– Tu parles !

Il sursauta. Elle était accrochée à quelques centi-mètres de là, enroulée dans ses ailes lumineuses, semblable à une feuille d'automne qui ne serait pas tombée. Il sourit. C'était exactement ainsi que les choses s'étaient passées lors de leur première ren-contre sur l'île.

– Ton nid avance ? lui demanda-t-il, soudain mal à l'aise.

– Je l'ai fini.

– Je suis heureux que tu restes avec nous.

– Moui, répondit-elle nonchalamment. Être la seule Aile de Lumière de la colonie, je ne pouvais pas louper ça. Au fait, Chinook m'a demandé d'être sa compagne.

Ombre faillit s'étrangler avec le moustique qu'il venait de gober.

– Quoi ?

– Oui, il y a seulement une heure.

– Oh ! lâcha Ombre avec raideur. Eh bien, il est beau, comme tu me l'as fait remarquer.

– Tout le monde est en train de s'apparier. Tu t'en es aperçu ?

– Oui.

Il grinça des dents.

– Tu sais que c'est une chose que j'attends depuis longtemps, n'est-ce pas ? ajouta-t-elle en le regardant intensément. Je suis plus âgée. Pour toi, ce n'est pas aussi urgent. Quant à moi, je veux un foyer. Ariel a été très gentille, mais je veux ma propre famille maintenant. Tu comprends, hein ?

– Oui, répondit-il en regardant ailleurs.

– Alors, tu seras mon compagnon ! s'exclama Marina en souriant.

– Ton... Et Chinook ?

– Je lui ai dit : Non, merci. J'ai bien fait, non ?

– Tu n'as le droit d'être la compagne de personne, sauf moi, répondit Ombre en l'attirant vers lui et en l'enveloppant de son aile.

– Bien, dit-elle, sa voix étouffée par la fourrure de l'Aile d'Argent. Ouf ! Ça n'aura pas été facile !

– Je pensais bien vous avoir entendus, dit Ariel en se posant près d'eux.

– Marina va devenir ma compagne ! s'écria Ombre.

– Je sais. Elle me l'a déjà dit.

– Comment ?

Ombre regarda Marina.

– Eh bien, quoi, c'était évident ! Qui d'autre pourrait te supporter ?

– Je suis sûr que vous deux vivrez dans... l'émulation ! dit Ariel en souriant. Et heureux.

Elle dévisagea son fils et ajouta :

– Ton père te fait savoir que la Crypte aux Échos est presque terminée.

Il hocha la tête.

– J'ai parlé aux Aînés, et nous sommes convenus que tu te chargerais de raconter nos dernières aventures.

– Moi ?

Jamais il n'aurait imaginé un tel honneur. Sa voix racontant une histoire aux murs de la Crypte aux Échos, pour des siècles, longtemps après que lui serait mort, toujours présente pour la colonie des Ailes d'Argent ? C'était trop beau.

— C'est ce que Frieda aurait voulu, reprit Ariel. C'est ton histoire, Ombre.

— J'en serai ravi, répondit-il.

— On s'y mettra après l'aube.

Sur ce, Ariel s'envola.

À travers les branches, Ombre regarda le ciel qui pâlissait. Tout autour de lui, les oiseaux dans leurs nids entonnaient le chant de l'aube, et il put même entendre une chouette ululer au loin. Et le son ne l'effrayait plus.

— Viens ! dit-il à Marina, je vais te montrer le meilleur endroit de la forêt pour contempler le lever du soleil.

Note de l'auteur

Pendant la Seconde Guerre mondiale, les militaires américains lancèrent le Projet Rayons X, un programme top secret au sein duquel des chauves-souris étaient entraînées à porter et déposer des explosifs. Finalement, le projet fut abandonné après que des centaines d'animaux se furent échappés, eurent détruit plusieurs bâtiments de l'armée et eurent élu domicile sous un grand réservoir à essence.

Cette anecdote historique a servi d'inspiration au scénario de *Sunwing*. Les mythologies aztèque et maya ont également été une fabuleuse source d'idées quand il a fallu écrire sur Goth et les Vampyrum Spectrum. Les Aztèques avaient réellement mis au point un immense et magnifique calendrier de pierre, bien plus exact que la plupart des objets dont on se servait en Europe à l'époque. Il est devenu, ici, la pierre qui prédit l'éclipse totale et la nuit éternelle. Les Aztèques craignaient vraiment que le soleil ne disparaisse à jamais.

Bridge City est inventée sur le modèle de la ville réelle d'Austin, au Texas, où un million de chauves-souris à Queue Libre ont élu domicile sous le Congress Avenue Bridge. On peut les voir envahir le ciel au crépuscule. Enfin, j'ai inventé le Sanctuaire à partir de l'immense statue du Christ Rédempteur située sur la colline du Corcovado, au-dessus de Rio de Janeiro.

Cet ouvrage a été composé et mis en pages
par DV Arts Graphiques à Chartres

Impression réalisée sur CAMERON par

BRODARD & TAUPIN

GROUPE CPI

La Flèche
en octobre 2002

Imprimé en France
N° d'impression : 15019